REQUENTANDO REPOLHOS

Irvine Welsh

REQUENTANDO REPOLHOS

CONTOS DE DEGENERAÇÃO QUÍMICA

Tradução de Paulo Reis
e Sergio Moraes Rego

Título original
REHEATED CABBAGE

Copyright © Irvine Welsh, 2009

O direito de Irvine Welsh de ser identificado como autor desta obra foi assegurado por ele sob o Copyright, Designs and Patents Act 1988.

Nenhuma parte desta obra pode ser reproduzida ou transmitida por qualquer forma ou meio eletrônico ou mecânico, inclusive fotocópia, gravação ou sistema de armazenagem e recuperação de informação, sem a permissão escrita do editor.

Primeira publicação na Grã-Bretanha em 2009 pela Jonathan Cape Random House, 20 Vauxhall Bridge Road, Londres SWIV 2SA.

Direitos para a língua portuguesa reservados
com exclusividade para o Brasil à
EDITORA ROCCO LTDA.
Av. Presidente Wilson, 231 – 8º andar
20030-021 – Rio de Janeiro – RJ
Tel.: (21) 3525-2000 – Fax: (21) 3525-2001
rocco@rocco.com.br
www.rocco.com.br

Printed in Brazil/Impresso no Brasil

preparação de originais
VILMA HOMERO

CIP-Brasil. Catalogação na fonte.
Sindicato Nacional dos Editores de Livros, RJ.

W483r	Welsh, Irvine, 1961-
	  Requentando repolhos/Irvine Welsh; tradução de Paulo Reis e Sergio Moraes Rego. – Rio de Janeiro: Rocco, 2012.
	  14x21cm
	
	  Tradução de: Reheated cabbage: tales of chemical degeneration.
	  ISBN 978-85-325-2745-5
	
	  1. Conto inglês. I. Reis, Paulo. II. Rego, Sergio Moraes. III. Título.

12-0162	CDD–823 CDU–821.111-3

Para Kris Needs

Sumário

Falta em cima da linha 11

Culpa católica (você sabe que adora isso) 21

O namorado de Elspeth 45

Beijando e fazendo as pazes 65

O incidente de Rosewell 73

A festa 131

Disputada 173

Eu sou Miami 205

Agradecimentos

Apenas uma dessas histórias, "Eu sou Miami", é nova, no sentido de nunca ter sido publicada. Versões das outras histórias apareceram em diversas publicações no decorrer dos anos, a maioria das quais já esgotadas em seu formato original – geralmente uma daquelas antologias nojentas que exploravam as fraquezas dos escoceses ou o tema das drogas, dominantes na década de 1990, pelas quais assumo ao menos parte da culpa. Sinto muito por isso.

Meus agradecimentos vão para as seguintes pessoas: Harry Ritchie, por "Falta em cima da linha", na *New Scottish Writing* (1997); Nick Hornby, por "Culpa católica", em *Speaking with the Angel* (2000); Richard Thomas, por "O namorado de Elspeth", em *Vox 'n' Roll: Fiction for the 21st Century* (2000); Kevin Williamson, por "Beijando e fazendo as pazes", em *Rebel Inc.* (1994), e "O incidente de Rosewell", em *Children of Albion Rovers* (1996); Richard Benson e Craig McLean, anteriormente da equipe de *The Face*, pela publicação em forma seriada de "A festa", e a Sarah Champion, que subsequentemente publicou a história completa em *Disco Biscuits* (1997); Toni Davidson, por "Disputada", em *Intoxication* (1998).

Obrigado a Robin Robertson, por ter me encorajado a revisar essas histórias e a reuni-las para publicação.

No fim de janeiro de 2009, Janice Welsh e Kelly Docherty, duas das mais adoráveis e vivazes mulheres que já conheci, morreram súbita e precocemente no espaço de poucos dias, uma após a outra. Para mim e para muitos outros, Edimburgo nunca mais será a mesma.

FALTA EM CIMA DA LINHA

Pra mim foi tudo culpa dela, porra. Os putos do hospital basicamente concordaram comigo e tudo o mais; não que tivessem posto a coisa assim, mas dava pra ver que no fundo achavam isso. Você sabe como é com esses putos, eles não podem simplesmente dizer o que têm na porra da cabeça. É a porra da ética profissional ou lá que porra de nome isso tenha. E como eu não sou uma porra de médico, então, não duraria nem uma porra de uns cinco minutos com aqueles caras. Vou ensinar a vocês como se comportar junto à porra de uma cabeceira, seus putos.

Mas foi culpa dela, porque ela sabia que eu queria ficar em casa pra ver o jogo naquele domingo; eles iam transmitir a partida dos Hibs contra os Hearts, ao vivo, no canal Setanta. Então, ela diz:

– Vamos levar as crianças ao bar em Kingsknowe, aquele em que a gente pode sentar do lado de fora.

– Não dá – respondo para ela. – O futebol é às duas. Hibs contra a porra dos Hearts.

– A gente nem precisa demorar muito, Malky – retruca ela. – Tá um dia lindo. Seria bom para as crianças.

Então, penso comigo mesmo, talvez não seja má ideia. Quer dizer, eu já tinha minhas cervas na geladeira pro jogo, mas uns goles com antecedência me turbinariam para o pontapé inicial.

– Tá bem, tá bem, mas não vamos demorar muito, presta atenção, o futebol começa às duas, de modo que a essa hora já devemos tá de volta – digo, então.

E penso, deixa ela fazer o que tá querendo, que isso vai fechar a porra da matraca dela por algum tempo.

Então, saímos, e o dia está lindo mesmo. Vamos até a porra do bar e começamos a entornar umas biritas: ela nas Smirnoff Ices, e eu nos canecões de Stella. As crianças ficam felizes com refrigerantes e batatas fritas, mas tive que dar uma porrada no garoto por puxar o cabelo da irmã, quando o babaquinha pensou que eu não estava olhando. Ele leva um bom susto quando lhe dou a porra de um tabefe na fuça.

– É isso aí, e não começa a chorar feito garotinha, Jason, ou leva outro tapa!

De qualquer modo fico de olho na porra do relógio, por causa do futebol, mas ela vai entornando todas, e quando eu digo que é hora de parar de beber e ir embora, ela começa a me encher o saco:

– Não podemos tomar só mais uma? – fica dizendo.

– Tá bem, mas só a porra da saideira, presta atenção, e depois a gente se manda, porra.

Então entorno meu canecão de cerveja, mas ela já tá mal, porra. É sempre assim: ela acha que sabe beber, porra, mas não consegue segurar a porra das pontas. Então, digo somente:

– Vamos embora, temos que nos mandar, porra.

Faço sinal pras crianças, que vão descendo a rua comigo, e ela vai ficando pra trás, porra de vaca gorda que é. Por isso que foi principalmente culpa dela. Gorda demais, porra, o doutor falou pra ela; ele falou isso pra porra da puta não sei quantas vezes.

– Vamos! – grito.

Claro que ela só consegue lançar para mim aquela porra de olhar que me deixa irado, e eu digo pra puta:

– Vai se mexendo aí, e não faz essa porra de cara.

Quando a gente entra na estação de Kingsknowe, falo: – Podemos cortar caminho por aqui.

Mas ela se vira e começa a cruzar a plataforma pra passarela que passa por cima.

– Sua porra de idiota, pula na linha do trem, sacou?

Ela começa a se exibir, porra, falando do trem que está vindo, e que dá pra ver isso pelas pessoas na plataforma.

– Ei, você está esquecendo uma coisa – retruco. – Eu já trabalhei na ferrovia.

Isso foi antes de Tam Devlin e eu levarmos um pé na bunda. A birita, sacou? Os caras ficam putos da vida com isso. Até por causa de dois canecões, você já se fode. E eu não era o pior, porra, mas servi de bode expiatório, como falou o puto do sindicato. Não que isso me adiantasse muito.

– Mas o trem tá vindo – diz ela. – Todo mundo tá esperando aí!

Dou uma olhada para a porra do relógio da estação.

– Só vai chegar daqui a cinco minutos! Se mexe, porra! – falo.

Pego Claire e carrego a garota comigo por cima dos trilhos para a plataforma do outro lado. O garoto, aquele babaquinha do Jason, atravessa a linha feito um raio, e ela finalmente desce patinhando da porra da plataforma até a linha do trem. Que porra de vergonha é essa puta pesadona.

Quando coloco Claire na plataforma, ouço um barulhinho, e os trilhos debaixo dos meus pés começam a vibrar. Aquilo parece um dos trens expressos InterCity. Eu simplesmente piro, porra: essas porras de trens foram desviados pra cá por causa da inundação na outra linha. Lembro ter lido essa merda no *News*. De modo que fico nervoso e começo a falar pra puta gorda:

– Dá aqui a porra da mão!

Bom, agarro a mão dela, mas a velocidade daquele expresso InterCity... quer dizer, aqueles putos parecem que vão arrebentar toda a porra da estação pela velocidade com que passam por ali, e como ela é uma porra de um peso, bem, só consegui puxar metade dela para cima da plataforma, e ela fica berrando sobre as crianças e eu fico dizendo que as crianças estão bem, mexe a porra desse corpo, mas a porra do trem vem chegando e bate nela de jeito, porra, e eu só sinto uma força puxando e arrancando o corpo dela da porra da minha mão.

Bom, quase que me cago todo, porra, tô falando sério. Estava esperando que ela fosse parar na porra de Aberdeen ou algum lugar assim, sabe, mas ela está a poucos metros dali, bem na plataforma, com o olhar erguido pra mim, gritando:

– Você... seu porra de puto idiota!

Para mim, diante de todos os putos ali na estação. Então, mando que ela feche a porra da boca, ou vou sentar a porra da minha bota direto nela. Depois mando que ela levante a porra da bunda gorda e comece a andar. Claire ri, e eu olho pra Jason, que está simplesmente paralisado. Já estou quase dando um sopapo no babaquinha quando baixo o olhar pra ela, e percebo que ela perdeu a porra das pernas; foi como se a porra do trem tivesse simplesmente arrancado as duas, e ela está tentando vir na minha direção, rastejando pela porra da plataforma, apoiada nos braços flácidos e deixando um rastro de sangue.

O mais idiota de tudo é que eu olho pra plataforma além e vejo a porra das pernas dela, como que cortadas do corpo. Na altura das coxas, parece, as duas pernas. Então grito pro babaquinha:

– Jason! Não fica parado aí, porra, vai pegar as pernas da mamãe! Dá uma mão ali!

Tava pensando que podíamos levar tudo pro hospital e costurar as duas de novo nas coxas. O escrotinho simplesmente começa a chorar, completamente descontrolado, porra. Um puto qualquer grita para chamarem uma ambulância, e ela fica deitada no chão praguejando, enquanto eu penso na porra do futebol: o pontapé inicial será dado em dez minutos. Mas então lembro que a ambulância provavelmente terá que passar pela nossa casa a caminho do hospital, e que eu posso saltar ali e ir pro hospital depois do jogo.

– É isso aí, parceiro. A porra da ambulância – começo, então, a dizer.

Claire foi até as pernas da mãe, pegou as duas nos braços, e vem correndo na minha direção. Dou um sopapo no putinho do Jason, bem na porra do queixo, e ele bem que sente a porra do golpe, porque para de chorar imediatamente.

– Porra, você podia muito bem ir pegar aquelas pernas, seu putinho idiota, mas deixa pra sua irmãzinha! Ela é só uma criança! Quantos anos você tem? Nove! Que porra de papelão!

O tal puto velho está ao lado dela, segurando a mão dela e dizendo merdas do tipo: – Você está bem, vai ficar tudo bem, a ambulância está vindo, tente ficar calma...

Um outro cara me diz: – Meu Deus, isso é terrível.

– Com certeza, porra, provavelmente perdi os dois primeiros gols – respondo simplesmente.

O puto imbecil vem até mim.

– Sei que você deve estar sob um estresse terrível, mas as coisas vão ficar bem. Ela está aguentando. Tente reconfortar as crianças – diz.

– É, você tá certo – respondo.

E digo para as crianças, quando a ambulância chega:

– Sua mãe vai passar um tempo no hospital, mas não tem nada de errado com ela.

– Ela perdeu as pernas – fala Claire.

– É, sei disso, mas não tem nada de errado com ela, nada mesmo. Quer dizer, claro, pra qualquer outra pessoa, qualquer pessoa normal, como você ou eu, seria ruim não ter pernas. Mas pra sua mãe não, porque gorda assim ela não poderia andar por aí com as próprias pernas muito mais tempo, entende?

– Mamãe vai morrer? – pergunta Jason.

– Não sei. Não sou médico, porra, sou? Num faz perguntas idiotas assim, Jason. Mania de viver perguntando, porra! Veja, se ela morrer, e não tô dizendo que ela vai morrer, mas veja só, se ela morrer, só tô falando, tá bem? Só supondo que ela vai morrer, e só tô falando, percebe...

– Como se estivesse fingindo – diz Claire. Essa tem mais cérebro do que a porra da mãe.

– Isso mesmo, só fingindo. Se ela morrer, veja só, estou só falando, vocês precisam ficar bonzinhos e não me aporrinhar, porque sabem como eu fico quando sou aporrinhado. Não tô dizendo que estou errado e nem tô dizendo que estou certo; só tô dizendo pra não me aporrinharem numa hora dessas. Ou vão levar isso aqui, entenderam? – digo, cerrando o punho e balançando a mão nos dois putinhos.

Quando os caras da ambulância conseguem empurrar a gorda pra dentro da porra do veículo, com toda a porra do peso, já deve estar na metade da porra do jogo. Tiro de Claire as pernas pra jogar na traseira junto com ela, mas o cara da ambulância embrulha tudo num plástico, metendo os tocos num balde com gelo, entramos na traseira com ela e o cara que está dirigindo não perde tempo. Quando chegamos perto da nossa casa, falo:

– Vou saltar na rotatória ali adiante, parceiro.

– O quê? – pergunta o cara.

– É só me deixar saltar aqui – peço.

– Nós não vamos parar aqui, parceiro, não vamos parar até chegar ao hospital. Não há tempo a perder. Você precisa registrar sua esposa e tomar conta das crianças.

– Tá bem, certo – concordo, mas já pensando adiante. – Tem TV nas enfermarias, parceiro? Deve ter, né?

O puto só olha pra mim com uma cara engraçada.

– É, acho que tem uma TV – responde depois de alguns segundos.

Porra de puto abusado. De qualquer modo, ela tem aquela máscara de oxigênio em cima do rosto e o cara fica falando pra ela tentar não falar, e eu penso: sem porra de chance, há anos tento fazer com que ela não fale, porra. Fico ouvindo ela falar como se tudo fosse culpa minha, porra. Foi ela quem quis mais porra de bebida, como sempre, a vaca bêbada. Já falei pra ela, que se gastasse tanto tempo tomando conta da porra das crianças quanto gasta na porra da bebida, talvez elas não estivessem tão atrasadas na escola, especialmente o putinho do Jason. Então viro para ele:

— E não fique pensando que não vai à escola só porque a porra da sua mãe talvez passe algumas semanas no estaleiro. É melhor você tomar tenência nessa porra, filho, estou avisando.

Às vezes até acho que estou dando muito duro em cima do putinho. Mas, então, penso: não, porque eu também passei por tudo isso, tive a mesma porra de tratamento do meu velho, e não me fez mal, porra. Seja cruel pra ser bondoso, como dizem. E eu sou a prova viva de que essa é a melhor maneira. Quer dizer, você nunca me vê encrencado com a porra da polícia, há muito tempo. Eu aprendi a porra da lição: não cheiro e fico longe daqueles putos. Tudo o que peço da vida são umas biritas, o futebol e uma trepada ocasional.

Isso me faz pensar um pouco: como vai ser uma trepada com ela sem a porra das pernas? Então, registramos o acidente, e o puto do médico fica falando que estou em estado de choque, mas estou é pensando no futebol, e se os putos já marcaram algum gol é que vou mesmo entrar em estado de choque. Viro pro rapaz e pergunto:

— Ei, parceiro, será que a gente vai conseguir, eu e ela, sabe como é, quando estivermos juntos?

O puto não entende minha pergunta.

— Na cama, sacou? — O puto balança a cabeça. — Veja bem, se ela não tem a porra das pernas, vai poder trepar?

— Como? — indaga o puto.

Burro pra caralho. E isso é a porra de um médico. Eu achava que era preciso ter miolos bons pra essa profissão, porra.

— Tô falando da nossa vida sexual — explico.

— Bom, supondo que sua esposa sobreviva, a vida sexual de vocês deve ser normal — responde o puto, olhando para mim como se eu fosse uma espécie de idiota.

– Bom, essa é uma notícia boa pra caralho, porque antes nossa vida sexual não era nada normal, porra! – falo. – A menos que você chamasse de normal uma foda a cada três meses ou alguma coisa assim. E isso não é o que eu chamaria de normal, porra.

De modo que lá estava eu, tentando assistir à porra do jogo na TV da sala de espera. Sem birita nem nada, só aqueles idiotas me importunando com formulários e perguntas, e a porra das crianças aprontando, perguntando se ela está bem, quando iremos pra casa, e essa merda toda. Bem que avisei aos putinhos, vocês vão ver quando eu chegar em casa, falei pra eles.

Mas já digo uma coisa de graça: se ela não puder fazer as coisas lá em casa quando sair daquele hospital, eu estou fora, porra. Puta que pariu, seus putos. Tomar conta da porra de uma babaca gorda sem a porra das pernas! Isso é que é a porra de um futuro brilhante! Foi tudo por culpa dela, aquela porra de puta gorda. Fodendo as coisas pra mim desse jeito. Não que o jogo fosse alguma coisa para se lembrar, só outra porra de zero a zero.

CULPA CATÓLICA
(VOCÊ SABE QUE ADORA ISSO)

Era um dia úmido e abafado. O calor cozinhava você em fogo lento. Meus olhos lacrimejavam pra caralho por causa dos poluentes no ar, carregados por toda parte pelo pólen. Lágrimas ardidas como suvenires. Porra de Londres. Antes eu gostava do sol e do calor. Agora os dois estavam sugando todos os meus líquidos vitais. Pelo menos algo estava. As garotas nesse clima, o modo como se vestem. Uma tortura da porra, cara, pura tortura, porra.

Eu vinha ajudando meu amigo Andy Barrow a transformar dois quartos em um só ambiente no apartamento dele em Hackney, e minha garganta estava seca por causa da poeira do gesso. Tinha chegado lá um pouco tonto, provavelmente porque vinha exagerando na birita nas últimas noites. Decidi abreviar o dia de trabalho. Quando cheguei a Tufnell Park e subi ao meu apartamento no segundo andar já me sentia melhor, e com vontade de sair de novo. Mas ninguém estava em casa; Selina e Yvette haviam saído. Nada de bilhete, e nesse caso nenhum bilhete é realmente um bilhete que diz: NOITE DAS GAROTAS SE DIVERTIREM. VÁ SE FODER.

Mas Charlie deixara uma mensagem para mim na secretária eletrônica. Ele já estava bastante alto.

– Joe, ela deu à luz. Uma garota. Vou estar no Lamb and Flag até por volta das seis. Venha, se ouvir essa mensagem a tempo. E compre a porra de um celular, seu babaca mão de vaca.

Celular é o caralho. Odeio celulares, porra. E odeio os putos que usam celular. Aquela feia intromissão da voz desconhecida, por toda parte empurrando na sua cara os problemas deles. Da última vez que estive em Covent Garden, numa ressaca brutal, vi todas aquelas porras de punheteiros parados na rua falando sozinhos. Agora todos os *yuppies* entraram nessa onda: ficam bebendo na rua e recitando merda para si mesmos, ou melhor, para aqueles pequenos microfones quase invisíveis ligados a seus celulares.

Mas eu não precisava de muita persuasão para ir até lá, não com a porra de sede que estava. Saio depressa, sem fôlego no calor depois de poucos metros, sentindo a fuligem e a fumaça da cidade se insinuando dentro de mim. Quando chego à estação do metrô, já estou suando feito o queijo na pizza da véspera. Felizmente está mais fresco lá embaixo, pelo menos até a hora em que você entra na porra do trem. Bem na minha frente há um casal de bichas daquele tipo afetado, suas vozes verrumando em meu crânio. Encaro aqueles dois pares de olhos mortos e inumanos de escoteiro; um monte de veados parece ter esse tipo de olhar. Aposto que esses putos têm celulares.

Aquilo me lembra uma ocasião há alguns meses, quando eu e Charlie fomos ao Brewers, aquele bar de gays perto do parque, em Clapham. Entramos lá só porque estávamos na área e o local ficava aberto até tarde. Foi um erro. Os gestos exagerados, as vozes agudas e gritadas das bichas me deram nojo. Senti a náusea se formar nas minhas entranhas e vagarosamente forçar caminho até a garganta apertada, dificultando minha respiração normal. Fiz uma careta para Charlie; terminamos nossos drinques e saímos.

Fomos andando pelo Common em silêncio, envergonhados e constrangidos, oprimidos pela fraqueza da nossa curiosidade e preguiça. Então vi um *deles* vindo na nossa direção. Notei aquela boca doentia torcida, sabe-se lá que porra já entrou ali, como que mandando um beijinho para *mim*. Aqueles olhos doentes e semiapologéticos de veado pareciam olhar diretamente para minha alma e interferir na minha essência.

Aquele puto, olhando para mim.

Para mim!

Simplesmente parti para cima, porra. A pressão do meu corpo por trás do soco me disse que aquele tinha valido. Meu punho fechado bateu nos dentes aveadados da bicha que cambaleou para trás, segurando a boca. Enquanto eu inspecionava o dano causado à minha mão, aliviado por ver que a pele não tinha sangrado e se misturado à essência empesteada da bicha, Charlie se aproximou sem perguntar nada, dando uma porrada de jeito no lado do rosto e derrubando o puto. O boiola caiu pesadamente na calçada de concreto.

Charlie é um bom parceiro, e sempre se pode confiar no puto para dar apoio. Não que eu precisasse disso ali; acho que o que estou dizendo é que ele gosta de se meter. Toma interesse pela coisa. A gente valoriza isso num puto. Metemos o pé no boiola caído. Gemidos, gorgolejos sonoros escapavam da boca arrebentada da bicha. Eu queria obliterar as feições retorcidas de boneca do boiola, mas só consegui encher a cara dele de pontapés até Charlie me afastar dali.

Com os olhos esbugalhados e acesos, a boca torcida para baixo, ele me repreendeu:

– Basta, Joe, onde você está com a porra da cabeça?

Dei uma olhada para o animal espancado, que gemia caído no cimento. Ele estava acabado. Portanto, sim, eu tinha mesmo perdido a cabeça, mas não gostava de veados. Falei isso pro Charlie, enquanto partíamos pelo parque, adentrando rapidamente a noite que caía e deixando para trás os gemidos daquela coisa.

– Não, eu não vejo as coisas dessa maneira – disse ele, cheio de adrenalina. – Se todos os outros caras fossem boiolas, seria, pra mim, um mundo ideal e não haveria competição: só eu pra pegar todo o mulherio, não é?

Olhando furtivamente em volta, senti que tínhamos escapado sem ser notados. Caía a escuridão, e o Common ainda parecia deserto. Minha pulsação estava voltando ao normal.

— Olhe para a bichinha caída lá — disse eu, fazendo sinal com o polegar enquanto o ar da noite me esfriava e acalmava. — Sua gata está esperando criança. Você ia querer que um pervertido daqueles desse aula na turma do seu filho? Ia querer aquele boiola fazendo lavagem cerebral no garoto, ensinando que o que *ele* faz é normal, porra?

— Vamos lá, parceiro, você já pegou o cara e eu ajudei, mas sou um cara do tipo viva-e-deixa-viver.

O que Charlie não entendia era a política da situação; como esses caras estão se apossando de tudo. Tentei explicar a ele.

— Escute só... lá na Escócia eles querem acabar com aquela Seção 28 da lei, a única coisa que impede a porra de bichas assim interferirem com as crianças.

— Isso não passa de papo furado antigo. — Charlie abanou a cabeça. — Não tinha porra de Seção 28 nenhuma no meu tempo de escola, nem no do meu pai, nem no do meu avô. Não precisávamos disso. Ninguém pode lhe ensinar quem você quer comer, porra. Ou está lá, ou não está.

— O que você quer dizer? — perguntei.

— Bom, você sabe que não quer transar com caras, a não ser que você já seja um pouco assim, em primeiro lugar — respondeu ele, olhando para mim por um ou dois segundos e depois sorrindo.

— O que isso quer dizer?

— Bom, talvez vocês, escoceses, sejam diferentes, porque usam aquela porra de saia. — Riu ele. Depois viu que eu não estava brincando, de modo que me deu um leve soco no ombro. — Vamos lá, Joe, só estou gozando com a sua cara, seu puto tenso e escroto. Nós perdemos o controle, mas a porra deu resultado. Vamos em frente.

Lembro que não fiquei muito feliz com aquilo. Com certas coisas não se brinca, mesmo entre amigos. Mas decidi deixar para lá: eu só estava um pouco paranoico, porque alguém podia nos ter visto encher aquela bicha de porrada. Charlie era um grande amigo, um velho amigo; a gente se sacaneava um pouco em busca de uma risada, mas a coisa morria aí. Charlie era um puto legal pra caralho. De modo que fomos realmente em frente, a um bar aberto até tarde que ele conhecia, e não pensamos mais no caso.

Mas tudo isso me volta à lembrança durante a viagem de metrô, enquanto olho para as bichas nojentas sentadas à minha frente. Aahhrr. Minhas entranhas se revolvem quando um deles me lança o que parece ser um sorriso maroto. Desvio o olhar e tento controlar a respiração. Meus dedos se enterram no estofado do banco. Os dois boiolas saltam em Covent Garden, que é a porra da minha parada. Deixo que eles sigam na frente e entrem no elevador, que nos levará ao nível da rua. O elevador está apinhado de gente, e o simples fato de estar tão perto dos boiolas deixaria minha pele arrepiada, de modo que prefiro esperar o próximo. Já estou me sentindo bastante enjoado quando saio do metrô e rumo para o Lamb and Flag.

Chego ao balcão, e Charlie está falando ao celular. Imbecil. Ele parece estar com uma garota que me é um pouco familiar, e não me viu entrar.

– Menina. Quatro e vinte da manhã. Pouco mais de dois quilos e meio. As duas passam bem... é Lily. – Ele me vê e abre um grande sorriso. Aperto o ombro dele e cumprimento com a cabeça a garota, que instantaneamente percebo ser sua irmã. – Essa é Lucy.

Lucy sorri para mim, inclinando o rosto para um beijo que fico feliz em dar. Minha primeira impressão é de que ela é bonita pra caralho. O longo cabelo é castanho-escuro, e ela tem óculos escuros apoiados no alto da cabeça. Usa calça jeans azul e um corpete azul-claro. Minha segunda impressão (que deve ser contraditória) é que ela se parece com Charlie.

Sabia que Charlie tinha uma irmã gêmea, mas não a conhecia. Agora ela estava ali, parada conosco no balcão, e a coisa era desconcertante, porque ela *realmente* se parecia com ele. Eu nunca, nunca poderia imaginar uma mulher parecida com Charlie. Mas ela era.

Uma versão bem mais esbelta, feminina e infinitamente mais bonita, mas sob outros aspectos muito parecida com Charlie.

Ela sorri para mim e me dá um olhar de avaliação, enquanto encolho minha barriga de cerveja.

– Você é o famoso Joe, não é?

A voz dela é aguda e um pouquinho anasalada, com uma versão mais suave do sotaque do sul de Londres de Charlie. Esse sotaque dele é *tão* forte que, quando nos conhecemos, pensei que ele só podia ser um puto sofisticado, tentando se mostrar.

– Sou. Então, você é a Lucy – digo, com aprovação óbvia, olhando para Charlie, que ainda tagarela ao celular, e depois voltando a olhar para ela. – Está tudo bem?

– Está. É uma menina. Às quatro e vinte da manhã. Pouco mais de dois quilos e meio.

– A Melissa está legal?

– Está. Ela teve um parto bem difícil, mas pelo menos o Charlie estava lá. Ele saiu durante as contrações e...

Charlie termina a arenga e nós nos abraçamos. Ele faz sinal pedindo drinques enquanto assume a narração. Parece feliz, exausto e um pouco assombrado.

– Eu estava lá, Joe! Só saí pra tomar um café, e quando voltei ouvi uma voz dizendo "A cabeça está vindo", de modo que entrei correndo. A próxima coisa que vi foi aquilo nos meus braços!

Lucy lança um olhar de reprovação para o irmão; suas sobrancelhas espessas e negras são exatamente como as dele.

– *Aquilo* é uma *menina*. A Lily, lembra?

– É sim, o nome dela é Lily. – O celular de Charlie toca de novo. Ele levanta as sobrancelhas e dá de ombros. – Oi, Dave... Sim, uma menina... Às quatro e vinte da manhã... Pouco mais de dois quilos e meio... Lily... Provavelmente no Roses... Ligo para você dentro de uma hora. Um abraço.

Assim que ele recuperou o fôlego, o telefone tocou de novo.

– É engraçado nós nunca termos nos encontrado – comenta Lucy. – Porque o Charlie vive falando de você.

Penso um pouco.

– É, ele me convidou para ser padrinho de casamento, mas meu velho estava muito doente na época, e precisei ir até lá. Mas acho que foi melhor assim... um dos amigos mais chegados, alguém que conhecia a família e tudo o mais.

Meu velho sobreviveu. Não que houvesse ficado contente em me ver. Nunca me perdoara por eu não ter ido à primeira comunhão da Angela. Mas eu não podia contar a ele, não podia falar que era por causa do puto daquele padre. Não agora. Já passara água demais debaixo da ponte. Mas um dia aquele puto ainda teria o que merecia.

– Não sei, poderia ter sido bacana ver você de saia. – Ela dá uma risadinha. O riso faz seu rosto dançar. Percebo que ela está um pouco bêbada e emotiva, mas realmente está flertando comigo. Sua semelhança com Charlie me deixa nervoso, mas estranhamente excitado. O negócio é que lembro do puto cagando regras logo depois de termos espancado aquela bicha no Common. E fico imaginando como ele se sentiria se eu e sua irmã engrenássemos.

Enquanto eu e Lucy conversamos, percebo que Charlie já está captando as vibrações. Ele continua falando ao celular, mas está premido de urgência agora; fica tentando encerrar as conversas o mais depressa possível, para descobrir o que está acontecendo conosco. Vou mostrar uma coisa a esse puto. Cagando regras. Inglês escroto.

– Nigel... você já soube. Notícia boa se espalha rápido. Quatro e vinte da manhã... Uma menina... Pouco mais de dois quilos e meio... As duas passam bem... Lily... O Roses... Provavelmente às nove, mas eu ligo para você dentro de uma hora. Tchau, Nigel.

Faço sinal para o barman, pedindo três Becks e três Smirnoffs. Charlie levanta as sobrancelhas.

– Calma aí, Joe, vai ser uma noite comprida. Vamos para o Roses à noite, para molhar a cabeça do bebê.

– Por mim, ótimo.

Lucy puxa meu braço.

– Eu e Joe já começamos – diz.

Fico pensando que Charlie pintou uma bela imagem de mim, porque conquistei sua irmã sem dizer a porra de uma palavra. Pela expressão do coitado do puto, ele também acha isso; pensa até que fez um trabalho bom *demais*.

– É, bom, tenho que voltar – geme ele. – Preciso comprar umas coisas para a Mel e o bebê, que vão para casa amanhã. Vejo vocês dois mais tarde lá no Roses. Tentem não chegar muito bêbados.

– Está bem, papai – digo, com a maior cara de pau, e Lucy ri, talvez um pouco alto demais.

Charlie sorri e diz:

– Vou dizer uma coisa pra você, Joe, dava pra ver que ela já é Millwall. Saiu da barriga chutando!

Reflito por um segundo.

– Dê a ela o nome de Milly, em vez de Lily.

Charlie baixa o lábio inferior, levanta as sobrancelhas e esfrega o maxilar, como quem pensa no assunto. Lucy lhe dá um pequeno empurrão no peito.

– Não ouse fazer isso! – diz ela. Depois vira para mim: – Você é tão ruim quanto ele... encorajando meu irmão a fazer uma coisa dessas.

Ela fala bem alto para um bar quieto e algumas pessoas se viram, mas ninguém se incomoda, sabem que estamos apenas nos divertindo, bebendo inofensivamente. Eu já estou muito a fim dela. Curto seu jeito. Gosto do modo como ela deu aquele passinho extra na minha direção, entrando no meu espaço. Gosto do modo como ela se inclina para a frente enquanto conversa, do jeito como seus olhos dardejam e como as mãos se movem quando ela fica excitada. Tudo bem, é um momento emotivo, mas ela é dadeira, a fim pra caralho, dá pra ver isso. Estou gostando dela cada vez mais e, conforme a bebida vai fazendo efeito, vendo cada vez menos o Charlie nela. Gosto daquela verruga no queixo dela, não é uma verruga, é a porra de um sinal de nascença, e do seu cabelo comprido, luxuriante, castanho-escuro. É, vai ser uma bimbada maneira.

– Até mais tarde – despede-se Charlie. Ele me dá um abraço apertado, e depois se afasta. Beija e abraça Lucy. Quando vai saindo, seu celular dispara. – Mark! Olá! Uma menina... Às quatro e vinte... Desculpe, Mark, a ligação está ruim, parceiro, espere eu sair daqui...

Eu e Lucy terminamos preguiçosamente nossos drinques antes de resolver ir embora. Damos a volta no West End e descemos a rua Old Compton: como de costume, o lugar está apinhado de bichas. Por toda a parte que se olhe. Fico enojado, mas não digo nada a ela. Em Londres, nos dias atuais, é quase obrigatório para uma mulher ter um amigo veado. Um acessório leal, quando o verdadeiro homem da sua vida mandá-la pra puta que pariu. Mais barato do que um cachorro, sem necessidade de ser alimentado ou levado pra passear. E também ninguém nunca ouviu um pastor-alemão ao telefone, balbuciando e se lamentando que seu parceiro, um collie border, pagou boquete prum rottweiler desconhecido no parque próximo.

Sujeira da porra...

Eu me levanto do banquinho e, por um instante, sou obrigado a sentar de novo porque fico tonto. Minha pulsação está acelerada, e sinto uma dor no peito. Preciso desacelerar o ritmo; beber muito no calor sempre me fodeu.

– Você está bem, Joe? – pergunta Lucy.

– Nunca estive melhor. – Sorrio, tentando me recompor. Mas lembro que tive que me sentar por um instante ainda hoje, mais cedo, lá no apartamento do Andy. Peguei a marreta e estava louco para derrubar a parede. Então, senti uma espécie de espasmo no peito e, sinceramente, achei que ia apagar. Fiquei sentado por algum tempo, e então me senti bem. Só estou exagerando um pouco na bebida ultimamente. É nisso que dá ficar solteiro de novo.

Eu levanto, e me sinto um pouco nervoso no bar seguinte, mas me concentro em Lucy, bloqueando a visão de toda aquela veadagem à nossa volta. Tomamos mais umas cervejas, e depois decidimos comer uma pizza na Pizza Express, para atenuar o efeito da bebida.

– É estranho não termos nos conhecido antes, já que você é um dos amigos mais chegados de Charlie – afirma Lucy.

– E você é a irmã gêmea dele – acrescento. – Mas sabe de uma coisa? Você é muito mais bonita do que ele.

– E você também – fala ela, com um olhar de avaliação frio. Ficamos olhando um para o outro por cima da mesa por alguns segundos. Lucy é uma garota bastante magra, mas peituda. Isso nunca deixa de impressionar: peitos substanciais numa garota magricela. Nunca deixa de me causar um profundo suspiro de admiração. Ela tira os óculos escuros da cabeça e joga o cabelo para trás, afastando-o dos olhos naquele gesto faceiro que, com toda sua babaquice, vamos ser sinceros, nunca deixa de acelerar os hormônios. Não que ela seja uma garota metida a besta, ou coisa parecida: ela faz apenas a linha natural, boa e honesta, como seu irmão.

A irmã de Charlie.

– Acho que isso é o que se chama de silêncio constrangedor. – Sorrio.

– Não quero ir a Lewisham – diz Lucy, abrindo um sorriso para mim, enquanto se inclina para a frente na cadeira. Está sentada sobre as mãos, para impedir que elas se agitem muito, acho. Fica muito expressiva assim... suas mãos estavam praticamente voando naquele último bar.

Mas é isso, que se foda o sul de Londres agora.

– Não, eu também não estou a fim. Para ser franco, estou gostando disso, só nós dois.

Então, ela diz pra mim:

— Você não fala muito, mas quando fala é uma doçura.

Penso no veado arrebentado no parque e cerro os dentes num sorriso. Papo doce.

— Você é uma doçura — digo a ela.

Papo doce.

— Onde você mora? — indaga ela, levantando as sobrancelhas.

— Tufnell Park — respondo. Deveria dizer mais, mas não é preciso. Ela está conduzindo as coisas bem para nós dois, e sinto que só posso perder essa trepada se falar demais, e de jeito algum posso fazer isso, devido ao estado em que minha vida sexual se encontra ultimamente.

É uma roubada dividir apartamento com duas gatas bacanas e não sair com qualquer uma delas. Todo mundo diz "seu escroto sortudo", mas aquilo é tortura pura. Descobri que quanto mais você diz que não está comendo nenhuma das duas, menos inclinadas as pessoas ficam a acreditar. Eu me sinto aquele puto do filme *O homem da casa*.

É, eu bem que podia dar uma trepada. E ela também, pelo andar da carruagem.

— Vamos pegar um táxi — propõe Lucy, ansiosa.

Já no táxi, dou-lhe um beijo na boca. Na minha paranoia de celibatário, imagino que devo ter interpretado mal os sinais, e que seus lábios estejam frios e tensos, mas estão abertos, quentes e úmidos. Num instante estamos praticamente nos devorando. Quando paramos para respirar, os fiapos de conversa revelam que ambos estamos tentando esquecer outras pessoas. Trocamos ansiosamente esses monólogos, sabendo que, se não fôssemos tão íntimos de Charlie, nem nos importaríamos com isso, mas nas atuais circunstâncias as boas maneiras pedem que cada um se inteire do histórico recente do outro. Pouco importa se já nos livramos realmente de nossos ex-parceiros ou não: transas de "ricochete" são mais do que legais quando o celibato é a única alternativa.

Lembro com satisfação e alívio que fui recentemente a uma lavanderia e mandei lavar um edredom novo, que coloquei na cama. De modo que, quando chegamos ao meu apê, fico encantado ao ver que Selina e Yvette ainda estão fora, e que não preciso passar por apresentações cansativas. Vamos direto para o quarto, e eu estou fodendo a irmã gêmea de um dos meus melhores amigos. Estou por cima de Lucy, e ela fica mordiscando o lábio inferior, feito... feito Charlie quando fomos a Ibiza no ano passado. Tínhamos laçado duas garotas de York e estávamos trepando com elas no quarto, quando levantei o olhar e vi Charlie mordiscando o lábio inferior, muito concentrado. Os olhos e as sobrancelhas dela são tão parecidos com os do irmão.

A coisa está me desconcentrando. Sinto que estou brochando um pouco. Recuo e arquejo:

– Agora por trás.

Ela se vira, mas não fica de joelhos, só deitada de bruços, com um sorriso perverso. Fico pensando por um segundo se ela quer ou não que eu meta na bunda. Não curto isso. Mas ela parece gostosa, e eu fico de pau duro de novo, as associações perturbadoras com Charlie já inteiramente sumidas da minha cuca. Só vejo aquela cabeleira, o corpo esbelto e a bunda feito um pêssego, tudo à minha disposição. Luto para meter na xota dela, tentando manter parte do peso sobre os braços enquanto enfio.

O troço entra, e logo estamos fodendo de novo a todo pano. Lucy solta ocasionais gemidos apreciativos, sem grande estardalhaço. Gosto disso. Mantenho o olhar em certo ponto na cabeceira para não ficar excitado demais e gozar logo, porque já faz algum tempo e eu...

Estou sentindo...

ZZUUMM...

XXUUÁÁ...

AH...

AAAHHH...

Não...

Por um instante, acho que gozei um pouco: o quarto parece escurecer e rodar, mas recobro os sentidos e ainda continuamos ali. O estranho é que subitamente percebo que suas dimensões parecem ter mudado. Seu corpo parece mais arredondado e cheio. E ela está quieta agora, como se tivesse desmaiado.

E... há alguém na cama junto de nós. É Melissa! A esposa de Charlie, e ela está dormindo. Olho para Lucy, mas *não é* Lucy. É Charlie: eu estou... eu estou... eu estou comendo o cu de Charlie. EU ESTOU COMEN...

Um espasmo de horror me percorre, a rigidez passando do membro ereto para o corpo todo. Meu pau fica imediatamente mole, Deus é testemunha, e me afasto, suando e tremendo. Percebo, mais chocado ainda, que não estou mais na minha casa. Estou no apartamento de Charlie.

QUE PORRA É ESSA? Deslizo para fora da cama e olho em torno. Charlie e Melissa parecem estar dormindo profundamente. Não há sinal de Lucy. Não consigo encontrar minhas roupas, todas as peças desapareceram. Que porra de lugar é esse? Como eu vim parar aqui, porra?

Pego uma camiseta velha e fedorenta, em que se lê *South London Press*, e uma calça de corrida, que estão numa pilha na cesta de roupa suja. Charlie gosta de correr, é fanático por malhação. Olho de volta para ele, ainda adormecido, fora de combate.

Visto as roupas e vou até a sala da frente. É mesmo a casa de Charlie e Melissa. Não consigo pensar direito, mas sei que tenho que cair fora dali rapidamente. Logo saio do apartamento e corro como um condenado pelas ruas de Bermondsey até chegar à Ponte de Londres. Sigo para a estação do metrô, mas percebo que não tenho dinheiro. De modo que vou trotando pela ponte na direção da cidade.

Minha cabeça ferve com as perguntas óbvias. Que porra aconteceu? Como eu vim parar na zona sul de Londres? Na cama de Charlie? Com Charl... é óbvio que minha bebida foi batizada de algum modo, mas quem armou isso pra cima de mim, porra? Não consigo me lembrar!
NÃO CONSIGO ME LEMBRAR, PORRA!
NÃO SOU VEADO!
A porra da Lucy. Ela é esquisita. Mas seu irmão, não, certamente não. Eu e Charlie... Não consigo acreditar. Não consigo...

O mais estranho, porém, é que, exatamente quando eu devia estar com vontade de me suicidar, porra, estou, a despeito de mim mesmo, sendo tomado por uma calma esquisita. Eu me sinto tranquilo, mas estranhamente etéreo; de certo modo dissociado do que aconteceu, e tudo parece secundário, porque estou protegido nessa bolha flutuante de serenidade. Devo estar sonhando acordado quando cruzo a rua em Bishopsgate, porque não vejo um ciclista vindo na minha direção...
PUTA QUE PAR...
ZZUUMM...
Há um clarão e um tintilar em meus ouvidos e milagrosamente me vejo parado em Camden Lock. Não há absolutamente nenhuma sensação de que houve qualquer impacto com o garoto na bicicleta. Algo está acontecendo, mas não me preocupo. Esse é o problema. Eu me sinto bem, não ligo. Pego a rua Kentish Town, na direção de Tufnell Park.

A porta do meu apartamento está trancada e eu não tenho as chaves. As garotas devem estar lá dentro. Bato de leve na porta e... zzuumm... um sopro de ar em meus ouvidos e já estou parado dentro da sala. Yvette está passando roupa, enquanto vê televisão. Selina está sentada no sofá, apertando um baseado.

– Bem que um pouquinho disso aí viria a calhar – digo. – Vocês não vão acreditar na noite que passei...

Elas me ignoram. Falo de novo. Nada de reação. Caminho na frente delas. Não me reconhecem. Elas não conseguem me ver nem ouvir!

Resolvo tocar Selina para ver se consigo alguma reação, mas retiro a mão. Posso quebrar o feitiço. Há alguma coisa de excitante e forte nessa invisibilidade.

Mas também há algo de errado com as duas. Elas parecem estar tão chocadas quanto eu. Deve ter sido a noite que elas tiveram, também. É isso, garotas: nós pagamos para nos divertir.

– Ainda não consigo acreditar – diz Yvette. – Um coração fraco. Ninguém sabia que ele era cardíaco. Como pode uma coisa dessas não ser detectada?

– Ninguém sabia que ele tinha *um* coração – fala Selina com um muxoxo. Depois ela dá de ombros, como que culpada. – Isso não é justo... mas...

Yvette olha fixamente para ela e sibila raivosamente:

– Que frieza da porra, sua vaca...

Selina começa a dizer:

– Desculpe, mas eu... – Ela bate na testa, confusa. Depois decide subitamente: – Ah, que merda, vou tomar uma chuveirada! – E sai da sala.

Decido segui-la até o banheiro, para vê-la sem roupa. Sim. Vou aproveitar essa brincadeira de invisibilidade. Exatamente no momento em que ela começa a se despir...

ZZUUMM...

Não estou mais no banheiro. Estou bombando sem parar... sim... si... im... estou fodendo alguém... as coisas começam a entrar em foco...

Só pode ser Lucy, foi tudo uma porra de alucinação maluca, algum repique de LSD ou coisa assim, foi tudo... Mas não...

NÃO!

Estou em cima do meu amigo Ian Calder, metendo no rabo dele. Ian está inconsciente e eu vou mandando brasa. Vejo que estamos no sofá da casa dele, lá em Leith. Estou de volta à Escócia, metendo na porra do cu de um de meus amigos mais antigos, como se fosse uma espécie de veado estuprador!

AH, NÃO, MEU DEUS... NÃO NA PORRA DA ESCÓCIA...

Tenho a sensação de que vou vomitar em cima dele. Recuo, enquanto Ian começa a fazer uns barulhos delirantes, como se estivesse tendo um sonho mau. Há sangue no meu pau. Levanto a calça do traje de corrida e saio correndo da casa para a rua.

Estou em Edimburgo, mas ninguém pode me ver. Estou ficando louco, enquanto corro gritando pela Leith Walk, depois a rua Princes, tentando evitar as pessoas. Mas, quando ganho velocidade na esquina da rua Castle, esbarro numa velha com um andador...

Então...

ZZUUMM...

Estou numa cela de prisão, comendo o rabo da porra de um cara. Ele está deitado na cama, inconsciente, debaixo de mim.

AH, PUTA QUE PARIU...

É meu velho parceiro Murdo. Ele foi preso por tráfico de cocaína.

ECA...

Eu me afasto e pulo fora do beliche de cima. Estou enjoado, com tossidos secos, rascantes, e busco amparo na parede da cela. Nada sai do meu estômago. Olho em volta enquanto Murdo volta a si, com o rosto retorcido de dor e confusão. Ele se vira, toca a bunda, vê merda e sangue nos dedos, começa a gritar e pula para baixo. Começo a berrar, tomado de medo.

– Posso explicar, amigo... não é o que parece...

Mas Murdo me ignora e vai até seu companheiro de cela no beliche inferior, atacando de modo selvagem o pobre sujeito. Seus punhos golpeiam o rosto do prisioneiro espantado.

– TU, EU TE CONHEÇO! TU FEZ ALGUMA COISA COMIGO! EU TE CONHEÇO! PORRA DE VEADO ENRUSTIDO, DOENTE! ANIMAL DA PORRA!

– AAHHRR! EU ESTOU AQUI POR INVASÃO DE DOMICÍLIO – protesta o garoto, chocado.

ZZUUMM... Os gritos do cara se desvanecem enquanto vou... Estou parado numa capela funerária, no fundo do salão. Um crematório: Warriston, Monktonhall, ou então Eastern. Não sei, mas estão todos lá: minha mãe e meu pai, meu irmão Alan e minha irmãzinha Angela. Defronte de um caixão. E eu percebo imediatamente quem está dentro do caixão.

Estou na porra do meu próprio funeral.

Fico gritando para eles: o que é isso? O que está acontecendo comigo? Mas, de novo, ninguém consegue me ouvir. Não, isso não está certo. Há um cara que parece ouvir: aquele velho gordo, de cabelo branco e terno azul-escuro. Ele levanta os dois polegares para mim. O puto velho parece ter um brilho em torno do corpo e emitir raios de luz incandescentes.

Eu me movimento na direção dele, completamente invisível para o restante das pessoas ali reunidas, tal como ele parece ser.

– Você... você pode me ouvir. Conhece o Hampden Roar aqui. Que porra é essa?

O velho simplesmente sorri e aponta para o caixão diante dos presentes.

– Quase atrasado para o seu próprio funeral, parceiro.

Depois dá uma risada.

– Mas como? O que aconteceu comigo?

– Bom, você morreu quando estava transando com a irmã do seu amigo. Problema cardíaco congênito, que você nem mesmo conhecia.

Que merda. Eu estava mais doente do que pensava.

– Mas... quem é você?

O velho sorri.

– Bom, eu sou o que vocês chamam de anjo. Estou aqui para ajudar na sua passagem para o outro lado.

Ele tosse e leva a mão ao rosto, prendendo o riso.

– Perdoe o gracejo. – Ele dá uma risadinha. – Tenho todo tipo de nome em diferentes culturas. Pode ser útil me chamar por um dos que eu menos gosto: São Pedro.

A confirmação da minha morte induz em mim uma estranha euforia, e um alívio que não é pequeno.

– Então, estou morto! Obrigado, porra! Isso quer dizer que eu nunca enrabei meus amigos. Você me deixou meio preocupado com isso!

O velho puto angelical lentamente balança a cabeça com seriedade.

– Você ainda não está do outro lado.
– O que você quer dizer?
– Você é um espírito inquieto, vagando sobre a Terra.
– Por quê?
– Castigo. Essa é a sua penitência.

Eu não estou a fim disso e pergunto ao escroto:

– Castigo? Eu? Que porra eu fiz de errado?

O velho sorri como um vendedor escorregadio prestes a me dizer que não há o que ele possa fazer acerca daquela instalação de bosta.

– Bem, Joe, a verdade é que você não é um mau sujeito... mas anda um pouco misógino e homofóbico. De modo que sua punição é fazer com que você vague pela Terra como um fantasma homossexual, fodendo seus antigos amigos e conhecidos.

– De jeito nenhum! Não vou fazer isso de jeito nenhum! Você não pode me obrigar, porra – digo, calando a boca constrangidamente ao perceber que o velho escroto vem fazendo exatamente isso comigo.

– É, esse é seu castigo por espancar veados – retruca o tal anjo, sorrindo de novo. – Vou ficar observando e rindo, enquanto você se atormenta de culpa. Não só vou obrigar você a fazer isso, Joe, mas também fazer com que *continue* fazendo até passar a gostar da coisa.

– De jeito maneira. Você deve estar brincando, porra. Nunca vou gostar disso. – Aponto para mim mesmo. – Nunca! Seu babaca...

Avanço pronto para estrangular o escroto, mas há outro silvo, um clarão, e ele desaparece.

Sento em um lugar vago no fundo da capela, com a cabeça nas mãos. Olho em torno, para os fiéis. Lucy veio; ela está sentada bem perto de mim. Isso é bacana da parte dela. Deve ter sido um puta choque para ela. Num minuto há um cara de pau duro em cima de você, e no seguinte o cara inteiro está completamente duro. Charlie também veio, está com Ian e Murdo no fundo da capela.

Todos estão se levantando. Então, vejo aquele puto do padre velho. Padre Brannigan. Ele, encomendando minha alma! Aquele puto velho, imundo e maligno!

Fico olhando para meus pais, berrando silenciosamente com eles por causa dessa espantosa traição. Lembro-me de ter dito para eles: "Não quero mais ser coroinha, mamãe", e da decepção de minha mãe. Já meu velho nunca ligou porra nenhuma para a coisa. "Deixa o rapaz fazer o que quiser", disse ele. Mas quando eu não fui à primeira comunhão de Angela e não pude contar a eles a razão...

Puta que pariu... aquele velho canalha me tocando, e pior... me obrigando a fazer coisas com ele... Eu nunca contei, nunca *pude* contar. Nunca. Nem mesmo pensar sobre o assunto. Sempre jurei que ainda ia pegar a porra do cara um dia. Agora ele está ali, encomendando minha alma, com mentiras piedosas ecoando pela capela.

– Joseph Hutchinson era um jovem cristão, bondoso e sensível, tirado prematuramente do nosso convívio. Mas, em nosso pesar e nossa perda, não devemos deixar de lembrar que Deus tem um plano, não importa quão obscuro possa parecer para nós, mortais. Joseph, que serviu como coroinha nesta mesma casa do Senhor, teria compreendido essa verdade divina mais do que a maioria de nós...

Quero gritar a plenos pulmões a verdade para eles todos, contar a eles o que aquele puto velho e imundo fez comigo...

ZZUUMM...

Então já estou por cima do velho Brannigan, que berra debaixo do meu peso; seus velhos ossos magros e fedorentos, esmagados debaixo do meu peso. Estou metendo no puto velho e sujo; enfiando tudo com força naquele rabo, enquanto ele berra. Rosno, numa raiva de demente:

– Você não vai contar a ninguém, pra não receber o castigo de Deus por ser um pecador...

Vou fodendo o padre cada vez com mais força. Ele guincha, agonizando, e bum! Seu coração para, e eu sinto aquele coração parar enquanto o corpo solta o último suspiro. Brannigan estremece debaixo de mim e seus olhos reviram para o céu. Sinto sua essência se elevar através de seu corpo e do meu, plantando um pensamento na minha psique que diz SEU PUTO, enquanto ele se afasta flutuando, com um grito silencioso partindo de seu espírito feito o peido de um balão ao se soltar no espaço.

Fico soluçando e chorando sozinho, dizendo repetidas vezes com autodesprezo:

– Quando isso terminará? Quando terminará este pesadelo?

ZZUUMM...

Então, estou com Andy Sweeney, meu melhor amigo; nós crescemos juntos, fizemos quase tudo juntos. Ele sempre foi mais popular do que eu... melhor aparência, mais inteligência, um bom emprego... mas era meu melhor amigo. Como eu disse, fazíamos tudo juntos... bom, quase tudo. Mas agora estou por cima dele, comendo seu rabo... e é horrível.

– QUANDO VAI TERMINAR ESSA PORRA DE PESADELO? – berro.

E ele está no quarto conosco, o velho São Pedro, do funeral. Está sentado numa poltrona observando-nos de maneira estudada e neutra.

– Quando você começar a gostar disso, e deixar de sentir culpa, é então que vai parar – responde-me ele, friamente.

E lá vou eu, comendo o rabo do meu melhor amigo. Meu Deus, estou me sentindo enojado e mutilado, com revolta, ódio e culpa...

... sinto-me doente e feio, numa constante tortura, quando sou compelido a bombear feito a porra de uma máquina de foda infernal, sentindo que minha alma está se despedaçando...

... indo para um lugar além do medo, da humilhação e da tortura, e odiando isso, desprezando isso, detestando isso tanto, porra... uma dor tão grande e difusa que nunca virei a sentir qualquer coisa que não seja esse horror puro...

... ou é isso que continuo dizendo ao puto maluco daquele anjo.

O NAMORADO DE ELSPETH

Com alguns putos a gente se dá bem logo de começo, e com outros caras implica de pronto. O namorado da Elspeth, por exemplo; um caso ilustrativo pra caralho. Quer dizer, eu nem conhecia o cara até o dia de Natal, e da velha só ouvia sobre ele "Greg isso", "Greg aquilo" e "ele é um rapaz muito amável".

A gente começa a matutar: ah, é?

Natal. Alguns putos gostam da data, mas pra mim é um monte de merda. Comercializada demais. Geralmente somos só nós da família. Mas eu tinha acabado de ir morar com a porra da minha namorada, Kate, e era nossa primeira temporada festiva juntos. Tivemos uma briga séria sobre o assunto; mas é preciso lembrar que isso sempre acontece no Natal. Não seria a porra de um Natal sem tudo que é puto infernizando a vida dos outros.

Como qualquer puto pode adivinhar, porra, ela está se queixando de que nós vamos à casa da minha mãe em vez de ir à da mãe dela. Mas o negócio é que meu mano Joe e a mulher dele, Sandra, e os dois filhos deles, além da minha irmã Elspeth, estariam lá. Tradição e coisa e tal. Foi o que eu falei pra Kate: "Sempre vou à casa da minha velha no Natal. Aquela vaca com quem eu vivia, a June, está levando nossos filhos à casa da velha *dela*. Não que isso me chateie, mas significa que minha mãe não vai ver as crianças no Natal. Mas a June é assim mesmo, rancorosa pra caralho."

A gente não consegue ganhar a porra da discussão com o mulherio no Natal. É, a Kate ficou emburrada. Ela diz: "Tá bem, você vai à casa da sua mãe e eu vou à casa da minha família." Eu digo para ela: "Não comece a provocar, porra, nós vamos à casa da minha mãe e pronto. Não tente esnobar a minha velha."

De modo que a coisa foi resolvida. Perto da data, telefono para minha velha, perguntando a que horas devíamos chegar. Ela responde assim: "Ah, deixa eu ver, a que horas foi mesmo que a Elspeth disse que ela e o Greg viriam?"

Bom, já deu pra sacar a porra do panorama. Quando chega o dia de Natal, eu e Joe já estamos com a porra do saco cheio do tal namorado da Elspeth, aquela porra de Greg ou que outro nome tenha. Eu tinha passado toda a véspera de Natal bebendo com a galera, e Joe estava no mesmo barco, dava para ver pelos olhos do puto que ele estava completamente fodido. É, foi uma noitada do caralho. Carreiras de pó batidas de cinco em cinco minutos; garrafas e garrafas de champanhe entornadas. Para mim, Natal é isso, é só se soltar. Principalmente com champanhe, que eu adoro, posso beber champanhe até que a vaca tussa. Deve ser o aristocrata dentro de mim. A porra do sangue azul.

Mas no dia seguinte a gente sofre, e não é pouco.

Na manhã de Natal, eu e ela temos outra baita discussão. Minha cabeça está doendo pra caralho e parece que algum puto derramou um monte de concreto nos seios da minha face. Tentando me arrumar para ir à casa da minha mãe, mesmo me sentindo mal assim, ouço a pergunta:

– O que você acha que eu devo usar no dia de hoje, Frank?

Simplesmente olho para ela. – Roupas – respondo.

Isso fecha a porra da boca dela por um instante.

Depois eu digo:

– Como eu vou saber, porra?

Ela olha para mim.

– Bom, é pra ir toda elegante? – indaga.

– Vá como quiser, porra – respondo. – Eu não vou me enfarpelar todo, feito a porra de um peru, só pra ficar sentado lá na casa da minha mãe vendo televisão. Jeans, camisa Ben Sherman e cardigã Stone Island... vou assim.

Ela parece se satisfazer com isso, e põe um traje esportivo. Informal, mas bem elegante, sacou? É, mas vejo de longe que ela está num mau humor da porra. Simplesmente penso, bom, se ela quer ser antissocial nesse Natal, foda-se.

Seguimos pela rua e chegamos à casa da velha. Joe e família já estavam lá.

– Oi, oi, Franco – diz a tal da Sandra pra mim.

– Oi – respondo. Nunca fui muito com ela. Abusada demais. Não entendo como o Joe aguenta. Mas foi escolha dele. De jeito nenhum seria a minha, porra. Pelo menos ela e Kate se dão bem, e isso é uma coisa boa, porque mantém as crianças longe do Joe, e assim nós podemos encher a cara em paz. Abro uma lata de Rid Stripe. Vou tomar um porre do caralho; para mim, Natal é só isso.

Entramos firme na cerveja. Simplesmente ficamos lá sentados, pensando em meio a nossas ressacas, se esse puto do Greg, ou seja lá que nome tiver o garoto, começar a ficar abusado, vai levar a porra de uma porrada na boca, seja Natal ou não, porra.

Depois de um tempo a porta se abre, e é Elspeth. Um puto alto, com o cabelo escuro repartido de lado, entra atrás dela. Ele está todo elegante, nos trinques, de sobretudo e terno... dá pra ver que o puto realmente gosta de si mesmo. O que me deixou arretado foi o cabelo repartido de lado. Algumas coisas conseguem dar na porra dos nossos nervos sem motivo, sacou? Mas o que *realmente* me irritou foi que ele carregava um buquê de flores. Flores, na porra do dia de Natal!

– Para você, Val – diz ele pra velha, dando um beijinho no rosto dela. Depois o babaca vem até mim, estende a mão, e diz: – Você deve ser o Frank.

E eu penso "sim, quem quer saber, caralho", mas deixo a coisa passar, porque não quero provocar uma cena. Simplesmente não fui com a cara desse veado esnobe... Acontece com certas pessoas, sacou? Por mais que tente, você simplesmente não vai com a porra da cara delas.

Mas me contenho e aperto a mão do babaca, pensando "Natal é isso aí, tempo de boa vontade".

– Que bom conhecer você finalmente. A Elspeth fala muito em você. Em termos muito elogiosos, devo dizer – continua o cara.

Fico com vontade de perguntar ao puto qual é a dele, porra, ele está procurando encrenca ou coisa assim, mas ele se vira e vai até Joe.

– E você deve ser o Joe.

– Sou – diz Joe, apertando a mão do cara, mas sem se levantar da cadeira. – Então, você é o namorado da nossa Elspeth, não é?

– Claro que sou – fala o outro, sorrindo para ela, e percebo que ele lhe dá um ligeiro aperto na mão. Ela fica toda ouriçada, como se nunca tivesse saído com um homem antes.

– O amor é um sonho jovem – diz a tal da Sandra, arrulhando como a porra dos pombos gordos que meu velho costumava criar. Eu me lembro de ter torcido o pescoço de alguns dos putos depois de uma surra que ele me deu uma vez. Mas o melhor é tocar fogo naqueles bichos. É superlegal ver os putos tentando decolar, enquanto vão queimando e gritando de agonia. Vou ensinar a vocês um arrulho da porra, seus putos.

Às vezes eu simplesmente descia até o galpão dele e queimava uns dos escrotos lá, ou então pregava um no pombal. Só para ver a cara do puto velho quando ele chegava em casa, bêbado e transtornado. Punha a culpa em todo mundo: vândalos, ciganos, vizinhos, qualquer um. Ficava com vontade de matar metade de toda a porra de Leith. Eu ficava sentado defronte dele, com a expressão mais inocente do mundo.

– Ahh... qual foi que eles pegaram dessa vez, papai? – perguntava.

E o puto ficava ali, porra, quase em lágrimas. Quebrava toda a casa num acesso de raiva, antes de emburacar na bebida de novo.

Pensando bem, provavelmente era eu que levava o puto a beber! Ele e a porra daqueles pombos malucos.

A porra da Sandra. Podíamos esquecer a porra do peru, basta botar aquela puta gorda no forno para alimentar metade da porra de Leith até o próximo Natal. Só não sei por quem ela seria recheada, porque de jeito nenhum eu me apresentaria como voluntário pra essa porra. Sem a menor chance, porra! E então a vaca inchada se apresenta ao namorado de Elspeth.

– Eu sou a Sandra, mulher do Joe – diz ela pro tal do Greg, toda coquete feito uma vadia.

O cara se levanta e dá dois beijos nela, um em cada bochecha, de uma maneira esquisita pra caralho. Não curto beijar uma mulher que não conheço na casa de outra pessoa. No Natal, na porra de uma reunião de família. É, e fico observando Kate, já pensando que se ele fizer isso com ela vai levar uma porra de uma cabeçada. Porra de veado esnobe.

Mas ela me vê de olho nela e sabe como se comportar. Foi bem treinada, porra. É, *ela* sabe que não deve se exibir. Preciso dar uma palavrinha com Joe sobre essa tal de Sandra, fazendo que ele passe vergonha daquela maneira. Eu conheço aquela vaca; pau que nasce torto nunca se endireita. Nos velhos tempos, o apelido dela era ônibus 32. Isso porque todos os caras rodavam com ela por aí. Mas não cabe a mim interferir. Então, Kate estende a mão para o cara apertar, e mantém os olhos baixos, sem encarar os dele.

– Sou Kate – murmura.

Levou bem a coisa. É, talvez a mensagem sobre não dar mole pra qualquer homem esteja começando a ser entendida. E é bom que seja, porra, para o bem dela. Na minha visão, quando uma garota está com alguém, não pode ficar dando trela pra outros caras todo o tempo. Você não pode ter confiança numa vaca dessas, e precisa ter confiança num relacionamento.

O tal de Greg parece surpreso, e dá um sorriso constrangido. Tem alguma coisa esquisita com esse escroto. Alguns putos simplesmente deixam você com os dentes rilhando, não é? O filho da mãe me lembra aquele puto do seguro, que ia lá em casa quando éramos crianças. Ele sempre nos dava doces; misturebas vistosas mas vagabundas, umas bostas. É, dava pra ver que havia a porra de um puto seboso debaixo daquilo tudo. Mas eu sempre aceitava os doces do puto. Aceitava, porra. Mas nunca gostei do escroto.

    A velha passou toda a manhã na cozinha, preparando a refeição. Seu rosto está todo vermelho. Ela gosta dessa trabalheira no Natal. Nada a ver comigo. Bancar a porra da escrava em cima de um forno quente no dia de Natal. Mas você não pode imaginar o que vai na cabeça de alguns putos. Agora ela está tentando organizar a putada toda; fazendo um auê para todos nós abrirmos nossos presentes debaixo da árvore. Não dou a mínima para essa merda, porra. Quem liga pra porra de presentes? No que diz respeito a roupas e tudo o mais, tenho dinheiro para comprar o que eu quiser, porra. A gente gosta de ter o que quer usar, e não o que um puto qualquer vai lhe dar. Dei à gata duzentas libras pra roupas, e o mesmo à minha mãe. Depois dei a Joe cem libras pra ele comprar presentes pros filhos, e cinquenta pra nossa Elspeth, pra comprar o que ela quisesse. O único presente que eu comprei foi pros meus filhos. E isso só porque sei que, se eu der a June dinheiro para comprar alguma coisa pra eles, como a porra de um Playstation ou uma bicicleta, eles vão acabar recebendo alguma merda plástica para a Caverna do Ali Babá. E o resto terminaria gasto em cigarros pra ela, porra. De modo que isso foi tudo. Pro resto, foi só: aqui está a porra do meu presente de Natal pra você, simplesmente vá comprar o que quiser, porra.

    É o melhor método, porra. Pra que todo aquele alvoroço de embrulhar presentes, porra? Não aguento aquilo. Que se fodam aqueles embrulhos todos.

    Arrebentar a porra da mandíbula de algum puto.

    Fico observando Kate. Dei a ela duzentas libras para comprar roupas, caralho, e ela aparece na casa da minha mãe vestida desse jeito, nessa porra que me deixa mal. Elspeth fez um esforço, e está usando um vestido preto esperto, tudo para o puto esnobe do Greg. Até mesmo aquela porra gordona da Sandra se esforçou. Parece a porra de uma galinha velha fantasiada de franga na primavera, mas pelo menos ela tentou, caralho. Já a Kate parece a porra de uma mendiga no dia de Natal! E na casa da minha mãe!

Estão todos fazendo uma algazarra da porra por causa dos presentes. É "Ah! que lindo" e "Ah!... é exatamente o que eu queria". Então, começam a insistir para que eu abra o meu presente, de modo que simplesmente penso "bem que posso fazer os putos felizes". Se essa porra significa tanto para eles. Ganho uma camisa Ben Sherman azul-pastel de Kate, e uma Ben Sherman amarela de Joe e Sandra. No embrulho da minha velha há outra Ben Sherman listrada, preta, marrom e azul-clara. Acho que devo ter pedido uma camisa Ben Sherman a cada puto, porque não se pode errar com camisas. Sobra um embrulho, marcado com a etiqueta de presente: *Para Francis, de Elspeth e Greg, Feliz Natal*.

Parece que é mais uma porra de camisa Ben Sherman, mas quando rasgo o papel de embrulho vejo que é um suéter, com o novo emblema do clube bordado nele.

– Que lindo – diz minha mãe.

E Elspeth: – É, é um novo modelo. Tem o emblema original Harp, com o navio representando a cidade de Leith e o castelo representando Edimburgo.

Elas dão sorrisos de aprovação, e isso me enerva pra caralho. Tão tentando me gozar. Para mim, quando você compra prum puto um artigo oficial de um clube, é como se falasse pro puto que ele é a porra de um punheteiro. Nem morto vou ser visto usando aquela merda. Aquilo é para a porra de crianças pequenas e putos de miolo mole.

– Tá bom – digo, entredentes. E fico pensando "isso vai direto para o lixo quando eu chegar em casa, garanto".

Até dá pra entender, se foi a Elspeth que cometeu o erro. Quer dizer, isso é bem coisa de mulher. Mas, se o puto do Greg participou, significa que ele estava tentando me gozar. Fico puto da vida com esse desrespeito, de modo que me contenho para não dizer alguma coisa que não devia, e vou até a cozinha para pegar outra lata de cerveja na geladeira. Então penso que o tal do Greg é tão mulherzinha, porra, que provavelmente também nem tem noção da coisa.

Minha cabeça ainda está doendo e eu tomo duas drágeas extrafortes de Anadin com um gole de cerveja. Quando volto, vejo o puto do Greg brincando com a porra dos filhos do Joe, na porra do chão, com todos os brinquedos deles. Aqueles brinquedos novos são para as crianças, e não prum veadão ficar brincando. Puxo Joe de volta à cozinha.

– É melhor vigiar aquele puto com seus filhos. Tem a porra do toque de um tarado ali, estou avisando – digo.

– Você acha? – indaga Joe, pondo a cabeça pela porta pra conferir.

– Definitivamente. Você sabe como esses putos podem disfarçar. Aí é que está a coisa. Até aposto dinheiro que esse puto tá registrado como pedófilo. Dá pra perceber o tipo a quilômetros de distância.

Minha mãe nos vê e vem até nós.

– O que vocês dois estão tramando, parados na cozinha e bebendo como gambás? Saiam daí e tentem ser amáveis, é Natal!

– Está bem, mãe – falo, olhando para Joe. O puto do Greg deve ter feito uma lavagem cerebral nela, porque mulher é assim, e pra começar já num tem muito miolo para lavar, porra, mas eu e Joe já temos bastante tempo de estrada para sacar tudo daquele tipo de puto.

Mas é melhor manter o bom humor da porra da velha, ou ela vai amarrar a cara o resto do dia. De modo que voltamos para o meio dos outros e eu me sento e pego o *Radio Times*. Começo a marcar todos os programas a que vamos assistir. Na minha opinião, algum puto vai ter que decidir a fim de evitar um bate-boca escroto, de modo que pode muito bem ser eu mesmo. É disso que eu mais gosto no Natal: simplesmente sentar com umas latas de cerveja e ver um bom filme.

Que beleza! James Bond. *Doutor No*, e está prestes a começar, porra. Sean Connery, o melhor de todos os Bonds, porra. Ninguém quer ver o puto de um viadinho inglês no papel de James Bond.

Não é que eu realmente concorde em ter um puto de Edimburgo como Bond. Há putos em Leith que fariam o papel tão bem quanto Connery. O velho Davie Robb, que vive bebendo naquele bar nojento, o Marksman, é mais ou menos da idade de Connery. Um puto durão pra caralho na sua época, todo mundo concorda. Fazia de tudo. Putos assim fariam bons Bonds, se recebessem a porra do treinamento.

– Nós não vamos ver *Doutor No* – diz minha mãe. – Ora, Francis!

– Mas eu já escolhi, mãe – insisto com ela.

Ela fica parada ali de braços cruzados, como se quisesse que eu lhe desse a porra do controle remoto. Não há a menor chance disso. Às vezes, acho que minha mãe esquece que esta casa é tão minha quanto dela. Posso não morar aqui há anos, mas esta é a casa em que fui criado, de modo que sempre penso nela como minha casa. Acho que às vezes minha mãe esquece isso.

– Você já viu esse filme um monte de vezes – resmunga ela. – As crianças podem querer ver os vídeos dos desenhos animados que ganharam de Natal!

– *Toy Story 2* – fala uma das crianças. Aquele Philip, um escrotinho. Saiu à mãe.

Alguns putos são tão desligados, porra, que você tem que explicar tudo.

– Não, porque aí é que está a vantagem de ganhar a porra do vídeo – digo para eles. – É que você pode assistir ao vídeo a qualquer hora que quiser. Mas não pode assistir ao filme do Bond a qualquer hora que quiser. Ou assiste agora ou não assiste, e tem que assistir ao filme de Bond no Natal. Joe? Eu me viro pra meu irmão.

– Eu não me importo – diz ele.

Sandra olha para ele, depois para mim, e depois para Kate. Dá pra ver que a vaca gorda vai dizer alguma coisa, porque ela fica toda alterada, toda empombada.

– Então, acho que vamos ter que assistir ao que Frank quiser, de novo. Ótimo – fala, toda sarcástica.

– Não comece. – Joe aponta pra ela.

– Só estou falando o que sua mãe disse, que as crianças...

– Eu falei pra não começar, porra – corta Joe. Depois abaixa a voz. – Já avisei.

Ela senta emburrada na porra do sofá, mas não olha para ninguém e não diz nada. Joe olha para mim e abana a cabeça. Ele devia dar um basta nela.

Minha mãe olha para Greg e Elspeth. Eles estão sentados sozinhos, sussurrando e rindo um para o outro no canto. Completamente antissociais. Isso aqui devia ser a porra de um Natal em família. Se os putos queriam fazer isso, bem que podiam ir lá pra fora, porra.

– A que vocês dois querem assistir? – pergunta minha mãe a eles.

Eles olham um para o outro como se aquilo não fizesse diferença alguma.

– Bom, eu estou com o Frank. Acho que seria engraçado ver um filme de James Bond – responde o puto aveadado do Greg. Depois continua com aquela voz sofisticada: – Ah, sr. Bond, eu estava esperando o senhor...

Minha mãe ri, e eu vejo um pequeno sorriso até nos cantos dos lábios do Joe. É claro, as crianças já estão rindo, e todo mundo de repente acha que é uma grande ideia assistir ao filme do Bond, agora que a porra do punheteiro do Greg se meteu na história. Estragou a porra do prazer que eu ia ter assistindo ao filme.

Os putos do Greg e da Elspeth ficaram cochichando um com o outro durante todo o filme. Depois de fazer todo aquele estardalhaço sobre o assunto, o puto nem estava assistindo ao filme direito. Quando terminou, os dois se levantam e ficam defronte da televisão. Estou a pique de dizer para eles se sentarem, porra, porque eu quero mudar de canal para ver a porra do desenho *Snowman*, por causa das crianças, mas eles estão bloqueando o sinal do controle remoto.

– Nós queremos anunciar uma coisinha – avisa o puto do Greg, enquanto Elspeth se aproxima e eles se dão as mãos. Minha mãe parece toda animada. Parece que está esperando a porra do último número de sua cartela no bingo. O babaca do Greg tosse e começa:
– É difícil dizer isso, mas ontem perguntei se Elspeth me daria a grande honra de ser minha esposa, e tenho o maior prazer em anunciar que ela disse sim.

Minha velha se levanta, em completo delírio, e estica os braços como o puto do Al Jolson, pronto pra iniciar uma canção. Mas são lágrimas que brotam dela, e ela está dizendo que aquilo é lindo; que sua menina, que ela não consegue acreditar, e toda essa bosta. Que porra de algazarra pra se fazer sobre nada. Parece até que algum puto deixou cair uma pílula de ecstasy no vinho dela. Eu não botaria minha mão no fogo pelo Greg nesse caso. Ele parece um cara ardiloso. Bem, Sandra e Kate estão todas animadas, e a filha do Joe pergunta se pode ser uma das damas de honra. Eles respondem "sim, é claro que você pode", e toda essa merda. Não conseguia acreditar nos meus ouvidos, porra. Casar! A nossa Elspeth e a porra desse puto tarado de terno!

A cabeça dela está nas nuvens. Mas Elspeth é assim, sempre achando que é melhor do que qualquer outra pessoa. Totalmente mimada por ser a caçula e única filha, isso é que ela é. Nunca enfrentou dureza, como eu e Joe. Pensa que sabe o que convém pra ela. Alguém devia dizer a ela: a coisa não funciona dessa maneira, porra, pelo menos no mundo real.

Então, estou lá sentado, porra, com a cabeça latejando, e todos estão gritando enquanto ela pega uma aliança e coloca no dedo, mostrando.

– É linda – elogia minha mãe.

– Muito bonita. Ele se ajoelhou pra pedir? Aposto que sim – fala Sandra, olhando para o tal de Greg, e depois para meu irmão como se ele não tivesse se ajoelhado.

Mas a porra da Elspeth... não sei qual é a jogada dela. Só lembro que o último puto que ela namorou era legal. Keith, o rapaz se chamava. Ele tinha um carro grande e tudo o mais, e um apartamento bacana. Mas prenderam o coitado do puto, só porque ele traficava um pouco de pó. Foi um disparate, porque hoje em dia praticamente todo puto está nessa jogada. Não dá pra realmente classificar brilho como droga, ao menos pelo meu regulamento. Quer dizer, não se trata da porra de pobretões se matando com heroína. É um acessório de grife para a porra da idade moderna. Mas é esse o problema com a porra deste país; putos demais vivendo na Idade Média, despreparados para progredir com os tempos.

O tal do Greg desaparece por um breve espaço de tempo, e depois volta com uma enorme garrafa de champanhe e algumas taças. Pelo olhar que Sandra dá para a garrafa, você pensaria que era a porra de um vibrador que ela ia meter na xota. Então, a porra do dândi faz a rolha saltar, voar pela sala, e bater no teto. Vou conferir pra ver se não ficou uma marca na pintura, porque se isso aconteceu o puto vai pagar pra minha mãe consertar o teto. Sorte dele que não aconteceu. Ele serve o champanhe nas taças. Joe pega uma taça do puto, mas eu faço sinal que não.

– Não gosto desse troço. É uma merda – recuso.

– Então, vai ficar na cerveja – diz ele.

– É – respondo.

– Vamos lá, filho, é uma ocasião especial, o noivado de sua irmã – insiste minha mãe.

– Não curto isso, não gosto dessas bolhas fervilhantes, elas me dão engulhos – digo pra ela, olhando para a bicha do Greg, com a porra do cabelo repartido, o terno e a camisa de gola alta, sem gravata. Eu queria dizer que *ele* me dá engulhos, mas fico calado, Natal e tudo o mais.

Sim, não cabe a mim dizer nada, mas vou dar uma checada nesse cara. Ele tem alguma porra muito pouco confiável. Parece o tipo do puto que é gilete, pra quem entende o que eu quero dizer. Provavelmente um desses pervertidos da porra que transam com as bichas em Calton Hill. Na porra do armário, e usando a nossa Elspeth como disfarce. Se esse puto passar Aids pra ela, está morto, caralho.

Bom, a porra da boquirrota da Sandra diz, levantando a taça num brinde:

– A Elspeth e Greg!

– Elspeth e Greg – repetem todos.

Não digo nada, mas não tiro os olhos daquele puto. É, parceiro, estou manjando você muito bem. Todo mundo está fazendo um auê, e até mesmo Joe aperta a mão do cara. Não vou apertar a mão dele, isso é certo, porra.

– Bom, é melhor servir o almoço. Esse foi o Natal mais feliz que tive em anos – anuncia minha velha. Depois balbucia para Elspeth. – Percebe, se seu pai estivesse aqui...

Se nosso pai estivesse aqui, faria o que sempre fez, porra: beber até cair e dar vexame.

A porra do Greg pega o pulso da minha mãe e desliza o outro braço em torno da cintura de Elspeth. – Estava justamente dizendo a Els noite passada, Val, que meu maior pesar é nunca ter conhecido o John.

O que esse puto está dizendo sobre a porra do meu velho? Ele nem conheceu a porra do meu velho! Esse puto da porra acha que pode simplesmente entrar aqui e dominar tudo, só porque pegou nossa Elspeth numa ocasião vulnerável. Só porque ela estava na fossa, digamos, por causa da porra daquele Keith ter sido preso. Já vi caras sebosos como esse Greg em ação antes. Sempre à espreita de alguma garota pra fazer uma cagada. Bom, ela está cometendo um grande erro e precisa ser informada disso.

Então, vamos todos sentar à mesa para almoçar, e a velha arranjou as coisas de modo que eu estou sentado junto da porra do

pedófilo seboso, de cabelo repartido do lado. Fico até contente que a porra da June tenha levado nossos filhos para a casa da puta da mãe dela.
– Então, em que tipo de negócio você trabalha, parceiro? – pergunta Joe a Greg.
Elspeth se intromete antes que o puto possa falar:
– Greg trabalha na câmara de vereadores.
– Dá um toque nos putos sobre aquele imposto, está muito exagerado – falo.
Minha mãe, Joe e Sandra balançam a cabeça, concordando, e eu bem que peguei o puto ali, porra. A câmara é a porra de um desperdício de dinheiro, pelo que eu percebo. Eles podiam fechar a porra do negócio amanhã de manhã e ninguém ia perceber qualquer porra de diferença.
Elspeth fica toda ouriçada.
– Esse não é o departamento do Greg. Ele trabalha no planejamento. É funcionário graduado – diz ela, toda cheia de si.
Então, é planejamento que temos agora, não é? Bem, e você sabe muito bem o que aquele puto está planejando; está planejando se dar bem aqui. Bem, não nesta casa, aqui não.
Sentado ali, bebendo seu vinho, entrando firme no rango como se fosse filho da porra da casa.
– Você realmente caprichou na comida, Val. Deliciosa. Feita com esmero – diz o puto nojento.
Estou sentado ao lado dele, estourando de raiva e engolindo um bocado de comida. Alguma coisa, um ossinho ou coisa assim, se prende em minha garganta. Bebo um gole de vinho.
– Gostaria de propor um pequeno brinde – diz o puto do Greg, levantando a taça. – À família.
Tento tossir, mas a coisa grudou mesmo na minha garganta. Não consigo respirar, a porra das minhas narinas estão bloqueadas com a porra da cocaína que cheirei à noite passada... meus seios nasais estão completamente entupidos de bosta...

Puta que pariu, que inferno.

– Tio Frank não está se sentindo bem – diz o garotinho.

– Você está bem, meu filho? Alguma coisa não desceu? – indaga minha mãe. – Ele está ficando vermelho...

Aceno pros putos se afastarem e me levanto. A vaca maluca da Sandra está tentando me dar um pouco de pão.

– Força isso para baixo, força para baixo... – fala.

Mas eu estou sufocando, e ela está tentando me matar, porra... Empurro ela para o lado, arquejando e sufocando, com a cabeça girando, e vejo o horror no rosto de todos em torno da mesa. Tusso, a gosma sobe, entra na porra da minha garganta e voa de novo para baixo, quente e queimando, direto na porra dos meus pulmões...

SUA PUTA

EU ESTOU SUFOCANDO, PORRA...

Agarro a mesa, bato no tampo e depois seguro a garganta...

VOCÊS TODOS, SEUS FILHOS DA MÃE...

Sinto uma pancada no alto das minhas costas: um golpe, depois outro, e sinto que alguma coisa se solta e sobe, aquela porra de bloqueio desaparece e eu consigo respirar...

Porra de ar suave... já consigo respirar...

– Você está bem, Franco? – pergunta Joe.

Faço que sim com a cabeça.

– Muito bem feito, Greg, você salvou o dia – continua Joe.

– Certamente que salvou – concorda Sandra.

Estou conseguindo meu fôlego de volta, tentando imaginar o que aconteceu. Eu me viro para o tal de Greg.

– Alguém me bateu nas costas. Foi você?

– Foi... imagino que você engoliu o "ossinho do desejo" – responde ele.

Bato com a cabeça no puto, e ele recua, segurando o rosto. Há gritos por parte das mulheres e das crianças, e Joe se adianta e segura meu braço.

– O que você está fazendo, Franco, porra? O cara ajudou você! Salvou a porra da sua vida!

Que se fodam todos; afasto a mão dele.

– Ele bateu nas minhas costas na casa da minha mãe! Nenhum puto põe as mãos em mim! Na casa da minha mãe, no dia de Natal! Isso não está direito, porra!

Minha mãe está gritando, me chamando de animal, e Elspeth está pirando.

– Terminou, terminou para nós – diz ela, olhando para mim e abanando a cabeça. Depois diz para minha mãe. – Nós vamos embora.

– Não faz isso, por favor, filha, hoje não! – implora minha mãe.

– Desculpe, mamãe, nós vamos embora. – Ela aponta pra mim. – Ele estragou tudo. Vai ficar contente agora. Muito bem. Vamos deixar tudo pra vocês. Um Natal feliz pra caralho.

O puto do Greg levanta a cabeça, com um guardanapo no nariz, tentando estancar o sangue. Mas um pouco escorreu pra sua camisa.

– Está tudo bem, está tudo bem. – Ri, tentando acalmar as pessoas. – Não foi nada! Frank se apavorou, está em estado de choque, ele não sabe o que está fazendo... não tem importância, estou bem... parece pior do que é...

Lembro que pensei "vou dar a você algo muito pior do que isso, seu puto". Eu me sento, ainda recuperando o fôlego. Todos discutem pra caralho. Elspeth está chorando e Greg tenta acalmá-la.

– Está tudo bem, ele não teve intenção, querida, vamos ficar mais um pouco. Por causa da Val – diz ele.

– Você não conhece o Francis! Ele tem que estragar tudo. – Ela soluça. É uma ótima desculpa para ela ir embora toda chorosa e ultrajada, como de costume.

Joe e Sandra estão consolando minha mãe e as crianças. Ela está murmurando toda aquela merda costumeira sobre o que fez de errado e coisa e tal. Fui eu que fiz errado, porra, vindo aqui no dia de Natal.

Simplesmente junto mais brócolis no meu prato e encho meu copo. Sinto vontade de dizer a eles: "Se vocês vão comer o almoço de Natal, porra, é bom se sentar e fazer isso. Se não vão, deem o fora e me deixem terminar o meu em paz."

Sim, talvez eu devesse ter me controlado, e batido no cara lá fora, em vez de estourar dentro da casa da minha mãe. Mas aquele puto é muito abusado. Abusado demais. Muito bem, ele tentou ajudar, mas deu uma puta porrada nas minhas costas. Não precisava fazer isso. Acho que o que me fez perder a esportiva é que simplesmente há putos com quem você não vai com a cara. Você bem que tenta, porra, mas lá no fundo sabe que nunca vai se dar bem com ele; e é isso aí.

BEIJANDO E FAZENDO AS PAZES

No ponto de ônibus, um cara pançudo, com uma bunda suarenta movida a peidos de curry e cerveja, coça disfarçadamente a cabeça do pau através do tecido da calça esporte, reagindo à presença de diversas crianças que estão paradas diante dos portões da escola, perto da banca de jornais.

O cara fede a suor azedo; suas feições são carnudas, frouxas e pesadas, como galinha demasiado cozida, esperando ser desossada. A véspera tinha sido um longo dia de bebedeira noite adentro. O cara está mesmo cheio de tesão, com o pau em riste. Precisa urgentemente ir à boate de striptease. Então, segue para o Triângulo das Bermudas de Tolcross, onde será apenas um dos piolhos púbicos que rastejam até o bar à procura da grande moita negra. Diante do primeiro bar de que se aproxima, ele nota com aprovação o aviso no quadro-negro: TANYA, 2:00.

Éééééé, pensa ele, a vagaba com a cicatriz de cesariana vai dar show. O cara não consegue tirar os olhos daquela cicatriz, além dos machucados nos braços e coxas, que ele sabe terem sido infligidos pelo namorado traficante. Eles o chamam de Caçador, e ninguém sabe por quê. Frequentemente, fica observando com olhares furtivos como o Caçador trata a vadia, e aprova. O Caçador sabe controlar as vadias. Sabe como machucá-las. Ele fode todas aquelas putas, promíscuas e viciadas, pagando com heroína. Isso é que é um verdadeiro homem.

Bem que ele queria descobrir o segredo do Caçador. Nunca conseguiu dominar as piranhas daquela maneira. O mais perto que chegou foi com Julie, a dos dois filhos. Ela tinha medo. Dava pra ver isso. Seu último homem tinha a mão pesada. E rápida também. Estava sempre pronto a bater se fosse contrariado pela vadia. Ele a preparara bem. Depois que a vadia se habituava àquele tipo de disciplina, queria o tratamento pelo resto da vida. *Precisava* daquilo a vida toda. E a melhor parte era beijar e fazer as pazes. Sempre a melhor parte.

Mas ela também o abandonara. De repente descobrira uma nova vida. E pagara para ver. Aquelas porras de sapatões naquela porra de refúgio. Envolvendo a polícia no que era, essencialmente, uma briga doméstica. Foi isso o que ele disse ao policial, uma briga doméstica. O tira foi solidário, obviamente. Lançou um olhar como quem diz: desculpe, amigão, mas não posso fazer nada. Em seguida veio a porra da intimação judicial. Scotland Yard, proibindo chegar a menos de dois quilômetros da porra da vadia. Como aquilo podia funcionar com ele no andar vizinho?

Aquela Julie... Ele vai foder com ela de novo, com polícia ou sem polícia. Só que vai foder com ela legal da próxima vez. O pensamento faz com que ele fique com o pau duro dentro da calça de tecido barato. Ele aguarda ansioso a entrada de Tanya.

Lança um olhar para o Caçador, sentado quieto com um gim-tônica à frente. Ele lança aquele sorriso estranho, de estampa de caixão, para os conhecidos. O sorriso parece um flash de fotógrafo: explode e depois desaparece instantaneamente, deixando no rosto uma dura neutralidade. Um rapaz de rabo de cavalo, com uma garota bonita, mas de ar abatido e olhar espantado, vem se juntar ao Caçador. O rapaz aperta a mão do Caçador e, com um sorriso maroto, apresenta a garota. O Caçador, num gesto teatral, beija a mão dela, que sorri como um coelho diante da luz dos faróis.

Então, ouve-se um aplauso geral, e Tanya aparece girando sobre uma plataforma suspensa, com um biquíni diminuto que já passou pela lavadora vezes demais para ser mostrado em público. Velhotes com bronquite, com canecas de cerveja, olham fixamente, imprimindo a imagem de Tanya nas mentes cansadas, coletando material para uma posterior punheta, entre lençóis mofados num apartamento gelado.

O bar fede a nicotina e vômito. Alguém vomitou no carpete na noite da véspera. Eles nem se deram ao trabalho de limpar a coisa; simplesmente rearrumaram uma das mesas para esconder parcialmente a sujeira. Nosso rapaz olha para o rosto entediado de Tanya, estudando os pontos onde a acne deixou tecido cicatrizado. É a mesma acne que um dia provavelmente já a deixou agradecida pela atenção masculina, a despeito de suas curvas aerodinâmicas, como se estivesse lhes fazendo um grande favor, quando chega a hora de abrir as pernas.

Depois há a cicatriz. Uau, aquela porra de cicatriz. Ele fica imaginando onde está o fedelho que causou aquela cicatriz. Na casa de Tanya (não que Tanya seja seu nome verdadeiro, embora tal coisa seja possível), na casa da mãe de Tanya, ou aos cuidados de alguém. Pais adotivos. Como o garotinho dele. Doado para adoção. Culpa da piranha estúpida da mãe, é claro. Incapaz, disseram elas. Incapaz de cuidar de uma criança. Bom, aquelas assistentes sociais da porra nem sempre sabem o que é melhor, e quem diz que *elas* são capazes de cuidar de crianças?

O pensamento não consegue consolá-lo porque, embora Tanya esteja no palco e a música já tenha aumentado, é aquela porra de música rave e merda de crioulo, não a música country ou regional, que era o tipo de música dele. "Stand by your Man", coisa desse tipo.

De qualquer modo, Tanya está passando a língua pelos lábios e chega mais perto; já dá para ver a cicatriz acima da borda da desbotada calcinha barata, aquela fina cicatriz acima do começo dos pelos pubianos. O peito dele parece que está contraindo, o sangue deixando sua cabeça e o ar fumacento ficando estranhamente rarefeito. Ele vê sua mão se estendendo e o dedo indicador tocando suavemente a cicatriz. Tanya se espanta e se afasta, gritando:

– Vá se foder!

Há um clamor, e ela volta a dançar. Nosso rapaz fica um pouco preocupado, porque ninguém toca as mulheres do Caçador daquela maneira. Não há a menor chance disso, porra. Mas o Caçador lança um sorriso para ele, e pode se falar o que quiser sobre o puto, mas ele sabe controlar aquelas piranhas e não é um mau sujeito, é preciso dar esse crédito ao puto. O Caçador é legal, e nosso rapaz faz um cumprimento de volta com a cabeça para ele, estamos todos juntos nisso, cara. Nosso rapaz e o Caçador se conhecem de vista, sabem que ambos são legais, realmente são dois putos bacanas, pra falar a verdade. Não são amigos, talvez, mas uma espécie de promessa de amizade, caras que se adorariam caso se conhecessem, e isso pode acontecer um dia. É. Tudo certo.

Tanya termina seu número e, depois de mais umas canecas de cerveja, nosso rapaz vai embora. Ele vai cortar caminho pelos fundos do bar, pela rua transversal, e atravessar o terreno baldio para pegar o ônibus de volta para casa. Mas percebe que há alguém mais naquela ruazinha e, ao virar-se, vê o Caçador, que o cumprimenta com a cabeça.

– Tudo bem, parceiro? – pergunta.

Com seu terno barato abotoado, nosso garoto está prestes a dizer "Tudo bem", e talvez pedir desculpas ao Caçador por ter posto o dedo no material do cara, quer dizer, respeito é bom, mas o capacete do Caçador explode na sua bochecha. Ele cambaleia contra a parede, e se vira para receber o segundo golpe do capacete que lhe arranca dois dentes e afrouxa mais dois. Quando cai de joelhos, a bota do Caçador atinge com força seus testículos, e depois sua cabeça.

Acabou. Vinte e dois segundos. O Caçador volta para o bar, resolvido o problema. Não falou mais uma só palavra para o nosso garoto. "Tudo bem, parceiro", foi tudo o que disse. E ainda acha que isso, por si só, já foi um pouco demais.

Nosso homem de calça barata fica caído por uns instantes; depois se põe de pé, cambaleante. Apoiado na parede, vomita um pouco de cerveja e, estonteado, atravessa o terreno baldio na direção da parada de ônibus. Enraivecido certamente nosso homem está. Mas não é do Caçador que ele tem raiva; compreende o Caçador, e faria o mesmo na posição do outro. Ele conhece o Caçador. É aquela puta da cicatriz que ele odeia; todas aquelas porras de escrotas encrenqueiras. Ela e aquela vadia da porra da Julie. Bom, ele vai fazer uma visita àquela porra de puta e acertar as contas com ela.

Talvez eles se beijem e façam as pazes de novo; essa é a melhor parte, sempre a melhor parte. Ou talvez dessa vez não sobre nada da puta para beijar e fazer as pazes.

O INCIDENTE DE ROSEWELL

Para Kenny, Craig e Woody

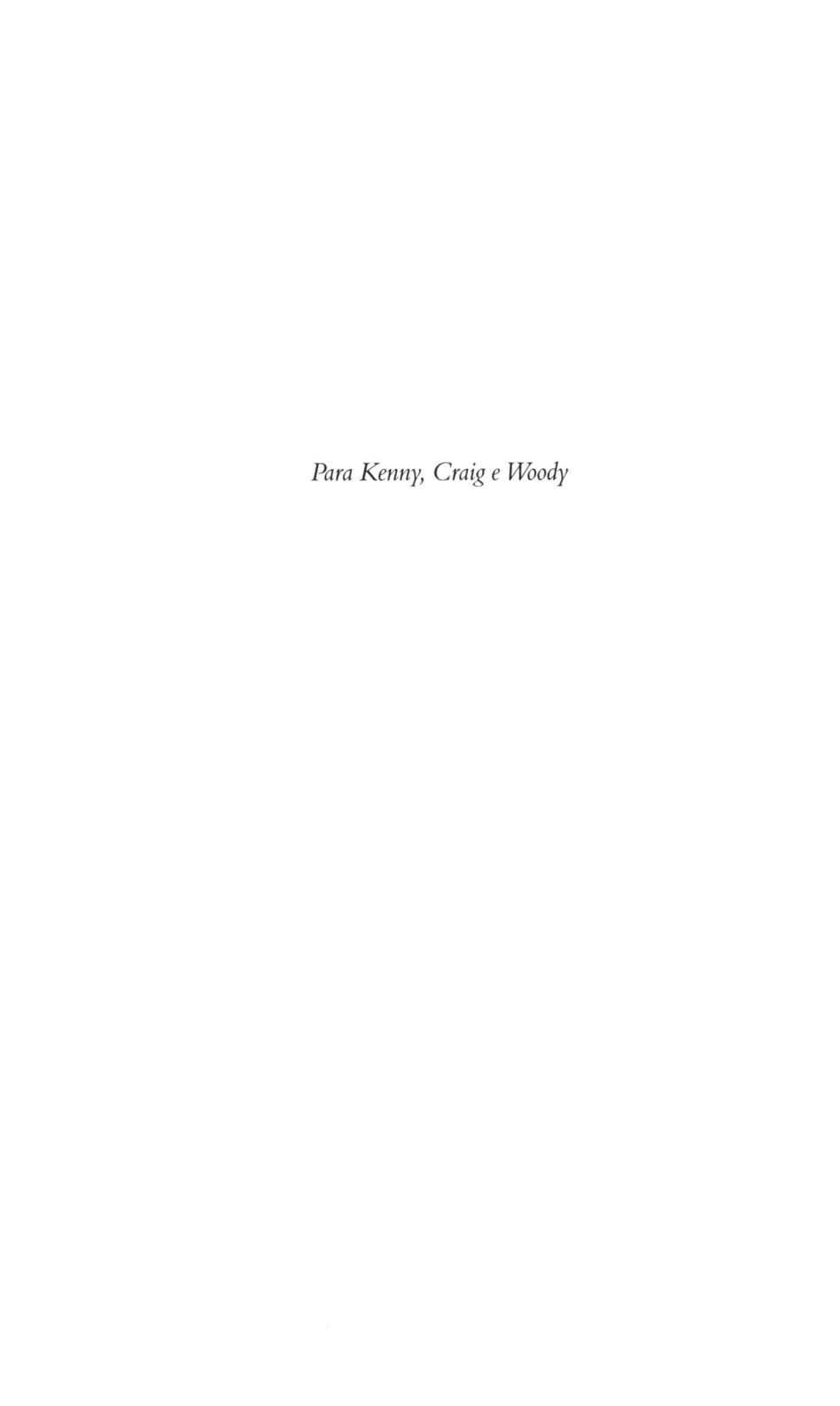

1

Mais um comboio de viajantes se arrastava ao longo do tráfego pesado, que entupia as ruas da cidade, avançando para a rampa de acesso ao viaduto congestionado e serpenteando vagarosamente na direção do campo apinhado, onde zumbiam pequenos sistemas de som em competição.

No viaduto ferroviário desativado que passava por cima, um suarento patrulheiro Trevor Drysdale observava com atenção a cena. Inspirando com um silvo o ar calorento, pesado, Drysdale enxugou a testa e ergueu o olhar para as nuvens esgarçadas que não conseguiam bloquear o calor causticante do sol.

Fora do campo de visão e audição de Drysdale, num enclave fedorento debaixo do viaduto de concreto, a galera jovem local também enchia os pulmões com os produtos químicos expelidos pelo tráfego, para complementar aqueles ingeridos voluntariamente.

A despeito do calor, Jimmy Mulgrew sentiu um calafrio. Eram a cerveja e as drogas, pensou ele, que sempre evitavam que uma parte do corpo ficasse aquecida. Isso, e a falta de sono. Ele sentiu outro espasmo perturbador, mais severo do que o último, quando Clint Phillips, parado sobre um Semo prostrado, golpeou com o pesado martelo a lateral do forte e quadrado maxilar do rapaz. O maxilar estava escondido por um travesseiro enrolado em torno da cabeça e preso com fita gomada, deixando visíveis apenas os olhos, o nariz e a boca. Mesmo com essa proteção a cabeça de Semo foi jogada com força para o lado sob o impacto da martelada de Clint.

Jimmy lançou um olhar para Dunky Milne, que levantou as sobrancelhas e deu de ombros. Depois deu um passo à frente e ficou pensando se devia ou não intervir. Semo era seu melhor amigo. Mas não, Clint continuava calmo e observador.

– Tudo bem, Semo? Já saiu? Quebrou, não é?

Semo levantou o olhar para Clint, mostrando um sorriso feio. Até mesmo sob o efeito de uma cápsula de temazepam e um pouco de cerveja extraforte, ainda sentia dor. Ele movimentou o maxilar. Doía, mas ainda estava intacto.

– Ainda não está quebrado – disse, com voz arrastada, enquanto a saliva pingava no travesseiro.

Clint encrespou-se, assumindo a postura de um lutador. Virou e deu de ombros para Jimmy e Dunks, que devolveram o olhar com uma expressão neutra. Algo se moveu nervosamente no peito de Jimmy, e ele teve vontade de falar "basta", mas nada saiu, enquanto Clint descia o martelo com tremenda força na lateral do rosto de Semo.

Com o impacto, a cabeça de Semo saltou para o lado novamente, mas depois o rapaz ficou de pé, cambaleando. Um velho passeando com um atarracado labrador preto olhou espantado quando virou a esquina e se aproximou deles. Fuzilado pelos olhares do grupo de jovens, ele puxou com violência o cão, que gania ao tentar urinar em uma das pilastras de concreto do viaduto. E desapareceu em torno da outra curva que levava daquela rua escorregadia até o antigo vilarejo, antes de poder ver o jovem com o travesseiro enrolado na cabeça arrancar o martelo da mão do outro rapaz e bater com toda força no rosto dele.

– SEU PUTO DA PORRA! – gritou Semo enquanto o osso malar de Clint rachava e alguns dentes superiores se espalhavam num tenebroso som metálico, dando a Jimmy uma sensação nojenta, mas edificante. Jimmy não gostava muito de Clint, basicamente porque ele trabalhava no posto e Shelley estava sempre por lá. Mas também não tinha muito entusiasmo por aquela armação.

Clint estava segurando o rosto com as mãos, olhando para Semo e gritando como uma hiena louca, cuspindo sangue e dentes. Ele se virou para Jimmy e Dunky implorando, com lágrimas nos olhos.

– Não era pra ser eu! – ganiu. – Era pra ser aquele puto! Ele tinha a porra do tranquilizante! Tinha o travesseiro!

Semo parecia completamente desvairado. Não largava o martelo, nem tirava o olhar feroz de Clint.

– Mas agora já foi feito, não é? – gritou Jimmy. – Bora, vamos pra polícia!

E piscou para Semo, que deixou o martelo descansar a seu lado.

– Vão se foder! – ganiu Clint. – Eu vou pra casa!

– Venha pra minha – disse Jimmy.

Clint não estava em condições de recusar, e se permitiu ser levado para a casa de Jimmy. Subiram para o quarto de Jimmy, no andar de cima, e ficaram escutando umas fitas. Clint conseguiu engolir dois tranquilizantes e desmaiou no chão do aposento. Jimmy desceu e pegou um saco de lixo impermeável e colocou-o debaixo da cabeça de Clint, para evitar que o sangue se espalhasse por toda parte.

Jimmy começou a relaxar quando ouviu o pai aumentar o volume da televisão no andar de baixo, obrigando-o a aumentar o volume do toca-fitas. O volume da TV subiu mais um pouco; Jimmy acompanhou. Era um ritual familiar. Ele sorriu para Dunky, ergueu os dois polegares e depois abriu um tubo de Airfix. Clint estava fora de combate e Semo também dormia. Jimmy cortou suavemente a fita gomada e deixou o travesseiro cair, permitindo que a cabeça do amigo repousasse naturalmente ali. O maxilar de Semo estava muito inchado, mas seus machucados eram pequenos em comparação com a cara arrebentada de Clint. Deixando umas poucas gotas do ardente líquido cáustico cair na língua, Jimmy sentiu-se recuperando o fôlego satisfatoriamente quando o vapor encheu seus pulmões.

2

Shelley Thomson tinha seis dedos nos pés. Quando pequena, seu pai lhe contara que ela era uma alienígena do espaço sideral, encontrada quando um OVNI caiu num campo a pequena distância de Rosewell. A verdade, entretanto, era que fora o próprio pai de Shelley que a abandonara. Quando ela tinha seis anos de idade, certo dia ele simplesmente não voltara para casa depois do trabalho. A mãe, Lillian, recusara-se a contar a Shelley se sabia alguma coisa sobre o sumiço do pai.

Como resultado, Shelley de certo modo idealizara a memória do pai, principalmente quando suas batalhas de adolescente com Lillian atingiram um nível especialmente agudo de discordância. Ao se tornar uma moça de quinze anos, sonhadora e especulativa, Shelley desenvolvera um fascínio por OVNIs.

Quando percebeu que estava grávida, depois de passar dois meses sem menstruar e obter resultados positivos em dois testes de gravidez caseiros, Shelley alegou que o pai era um alienígena de mais de dois metros de altura, que no meio da noite a levara semiconsciente a um lugar que podia ou não ser uma espaçonave, e lá deitara em cima dela. Contou à amiga Sarah que houvera uma "sensação de estar fazendo a coisa" sem qualquer interação genital.

— Ah, é? – caçoou Sarah. – Como ele era? Brad Pitt? Liam Gallagher?

Sarah tentou esconder ter ficado impressionada por Shelley não se permitir esse tipo de indulgência. Em vez disso, a amiga descreveu o alienígena em termos clássicos: corpo longo e fino, sem pelos, com grandes olhos enviesados etc. Mesmo impressionada, Sarah se mostrou longe de convencida.

— Sei, Shelley – desdenhou. – É o Alan Devlin, lá do posto, não é?

— Neca!

Alan Devlin era atendente no posto da cidade, no fim da rampa que levava ao viaduto. Tinha um modo fácil e cativante de tratar as garotas da escola local, cujos fundos davam para lá. Clint Phillips, o tímido ajudante de dezessete anos, esperava nervoso do lado de fora, observando o atendente mais velho se divertir na loja dos fundos com as jovens locais. Shelley e Sarah também integravam aquele harém escolar. Clint ansiava por entrar em ação, mas era tímido demais, principalmente por causa das espinhas no rosto, e muito pouco exótico para as garotas. Devlin caçoava dele sem piedade por causa disso. Muitas vezes Clint desejava que Marshall, o gerente do posto, que nunca estava lá, chegasse e os surpreendesse, mas isso nunca acontecia. Marshall era alcoólatra e vivia se embebedando num dos bares locais na hora do almoço. Não obstante, Clint gostava de insinuar que já fodera Shelley; isso aborrecia demais seu amigo Jimmy Mulgrew, que era fissurado pela garota.

Alan Devlin fora criado em Edimburgo e na adolescência se envolvera com uma gangue de torcedores de futebol conhecida como Capital City Service, mas desistira quando seu irmão mais velho, Mikey, desaparecera misteriosamente uma noite e nunca mais voltara. Mikey Devlin fora um dos líderes da gangue. Nos cinco anos decorridos desde o sumiço do irmão idolatrado, Alan reavaliara a vida. O lance era basicamente fodido: num minuto você estava aqui, e no minuto seguinte já era. Portanto, era pegar o que desse. Para Alan, isso significava comer tantas garotas quanto possível. Seu sucesso com as jovens se baseava em charme, persistência e capacidade em perceber suas obsessões. Shelley permitira que ele fodesse com ela depois de ouvir essa história. Como seu pai desaparecera, ela sentira uma ligação com Alan. Antes, a estudante alta e magra só deixara que ele tocasse seus pequenos seios pubescentes, frequentemente enquanto ele e Sarah mantinham relações sexuais completas.

Shelley e também Sarah sempre juravam nunca mais visitar Alan no posto. Porém, viviam uma vida tediosa, e infalivelmente ficavam sideradas pelos elogios fáceis do rapaz mais velho. Antes que percebessem, as mãos de Alan estavam sobre uma delas, ou sobre ambas.

3

A favela de viajantes se esparramara do antigo sítio destinado a eles pelo município para o vasto terreno baldio contaminado logo ao lado. O acampamento crescia diariamente. Febre do milênio: aqueles putinhos eram loucos por aquilo, pensou o patrulheiro Trevor Drysdale. Não eram viajantes, na realidade eram apenas escrotos abusados querendo encrenca. Como se não bastassem as que ele tinha com a juventude local. Houvera uma briga diante da lanchonete na noite da véspera. De novo. Drysdale sabia quem eram os arruaceiros, com suas drogas e comportamento abusado. Naquela semana ele compareceria à junta de promoções. Ainda havia tempo de fazer algo que decidisse a parada a seu favor. Ele não ganhara pontos com aquele jeito firme, mas sensível, de lidar com os viajantes? Sargento Drysdale. A coisa soava bem. Aquele terno novo da loja Moss Bros. Cabia nele como uma luva. Cowan, o presidente da junta de promoções, prezava muito a aparência. O irmão Cowan era seu velho conhecido. O cargo já era quase seu.

 Drysdale desceu a trilha até a borda do reservatório. Latas de cerveja, garrafas de vinho, invólucros de batatas fritas, tubos de cola. Era esse o problema dos jovens operários hoje em dia: economicamente excluídos, politicamente desengajados e cheios de drogas estranhas. Era uma má combinação. Tudo que aqueles putinhos queriam fazer era festejar o próximo século e ver o que esse divisor de águas cultural traria. Se a resposta fosse "a mesma merda de sempre!", como certamente seria, refletiu Drysdale preguiçosamente, então os putinhos simplesmente dariam de ombros e festejariam o próximo.

Ele era realista o bastante para saber que nunca houvera uma era de ouro do "sopapo no ouvido" no cumprimento da lei por aquelas bandas. Contudo, lembrava-se do equivalente da realpolitik em termos de controle social: "pontapés dentro das celas". A velha guarda da juventude escocesa brigona respeitava a grande instituição de cumprimento da lei que eram os degraus escorregadios. Hoje, entretanto, quase todos viviam entupidos demais de drogas para sentir o pontapé, ou mesmo se lembrar disso. Depois de alguns tranquilizantes, esse tipo de dano já fazia parte do pacote. Sim, tal atividade ainda podia ser terapêutica para o policial como indivíduo, mas como método para se fazer cumprir a lei era mais do que inútil.

Que lugar, pensava Drysdale consigo, deixando o olhar percorrer a superfície do reservatório, passando pela topografia da cidade até as colinas Pentland. A coisa bem que tinha mudado. Ele estava bastante condicionado àquele desenvolvimento, mas às vezes ainda se chocava com a perversidade da natureza arbitrária e incongruente do local. Antigos vilarejos, modernos conjuntos habitacionais semelhantes a caixotes, campos sem vegetação, fazendas e fábricas miseráveis e moribundas, complexos comerciais e de lazer, vias expressas, rampas, e aquele pedaço repugnante de terreno baldio, marrom e abandonado, a que davam o bizarro nome de Cinturão Verde. Aquela terminologia parecia ser um insulto calculado, lançado ao povo local pelas autoridades.

Se havia uma coisa que o preocupava mais do que a melancolia que se solidificara naquele lugar como um grude, porém, era a nova onda de otimismo. A febre do milênio. Em outras palavras, mais uma desculpa para a putada jovem ficar transando e se drogando, enquanto o restante de nós precisava batalhar pela vida, engolfados em ódio e medo, refletiu ele com rancor, sentindo sua úlcera latejar. Aquilo tinha que parar. Já havia milhares deles amontoados naquela faixa de terreno.

Drysdale baixou o olhar do íngreme talude junto à água. Podia ver aquele vilarejo improvisado de almas perdidas se expandindo e chegando cada vez mais perto de sua propriedade em Barratt. Graças à porra da rampa que dividia os dois. Certamente, chegara a hora do governo declarar estado de emergência nacional; tirar as luvas de pelica. Mas não; os putos safados estavam esperando, rezando para que houvesse algumas mortes relacionadas com as drogas. Então, provocariam uma histeria entre a maioria supostamente moralista e baixariam medidas ainda mais repressivas. Isso valeria alguns pontos percentuais nas pesquisas, no partido, e na própria eleição que aconteceria em breve. Haveria uma rodada de discursos "duros", seguidos por umas poucas caças às bruxas. Drysdale já ouvira tudo isso antes, mas ouvir mais alto ao menos significaria que eles não haviam desistido. Vamos ter um pouco de sangue derramado aqui, porra, desejou ele pesarosamente, lançando com firmeza uma lata enferrujada na água fria.

4

O plano arquitetado pelo grupo de jovens foi um sucesso inesperado. Na manhã seguinte, Clint Phillips acordou no chão do quarto de Jimmy Mulgrew morrendo de dor, e eles foram forçados a levá-lo até o hospital. Lá, ele tirou radiografias, foi examinado e ficou internado. Jimmy achou uma sorte que Clint, e não Semo, fosse hospitalizado, embora a ausência de Clint na loja do posto os obrigasse a tomar mais cuidado com o que surrupiassem, já que o puto grandalhão do Alan Devlin estaria rondando por ali.

De qualquer forma, Clint daria baixa do hospital em um dia, mais ou menos, de modo que eles poderiam ir até a pequena subdelegacia e registrar o crime com o policial Drysdale, culpando um grupo de viajantes pela agressão.

5

O cyrastoriano pressionou os longos dedos sobre as têmporas. Podia sentir-se deslocando gradualmente do centro da Vontade para as zonas periféricas de sua influência. Às vezes, Gezra, o Ancião, achava que errara ao seguir essa linha de trabalho além da amplitude que lhe fora determinada. Era como se ele pudesse sentir o próprio frio do espaço profundo penetrando em sua carne e em seus ossos, através da aura translúcida da Vontade que o protegia, bem como a todos os filhos e todas as filhas do seu mundo.

Na escuridão da espaçonave, iluminada apenas pelas imagens que provinham do planeta observado, o Ancião Encarregado da Observância do Comportamento Adequado naquele setor ponderou sobre o provável destino da nave da juventude rebelde. A Terra parecia quase que óbvia demais. Afinal de contas, o espécime deles viera daquele mundo. Espécime. Gezra sorriu com seus lábios finos; precisava parar de usar aquele termo tão pejorativo e aviltante. Afinal de contas, o terráqueo fora induzido, escolhendo permanecer como parte da cultura cyrastoriana, em vez de voltar para casa com a memória apagada, e isso em troca de recompensas estranhamente modestas. Havia pouco a se ganhar na tentativa de compreender a psique primitiva da criatura terrestre.

O Ancião Encarregado da Observância do Comportamento Adequado decidiu, relutantemente, que precisava usar tecnologia externa para localizar os jovens renegados. Essa perspectiva o encheu de desgosto. A filosofia cyrastoriana baseava-se no desmonte e na desmobilização da tecnologia externa, e na implacável promoção da Vontade, aqueles poderes psíquicos individuais e coletivos, com os quais sua raça desenvolvera e avançara sua civilização a partir de sua própria era pós-industrial decrépita e deixada para trás vários milênios antes.

Tal como acontecera com os humanoides terrestres, a história primeva de Cyrastor fora dominada por uma sucessão de profetas, evangelistas, messias, sábios e videntes, que haviam conseguido convencer tanto a si mesmos quanto a seus seguidores que eles detinham os segredos do universo. Alguns conseguiram pouco mais do que ser ridicularizados durante sua própria existência, outros exerceram influência por gerações.

O progresso implacável da ciência e da tecnologia conspirou para solapar as grandes religiões como base da verdade, sem jamais reduzir a humildade, o espanto e a reverência experimentados por todas as formas de vida inteligente ao contemplarem o imenso e espantoso universo. A tecnologia cyrastoriana, porém, enquanto avançava e revelava o que parecia ser uma vasta expansão (mas que retrospectivamente foi apenas encarada como um pequeno canto de sua civilização), simultaneamente trazia à baila mais mistérios do que tinha capacidade de resolver. Essa sempre foi uma característica do conhecimento, mas a maior preocupação dos cyrastorianos era sua tendência a orientar toda essa tecnologia na direção do consumo de recursos sem ser capaz de eliminar a pobreza, a desigualdade, as doenças e o potencial desperdiçado dos cidadãos.

No auge do progresso de sua tecnologia, aquele povo pragmático e idealista encarou uma crise espiritual. Uma instituição conhecida como a Fundação foi organizada pelos Anciãos Principais. Sua meta era promover o iluminismo espiritual e liberar as potencialidades cyrastorianas da mente das até então supostas limitações fisiológicas. Séculos de meditação resultaram na criação da Vontade, uma reunião coletiva de energia psíquica da qual todo cyrastoriano podia se servir, e para a qual contribuía, pelo simples ato de viver e pensar, de acordo com seus níveis de treinamento pessoal e sua capacidade de aprendizado. Como a Vontade erradicara quase todas as diferenças culturais e sociais, isso mostrou-se muito semelhante em todos os cidadãos cyrastorianos.

De certa forma para Gezra fora hilariante, anteriormente, dedicar alguns momentos de lazer observando culturas primitivas como as da Terra continuarem a se enfiar no beco sem saída do desenvolvimento da tecnologia externa. Agora, entretanto, muitos dos jovens renegados cyrastorianos estavam motivados pela ideia dessa tolice absurda de tato, sensação e gosto. Primitivistas, eles procuravam tipos físicos de interação em busca de sensações emocionantes, frequentemente com raças que eram pouco mais do que selvagens. Entretanto, Gezra sabia que o líder dos renegados, o jovem chamado Tazak, tinha, apesar de toda a sua retórica sobre o culto da fisicalidade, poderes psíquicos extremamente desenvolvidos e perceberia qualquer tentativa do Ancião em detectar sua presença por meio do exercício da Vontade.

6

O grupo de jovens estava sentado bebendo vinho barato na borda do reservatório. Jimmy se lembrava de que poucos anos antes eles pescavam percas e lúcios naquelas águas. A cola tomara conta de tudo. Não é que realmente fosse menos entediante, mas ficar coladão equivalia à excitação de pegar um peixe ampliada por todo o dia. Havia a provocante sensação de um objetivo desperdiçado, mas, ao mesmo tempo, o reconforto no esquecimento produzido. É claro, todos eles sabiam que aquilo não levava à parte alguma. Embora aquela excitação resultasse num monte de infortúnios, relatos que podiam, sob certas circunstâncias, fazer você atravessar períodos de caretice esmagadora frequentemente só conduziam à maior frustação e ansiedade.

Mas foda-se. Jimmy bocejou e se espreguiçou, sentindo o agradável despertar de seus membros. Sempre se tendia a seguir a linha de menor resistência. Qual era a alternativa? Ele pensou nos pais, agora separados, com suas pitorescas noções de "respeito", trazidas de uma era de pleno emprego e salários mais ou menos decentes, naufragando no cruel e depressivo vazio que os cercava agora. Não conseguia respeitá-los, nem conseguia respeitar a sociedade. Não podia nem mesmo respeitar a si mesmo, apenas juntar-se a seu grupo de amigos para fazer com que os outros o respeitassem, de uma maneira que se tornava mais limitada e proscrita a cada dia que passava. Você tinha simplesmente que se manter junto a seus amigos e certificar-se de que havia um túnel claro à frente, na esperança de um mundo melhor se e quando emergisse na luz.

Talvez os viajantes tivessem razão, pensou Jimmy. Talvez o movimento fosse a chave da coisa. Mas por que motivo, porra, aqueles putos tristes vinham até ali? As áreas de terreno baldio entre os conjuntos Barratt, propriedades industriais e viadutos haviam se tornado o lar para pessoas de todas as partes da Inglaterra e até mesmo do exterior. Todos aqueles putos fodidos, falando de uma "força" que os trouxera até ali. Ali! Pelo amor de Deus! De qualquer modo, que se fodam todos aqueles babacas. Clint sairia do hospital amanhã. Eles registrariam o crime com Drysdale e depois levariam o caso aos punheteiros da compensação por danos físicos. Fácil.

Jimmy engoliu meia garrafa de limonada Hooch. Eles já haviam passado para cerveja e destilados; o atual coquetel favorito eram algumas Hooches, uma supercerveja e vinho fortificado com cápsulas de temazepam, quando disponíveis. O amigo deles, Carl, quase se afogara na semana anterior, adormecendo ao lado do reservatório, cujo nível começara a subir à noite. Quando os outros, que haviam voltado cambaleando para a cidade, perceberam que ele estava ausente e foram buscá-lo, a água já chegava à boca e às narinas de Carl.

Levantando o olhar para o feio céu vazio, Jimmy ficou imaginando se havia algo lá no alto. Aquele era um dos melhores lugares da Inglaterra para se avistar OVNIs, e a cada seis meses, mais ou menos, cientistas e jornalistas, além de caçadores de OVNIs, se reuniam na cidade. Era sempre em lugares caipiras de merda como aquele, onde não havia porra nenhuma para fazer, que as pessoas viam aqueles objetos, refletiu ele com amargura, atirando uma garrafa vazia no reservatório. Por que razão, porra, os alienígenas viriam ali? Estivera conversando demais com aquela burrinha da Shelley, que vinha fodendo com o garotão citadino do Alan Devlin, o puto que trabalhava no posto. Jimmy não gostava do garotão citadino, não só por ele foder uma garota com a qual Jimmy tinha planos sexuais (afinal, ele tinha planos sexuais com quase qualquer garota), mas porque Devlin o ameaçara com um bastão de beisebol ao surpreendê-lo furtando uns pacotes de batatas fritas.

Contudo, era preciso dizer que Shelley tinha muita classe. Jimmy sabia disso desde aquela ocasião, na lanchonete, quando se oferecera para lhe comprar batatas fritas; ela pedira molho curry para colocar nas batatas. Eram esses pequenos toques que faziam a diferença entre a elite e a gentalha. Mas aquela baboseira dos alienígenas, aquilo lhe dava nos nervos. Era assim que Alan Devlin transava com Shelley, enchendo a cabeça dela com toda aquela merda.

Cola sempre fora a droga preferida de Jimmy. Ele adorava a forte corrente de vapor, o modo como aquilo grudava nos pulmões, suspendendo a respiração. Sabia que isso significava que provavelmente ele não viveria muito tempo, mas cada velho da cidade parecia tão infeliz, porra, que não lhe parecia haver vantagem real na longevidade. Era a qualidade de vida que contava, e ele achava que era melhor viver drogado do que entrar na porra de um esquema de treinamento para um empreguinho, ouvindo um babaca de cara vermelha gritar, e depois de dois anos despedir você a fim de abrir vaga para o próximo puto idiota. Se os outros putos não enxergavam isso, então, pelo que Jimmy podia perceber, eles não tinham a porra de um cérebro.

– A lógica é inescapável. – Riu para si mesmo.

– O que é que você está dizendo, seu puto idiota? – Riu Semo.

– Nada. – Sorriu Jimmy, deixando cair um pouco de cola na língua, apreciando o toque picante e a sensação de asfixia. Depois, quando o ar encheu seus pulmões, ele saboreou os rodopios da cabeça. Quando a pulsação nas têmporas diminuiu, ele espremeu o resto num invólucro de batatas fritas vazias e inspirou de novo.

— Passe isso para cá, Jimmy, seu puto — implorou Semo, dando um baita gole numa lata de supercerveja e fazendo careta. A bebida parecia estragada. Era melhor começar com Hooch até ficar chapado o bastante para não sentir o gosto da cerveja, decidiu ele. Fria não era tão ruim, mas quente... que merda.

Relutantemente, Jimmy passou o invólucro para Semo. Por um breve instante, sentiu que o chão ia se levantar e bater com força em seu queixo, mas conseguiu controlar a tempestade e esfregou os olhos, numa tentativa de recuperar parte da visão.

Dunky mastigava algo e disse com saudade:

— Se lembra quando costumávamos pescar aqui? Bons tempos.

— Mas chato pra caralho, não é? — retrucou Semo. Depois, tão abruptamente que espantou Jimmy, perguntou: — Ei, você trepou com aquela Shelley, não foi, Jimmy? Vem caçando ela há tempos.

— Talvez tenha trepado, talvez não. — Sorriu Jimmy. Na sua fantasia, os dois estavam namorando. Gostava de ver que as pessoas já começavam a associá-lo à garota. Manipulava seu desejo como uma mão de pôquer, flertando com os amigos sobre seus sentimentos em relação a ela, num modo estranhamente mais profundo do que jamais fizera com ela própria.

— Algum puto andou dizendo que ela é meio pirada — comentou Dunky.

— Vá se foder — atalhou Jimmy.

— Estou só repetindo o que ouvi — replicou Dunky, despreocupado. Ele virou o corpo, sentindo o sol forte causticar seu rosto.

— Não fica espalhando essas histórias da porra, certo? — insistiu Jimmy. Ele sabia que era o puto do Clint, o falastrão. Visualizou a boca de Clint, enorme, frouxa, cheia de saliva, pouco antes de ser fechada tão deliciosamente por Semo com aquele martelo. Visualizou Alan Devlin, gritando para que ele devolvesse a porra das batatas fritas. Visualizou, com o olho da mente, os sorrisos que Devlin recebia das garotas, inclusive de Shelley, que pareciam não conseguir fazer coisa alguma além de dar risadinhas, com nervosismo sexual diante da conversa dele. Jimmy tentara o estilo de Devlin, mas a coisa não funcionara do mesmo jeito. Ele se sentiu uma garotinha experimentando secretamente o vestido da mãe.

– É, certo – caçoou Dunky.

Dunky não estava realmente interessado na questão, mas Jimmy estava. Ele se levantou e pulou em cima do amigo, prendendo-o ao chão. Agarrou um punhado do cabelo ruivo do outro e torceu.

– Já mandei parar de espalhar essas histórias, porra! Certo?

Ao fundo, Jimmy ouviu o sibilar encorajador do riso baixo, sem alegria, de Semo. Jimmy e Semo, sempre Jimmy e Semo. Exatamente como acontecia sempre com Dunky e Clint. O martelo de Semo fora simbólico e mudara o equilíbrio do poder entre os quatro. Isso no caso de Dunky ter esquecido o que, exatamente, a martelada significara.

– Certo?! – rosnou Jimmy.

– Certo! Certo! – guinchou Dunky, enquanto Jimmy soltava seu cabelo e saía de cima dele. Depois, espanando a poeira da roupa, gemeu: – Que babaca da porra.

Dando risadinhas descontroladas, Semo disse:

– Eu transaria com ela. Transaria com aquela amiga dela também. A tal da Sarah. Seria bacana, não é, Jimmy? Você com Shelley e eu com a Sarah.

Jimmy se permitiu um sorriso. Semo era seu melhor amigo. A ideia tinha lá seu valor.

7

Shelley lia *Smash Hits* enquanto a mãe preparava o chá. Liam, da banda Oasis, era um tesão, pensou ela. Abby Ford e as amigas dela da escola estavam sempre falando da Oasis. Parecia que Abby sempre tinha dinheiro para roupas e discos. Era por isso que todos os garotos da escola viviam voejando em torno dela. Shelley tinha que admitir que gostava do modo como Abby usava o cabelo. Ela mesma deixaria o seu crescer também. Fora pura idiotice cortar tudo, mas aquilo aborrecera sua mãe. Abby era legal, embora Sarah não gostasse dela. Shelley e Abby tinham conversado um pouco. Talvez ela e Sarah pudessem ficar amigas de Abby Ford, Louise Moncur, Shona Robertson e o restante da galera. Elas eram legais. Shelley queria ter dinheiro para comprar roupas boas.

Mas Liam, da Oasis. Huum, huum. Melhor até mesmo do que Damon ou Robbie ou Jarvis. Olhando fundo nos olhos de Liam, naquela foto, Shelley imaginou que podia ver um pouco da alma dele ali. Era como se ele estivesse olhando apenas para ela. Shelley Thomson convenceu-se de que somente ela podia desvendar o código secreto daqueles olhos e sentiu que havia um elo entre ela e o cantor. Seria formidável se Liam pudesse conhecê-la, possivelmente quando a banda tocasse em Loch Lomond. Ele veria que grande par os dois fariam, e que estavam realmente destinados a ficar juntos! Amor à primeira vista! Ela não sabia se manteria o bebê ou se o descartaria. Naturalmente que Liam também teria que ser consultado. Era justo. Será que ele quereria criar o filho de alguém, e ainda por cima um alienígena, como se fosse seu? Se Liam a amasse, e Shelley conseguia ver, pelo modo como olhava para ela, que ele realmente a amava, então isso não seria problema. Seria formidável se Sarah casasse com Noel. Isso as faria cunhadas. O que poderia ser melhor?

– Shelley, chá – falou a mãe, secamente. Shelley largou a revista e foi até a mesa. A imagem daqueles olhos na foto, meditativos e sentimentais, ainda queimavam sua retina. Ela imaginou Liam tocando seus seios e sentiu um corrente elétrica oscilante no estômago. Sentou-se diante das batatas de forno, salsichas e feijão, comendo com movimentos bruscos e econômicos. Shelley comia como um cavalo, e mesmo estando grávida (ela não sabia há quanto tempo, pois tivera muito poucas náuseas matutinas), continuava magra como um varapau. Era louca por batatas fritas, adorava aquelas da lanchonete, principalmente com molho curry. As batatas feitas pela mãe eram pequenas, enrugadas e pouco generosas; nunca realmente haviam lhe apetecido.

Ela era diferente da mãe, refletiu presunçosamente. Bastava a mãe olhar para uma batata McCain de forno e algumas células de gordura, bastante perceptíveis, já se acumulavam em torno do estômago e debaixo do queixo. Shelley via isso como um defeito de caráter da mãe, que parecia abatida. E inchada. Será que era possível parecer as duas coisas ao mesmo tempo? Com certeza, pensou Shelley, vendo Lillian olhar para fora da janela, através das cortinas de filó, com uma expressão amedrontada no rosto. Ela sempre parecia estar pensando em algo tenebroso. Mas Shelley tinha que aguentá-la. Sua mãe também gostava da banda Oasis. Havia a possibilidade, pequena, mas real, de que elas pudessem ir a Loch Lomond juntas. A mãe uma vez brincara que gostava de Noel. Uma piada, mas de mau gosto, que magoara profundamente Shelley. Imagine se a mãe fugisse com Noel! Casasse com ele! Ahrgh! Isso estragaria tudo entre ela e Liam, caso se concretizasse. Mas não havia jeito. Noel tinha bom gosto demais para fazer isso.

A comida não seria suficiente; logo ela estaria com fome de novo, e à noite iria até a lanchonete. Jimmy Mulgrew estaria lá. Ele era legal, mas ela não se amarrava nele. Era real demais, aqui demais. Rosewell demais. Era desajeitado; nunca sabia as coisas certas para dizer, como Alan Devlin do posto, ou como Liam. Está bem, Liam era de um lugar exatamente como Rosewell, mas ele avançara, mostrara que tinha o necessário para se tornar um astro. Mas, de qualquer jeito, ela iria até a lanchonete e depois voltaria para casa a tempo de ver *Arquivo X*.

8

Jimmy e Semo estavam parados na esquina da lanchonete. Os bares fechariam em meia hora. Jimmy queria umas batatas fritas, mas ele e Semo haviam sido proibidos de entrar por Vincent, o proprietário, após pequenos furtos e atos de vandalismo. O coração de Jimmy acelerou quando ele avistou Shelley e Sarah se aproximando. Shelley lhe deu um sorriso tímido, e Jimmy sentiu alguma coisa se mover dentro dele. Queria falar para ela como se sentia, mas o que diria? Ali, diante de Semo e Sarah? O que ele podia falar para aquela beldade alta e esguia, que o mantinha acordado à noite e que era responsável por seus lençóis ficarem rígidos como uma tábua, desde que desabrochara nos últimos meses e cortara o cabelo como Sinead O'Connor? Aquilo exigia um verdadeiro namoro e não sarros no escuro lá na pedreira com Abby Ford ou Louise Moncur, que ele e Semo haviam batizado de "cachorras". Mas como ele poderia convidar Shelley? Aonde eles iriam? Ao cinema? Ao Jardim Botânico? Aonde se pode levar uma garota num encontro normal?

Inspirado pela brilhante lua no céu, que iluminava o obelisco do prédio de escritórios acima da garagem, Jimmy se adiantou na direção dela.

– Ei, Shelley, vá lá comprar umas batatas para nós, eu lhe dou o dinheiro. O Vincent nos barrou, entende?

– Está bem – concordou Shelley, pegando o dinheiro com ele.

– Lembre de colocar molho curry nelas, Shel. – Sorriu, feliz por Shelley não ter reagido negativamente ao fato de ele ter falado com ela daquela forma mais íntima e informal.

Eles ficaram observando as garotas entrarem na lanchonete.

– Duas trepadinhas da porra, hein? – observou Semo, separando os lábios secos com um movimento rápido da língua e esfregando o inchaço no maxilar. Depois sibilou: – Transava com as duas. – Agarrou Jimmy e fez um movimento teatral com a pélvis.

Dentro da lanchonete, Sarah virou-se para Shelley:

– Eles são uns babacas! Nem parece que têm dezesseis anos! Eles não saberiam o que fazer com uma verdadeira mulher!

As garotas riram da imagem dos garotos, vista através da vitrine da lanchonete, enquanto eles se empurravam mutuamente com grande excitação nervosa.

9

A espaçonave estava a muitos milhões de anos-luz da Terra, e a muitos mais milhões de anos-luz de seu sistema solar nativo. Seus ocupantes podiam ver, por meio da tecnologia que a juventude cyrastoriana tanto apreciava, imagens bem claras do planeta. Eles sabiam que não eram tão boas quanto as imagens que podiam obter por intermédio da Vontade, mas aquele jeito era mais fácil e preguiçoso. Dava aos jovens cyrastorianos e a seu solitário amigo terráqueo tempo para apreciar um cigarrinho.

– Tô vendo umas porras de mudanças na rapaziada desde minha última ida à Terra – disse Mikey Devlin, ex-torcedor do Hibs, para Tazak, o líder da juventude cyrastoriana, quando o monitor da nave mostrou a arquibancada leste na rua Easter.

– Aposto que sim, parceiro – replicou o alto e desengonçado Tazak, tragando seu Regal King Size. A substância chamada fumo, que seu atarracado amigo terráqueo, bem mais baixo que ele, lhes apresentara era realmente uma experiência maravilhosa. Tazak se lembrou da primeira vez, quando seus pulmões virgens haviam tossido. Agora ele fumava quarenta por dia.

Mikey examinou os rostos, fixando-se nos poucos que reconhecia.

– Aquele putinho do Ally Masters era da Turma de Bebês. Parece que agora virou cacique. Mas não vejo sinal do meu irmão caçula.

Tazak sorriu para o amigo.

– Vamos fazer uma visita aos putos hoje à noite. Para ver o que eles andam aprontando, sacou?

Mikey sabia o que significava aquele brilho familiar nos grandes olhos castanhos do amigo. Ele estava a fim de alguma boa sacanagem. Mas havia uma questão maior. A hora chegara. Sua própria hora, a hora dos alienígenas, e não era possível deixar o ímpeto aventureiro de Tazak foder com tudo. Quer você estivesse no espaço com tecnologia interna ou externa à sua disposição para obliterar sistemas solares, ou nas ruas procurando arruaça, o importante era saber escolher o momento certo. Mikey Devlin era chefe de uma torcida organizada. Ele sabia que as regras de guerra se aplicam a qualquer lugar.

– Lembre que eu quero ir devagar no começo. Vou ficar aqui em cima até vocês fazerem os putos verem as coisas do nosso modo, e só então vou descer. Uma vez que a porra dos políticos vejam quem organizou todo o acordo, eles me aceitarão como chefe. E não estamos falando só dos viadinhos aqui. Estamos falando da porra de todo o planeta Terra, seu puto.

– Desde que a porra desse seu plano funcione, seu puto. – Um sorriso percorreu a pequena boca de Tazak, segurando Regal King Size nos dedos longos e finos.

– É claro que vai funcionar. Isso aqui não é mais aquela brincadeira de ir lá embaixo, pegar alguns caras durante o sono e meter uma porra duns tubos no rabo deles, só pra se divertir. Vamos anunciar formalmente nossa presença. É agora que vamos romper todas as suas regras cyrastorianas. Vocês tem culhão pra isso?

– Temos sim, porra – retucou Tazak, em tom um tanto defensivo.

– Você conhece os velhos lá no seu planeta. Eles já não estudam a Terra em grande detalhe. Sabem que logo tudo estará fodido. Tudo o que eles querem é que vocês não interfiram, simplesmente deixem o pessoal em paz. Mas, se vocês descerem e fizerem de nós os chefes do planeta, poderão comandar a coisa a distância, e aqueles putos velhos não pegarão porra nenhuma de sinal de vocês, extraterrestres, no planeta. Esse precisa ser o nosso plano geral, cara.

– Parece bacana na teoria – considerou Tazak, soprando a fumaça do cigarro.

Mikey sorriu, mostrando os dentes grandes para o jovem cyrastoriano. Era um gesto que seu amigo, por mais que já estivesse acostumado com a estranha aparência do terráqueo, nunca deixara de achar perturbador.

– É mais do que bacana! Escute aqui, seu puto! Eu fui o puto que organizou aquele negócio de Anderlecht na Copa da União Europeia.

– Mas aquilo não tem porra nenhuma a ver com isso – replicou Tazak.

– É a mesma coisa, porra: uma cidade, Bruxelas, ou um planeta, Terra. Uns ciscos na porra do sistema solar.

– Talvez – concordou Tazak. Ele tinha que admitir a maturidade daquele torcedor terráqueo, coisa que recentemente virara um desenvolvimento preocupante.

Já fazia algum tempo desde que eles haviam iniciado aquela amizade improvável. Tazak fora um jovem aprendiz na espaçonave de Anciãos enviada na missão que visava capturar aleatoriamente um terráqueo, que eles estudariam e com quem aprenderiam a língua e a cultura do planeta. O terráqueo, Mikey Devlin, fora abduzido numa boate de Edimburgo quando eles haviam parado o tempo na Terra. Depois do choque, ele mostrara grande vontade em ajudá-los. Na realidade, até pedira uma extensão de sua estada, procurado como era na Terra pela polícia local por agressão com ferimentos na estação de Waverley, depois de uma pancadaria generalizada. Mikey Devlin fizera um acordo com os alienígenas. Tudo o que eles precisavam fazer era voltar à Terra com ele de vez em quando, e encontrar algumas garotas que ele pudesse comer. Os Anciãos ficaram contentes com o trato. Entretanto, Mikey fizera amizade com alguns jovens alienígenas, especialmente Tazak, que o levava à Terra numa antiga espaçonave de cruzeiro, por apreciar sua companhia. Mikey era um puto esperto: seu cartaz subiu com os alienígenas, e logo foi aceito como um deles. Ele encorajou os jovens a consumir tabaco, droga para a qual eles já pareciam fortemente predispostos. De uma maneira estranha, o vício do fumo os mantinha presos à Terra e significava que Mikey sempre poderia visitar seu planeta. A única coisa com que Tazak não se acostumava era o cheiro doce da pele do terráqueo.

Mikey achava que o ingênuo interesse dos alienígenas pela tecnologia física era um monte de merda, e estudara intensamente o poder da Vontade, aprendendo a usar algumas de suas maravilhas. Ele mantinha segredo sobre seu desprezo pelos interesses dos jovens, pois gostava deles e precisava admitir que os Anciãos cyrastorianos eram uns putos chatos.

10

A reunião das galeras e tribos na área insalubre da antiga Midlothian e nos subúrbios a sudeste de Edimburgo intrigara os próprios viajantes tanto quanto as autoridades. Vários sábios e pseudoprofetas da Nova Era haviam apresentado teorias, mas as autoridades locais nada podiam fazer, e o governo não queria intervir, enquanto a população nos acampamentos improvisados já passava de vinte mil pessoas.

11

Como os traficantes locais estavam se dando muito bem, Jimmy e Semo, entusiasmados com o futuro sucesso da falsa agressão criminal a Clint Phillips, acharam que podiam tentar um empreendimento mais particular. Semo tinha um bom contato em Leith, e eles entraram na cidade num carro furtado a fim de conseguir LSD, na esperança de revender a droga aos viajantes. Foram até o porto e pegaram seu amigo Alec Murphy, que os levou até um apartamento na área sul, dizendo que eles iam conhecer um cara que Murphy chamava simplesmente de "O Puto Estudante".

– O Puto Estudante é um cara legal. Ele não é estudante de verdade – explicou Alex. – Ele não frequenta uma faculdade ou coisa parecida há anos e anos. Mas ele tem um diploma de graduação em economia ou alguma merda dessas. Só que ele parece a porra de um estudante, ou pelo menos ainda fala como um, sacou?

Os garotos menearam a cabeça com uma compreensão vaga. Alec avisou que o Puto Estudante tendia a formular as observações mais banais como longas proposições filosóficas, merecedoras de ser estudadas mais a fundo. Em dias bons, observou Murphy, em condições ótimas e na companhia certa, o Puto Estudante podia até ser ligeiramente divertido. Tais dias, circunstâncias e companhias estavam ficando cada vez mais raras, ele achava.

Subindo a escada para o apartamento do traficante, com expectativa e excitação crescentes, Jimmy Mulgrew se sentia o máximo. Entrou gingando como um gângster, conferindo seu reflexo no espelho do corredor. Mais tarde encontraria Shelley lá na lanchonete e insinuaria algo sobre "negócios". Ela não podia deixar de ficar impressionada. Alan Devlin já era, pensou Jimmy, com um vigoroso ímpeto de confiança. A porra de um ajudante de frentista! Chefe de torcida é o caralho! O puto perdera a oportunidade, e estava agora só enxugando gelo. A hora de Jimmy estava para chegar.

As fantasias de Jimmy murcharam como um balão furado, quando um cara com cabeleira encrespada e óculos de aros pretos os introduziu na sala da frente. Lá estava uma mulher de cabelo castanho fino e um elegante colete vermelho, alimentando um bebê com uma mamadeira. Ela nem mesmo se dignou a olhar para eles.

– Alec... oi – cumprimentou o Puto Estudante, parecendo um pouco incomodado com a relativa juventude dos amigos de Alec. – Posso ter uma palavrinha em particular com você?

Alec virou-se para Jimmy e Semo.

– Aguenta aí um minuto, galera – disse ele, desaparecendo na cozinha com o Puto Estudante. Alec sabia que não devia ter trazido os dois ao apê do Puto Estudante. Mas realmente nem pensara nisso.

– Que idade tem esses caras? – perguntou o Puto Estudante.

– Dezesseis e dezessete – respondeu Alec. – Galera jovem de Rosewell, mas putos legais. Quero dizer, lembro que você falou que eu podia trazer qualquer puto que quisesse até aqui.

– Isso fica muito bem *ceteris paribus*, Alec – falou o Puto Estudante. – Mas é um truísmo que os jovens sempre se impressionam com coisas novas, e portanto tendem a sair abrindo a porra da boca. Posso muito bem passar sem ter os canas atrás da porra do meu rabo.

– Esses garotos sabem das coisas. – Alec deu de ombros.

Os olhos do Puto Estudante reviraram em dúvida por trás dos óculos.

Na sala de estar, Jimmy estava achando constrangedor aquele silêncio diante da mãe e do bebê. E imaginou que Semo devia estar se sentindo assim também, porque parecia compelido a quebrar o silêncio.

– Que idade tem o bebê? – perguntou Semo.

A mulher levantou o rosto para ele, com olhos frios e ausentes.

– Três meses – respondeu ela, desinteressada.

Semo assentiu com a cabeça, pensativo. Depois apontou para a mulher e indagou:

– Escute, quando você teve o bebê... doeu?

– O quê? – A mulher olhou para ele de maneira mais concentrada.

– Quando você teve o bebê, doeu?

Ela olhou para Semo de alto a baixo. Jimmy deu um risinho involuntário, com a impressão de que um pequeno motor que ele não podia desligar estava fazendo seus ombros oscilarem em um espaço dentro da cavidade torácica.

– Bom, é que eu não consigo imaginar como deve ser algo assim... é muito doido, não é? – começou Semo, em tom sério. – Quer dizer, você não consegue realmente pensar sobre uma coisa viva crescendo dentro de você, porque isso é de pirar, percebe o que quero dizer?

– Você simplesmente se acostuma – retrucou a mulher, dando de ombros.

– Você simplesmente se acostuma – repetiu Semo, assentindo com a cabeça, pensativo. Depois se virou para Jimmy e riu. – Acho que tem mesmo que se acostumar, porra! Não se pode voltar atrás! Ele olhou para a mulher e arrematou: – É verdade, não é?

Jimmy começou a dar risinhos de novo, enquanto a mulher no sofá balançava a cabeça e tirava um pelinho do ouvido do bebê. Mas o Puto Estudante voltou e, com uma expressão espantada e apologética dirigida à mulher, levou a galera jovem de Rosewell para a cozinha.

Alec piscou para eles quando o Puto Estudante abriu um armário, puxou um pote de porcelana marcado AÇÚCAR, levantou a tampa e remexeu dentro, tirando alguns papelotes de LSD.

– Cinquenta morangos. – Sorriu.

– Ótimo. – Sorriu Jimmy, e pagou.

Eles voltaram para a sala de estar e se sentaram. O Puto Estudante pôs uma fita para tocar no som. Quando começou a música, Jimmy arriscou um olhar para a mulher com o bebê, antes de fechar bem o maxilar para não rir. Pensou no maxilar suturado de Clint, e ouviu suaves ruídos apreciativos dentro de seu peito enquanto vibrava ligeiramente no sofá.

O Puto Estudante pensou que Jimmy estava vibrando com a música.

– Projeto East Coast – disse. Depois, para Alec, acrescentou com grande sinceridade: – Há bastantes coisas interessantes acontecendo lá.

– Huumm – murmurou Alec em tom neutro.

O Puto Estudante virou-se então para Semo.
— A área de vocês, é lá que todos os grupos de viajantes se concentraram, não é?

A mulher alimentando o bebê mostrou interesse pela primeira vez.
— É sim — assentiu Semo. — É uma multidão da porra.

O Puto Estudante aproveitou a chance para se lançar numa peroração a respeito do que estava acontecendo na sociedade contemporânea. Foi a dica para os outros apresentarem suas desculpas e saírem. Jimmy fez uma careta quando ouviu o Puto Estudante se descrever para Alec como pertencente à "classe trabalhadora", fazendo soar a coisa como "casa acolhedora". Eles se retiraram o mais rápido possível, indo até um clube de sinuca tomar umas cervejas. Depois Alec foi embora, de modo que eles furtaram outro carro para voltar.

No carro, Jimmy não conseguiu resistir e experimentou uma das pílulas. Depois de alguns minutos, todo o lugar pareceu ficar maluco, e ele mal distinguia o vulto de Semo, sentado a seu lado, no assento do motorista.

— Inda bem que você não tomou esse troço, Semo — arquejou, enquanto o carro fazia curvas e corria pelas ruas da cidade, enfrentando a ofuscante muralha de luz que se erguia dos "olhos de gato". Eles estavam voando. — Estou dizendo, inda bem que você não tomou esse troço, hein, Semo?

— Cala a porra da boca... estou tentando me concentrar na estrada... roubei um desses troços e estou viajandão! — gemeu Semo.

— PARA! PARA A PORRA DO CARRO! — Jimmy sentiu a implacável pulsação do terror verdadeiro em cada célula do corpo.

— Vá se foder! Eu estou vendo bem. Não banque a polícia pra cima de mim! — atalhou Semo, enquanto Jimmy agarrava o seu braço. — Eu consigo seguir os olhos de gato da estrada... põe a porra da fita cassete...

Jimmy apertou a tecla PLAY. Começou a tocar "Wonderwall", pela banda Oasis, com Liam Gallagher cantando sobre estradas sinuosas e luzes cegantes.

– DESLIGUE ISSO! – rugiu Semo. – Liga a porra do rádio!

– Certo. – Jimmy tremia. Ele ligou o rádio, mas Liam continuou cantando sobre estradas sinuosas e luzes cegantes, a canção que o velho de Jimmy dizia ser plágio dos Beatles, embora falasse isso sobre todas as canções do Oasis.

– Eu mandei desligar! Liga a porra do rádio! – sibilou Semo.

– Já fiz isso! É o rádio que está tocando! Está na porra do rádio! A mesma canção!

– Puta que pariu... Que loucura, cara, hein? – gemeu Semo. Ele não conseguia parar o carro. Por mais que tentasse, não conseguia fazer parar o veículo. – Essa porra de carro não quer parar!

Jimmy cobria os olhos com as mãos. Olhou pelos dedos entreabertos. Já não pareciam estar se movendo.

– O carro... parou. Não estamos mais rodando. Parou, seu puto maluco!

Semo percebeu que estacionara o carro no lado da estrada. Eles saltaram, e caminharam hesitantes ao longo da estrada.

Jimmy olhava para os objetos que enchiam a paisagem urbana através de lentes distorcidas. Seus membros pareciam de chumbo; era como se tudo fosse um esforço. Até mesmo andar. Até mesmo continuar se movendo. E então eles pararam de supetão.

12

Tazak e Mikey foram caminhando pelo set de filmagem tridimensional que era a rua Princes, absorvendo o silêncio congelado dos humanos, seus bichos de estimação e seus veículos.

Mikey observou umas garotas, com sorrisos capturados em animação suspensa.

– Huum... nada mal...

Para Mikey Devlin aquela era uma das melhores coisas daquele jogo espacial: simplesmente parar o tempo terrestre e conferir cada puto. Mas Tazak estava ficando impaciente. Como aquilo exigia demasiada energia psíquica, os Anciãos podiam acabar recebendo vibrações, resolver investigar e o plano deles terminaria antes de realmente começar. A melhor forma de parar o tempo terrestre era pegar uma pequena localidade rural à noite, e congelar toda a movimentação. Operar naquele tipo de escala era maluquice. Tazak estava ficando irritado com as caçadas sexuais de Mikey.

– Vamos, seu puto! – gritou. – Precisamos nos mandar, porra!

– É... é – concordou Mikey, examinando de alto a baixo uma garota esbelta de cabelo escuro. – Nada má... nada má, mesmo.

Tazak olhou com nojo para aquela fêmea terráquea atarracada e cabeluda, com feias faixas de pelagem sobre os olhos diminutos; a cabeça esquisita, com seu nariz proeminente e aqueles lábios horrivelmente inchados na boca grande. Era realmente uma raça de aparência repulsiva, ainda que biologicamente não tão diferente do povo dele. Ainda se lembrava de seus tempos de jovem estudante na Fundação, quando os outros caçoavam de seus olhos pequenos e o chamavam de "Terráqueo". Era irônico que agora estivesse ali, misturado aos seres daquela raça.

Tazak estremeceu ao recordar a vez em que, na companhia de Mikey, ele se acasalara com uma daquelas criaturas, uma fêmea pequena e quase desprovida de pelos. Na ocasião, estavam todos num alto estado transcendental, mas depois ele sentira nojo de si mesmo. Ainda mais irritado com essas lembranças, sibilou para seu anfitrião terráqueo:

– Já falei pra gente se mandar! Temos coisas a fazer!

– Está bem, seu puto – resmungou Mikey. Tinha que admitir, *havia* coisas a fazer.

13

Shelley estava sonhando de novo. Estava na espaçonave e o alienígena estava de pé perto dela. Dessa vez havia um homem com ele, um ser humano. Não era Liam. Parecia um pouco com Alan Devlin.

14

Ally Masters também estava tendo o sonho. Ele estava vindo para casa com Denny McEwan e Bri Garratt, atravessando o centro da cidade. O show do Soul Fusion fora bom, mas as xoxotas não estavam mordendo e, para dizer a verdade, as pílulas de ecstasy pareciam meio batizadas. Ele sentia os efeitos. Tudo parecia estar se movendo mais devagar. Então, através de uma névoa indistinta, uma luz estranha inundou os olhos de Ally. A princípio ele pensou que aquilo era apenas a percepção distorcida pelas pílulas da luz de um poste distante. Mas a intensidade e a ubiquidade da claridade eram avassaladoras. A coisa cresceu até tomar a forma de uma massa amorfa de protoplasma, e ele avançou naquela direção, enquanto o troço formava uma estrutura a sua volta. Ally percebia os outros caminhando a seu lado, mas não conseguia virar a cabeça. Tentou gritar para Denny e Bri, mas nenhum som saiu de sua boca.

Então, num instante estranho, ele se viu completamente desperto, dentro do que parecia um imenso anfiteatro branco.

– É essa porra de branco pra acabar com todos os brancos, ou o quê? – perguntou Ally, olhando para Bri e Denny. Os olhos dos amigos haviam se reduzido a pontos mínimos. Ele sentiu um forte e causticante cheiro de amônia nas narinas.

– Essa porra não é real, cara! – disse Denny, tocando hesitante as paredes brancas, que pareciam lisas, mas que, quando examinadas de perto e tocadas, eram compostas de incrustações brilhantes, fortemente compactadas.

Nesse momento, onde antes parecia haver apenas uma parede, abriu-se uma porta. Dois grandes alienígenas nus, a não ser por uma tanga que lhes cobria os órgãos genitais, e desprovidos de quaisquer pelos no corpo, entraram no grande anfiteatro.

– E aí, rapaziada... como vocês estão? – cumprimentou um deles.

Os arruaceiros terráqueos pareciam por demais chocados para responder. Então, sem olhar para os amigos, Bri Garratt perguntou:

– Puta que pariu, cara... que porra é essa aqui?

– Alienígenas da porra, cara! Que piração! – arquejou Denny McEwan.

– Bem, alienígenas da porra ou não, nenhum puto sacaneia a turma dos Hibs – rosnou Ally. Depois se voltou para os jovens cyrastorianos. – Não sei de que porra vocês estão a fim, seus putos, mas se querem briga vieram dar na porra do lugar certo...

Ele puxou uma faca, avançando na direção das criaturas altas e magras.

Os alienígenas permaneceram imóveis diante de sua aproximação. O chefe da torcida percebeu a arrogância indiferente de seus anfitriões. Deu uma facada naquele que falara, mas sentiu a lâmina ricochetear numa parede invisível que mal conseguiu visualizar, uma membrana trêmula e pulsante a poucos centímetros da pretensa vítima.

– Essas facas de merda não servem pra porra nenhuma contra nosso campo de força, seu puto terráqueo – zombou o alienígena.

– Puta que pariu – gemeu Ally.

– Deixe de ser abusado, seu bundão terráqueo da porra. – Riu o outro alienígena.

O alienígena principal fez um gesto lânguido, e a faca soltou-se do punho de Ally, cravando-se na parede.

– Está vendo, puto terráqueo, vocês pensam que são uma turma da pesada, mas não passam de um bando de putos de merda no plano intergalático geral das coisas. Nós ainda nem começamos a agir aqui. Onde ficam os chefes de vocês?

– Que porra vocês querem, seus putos? – indagou Ally.

– Que você feche a matraca um segundo. – Sorriu o alienígena por entre os lábios finos. Depois acendeu um cigarro. – Eu sou Tazak, por falar nisso. Sei que vocês não ligam para apresentações, seus putos. Eu podia até oferecer um cigarro, mas estou com o estoque um pouco baixo. De qualquer modo, é o seguinte: vocês não têm como fugir de nós, seus putos, por isso nem pensem nisso. Mas estamos aqui para ajudar vocês. Precisamos de uns putos aqui embaixo para comandar a porra do espetáculo para nós. Queremos vocês, seus putos, porque vocês falam a porra da nossa língua. Podíamos ter aterrissado no deserto da Califórnia, como em todas aquelas porras de filmes que vocês fizeram, mas viemos para Midlothian, sacou?

– Por que aqui? – perguntou Ally.

– Tínhamos que aterrissar em algum lugar. Podia ser aqui como em qualquer outro lugar, sacou? Além do mais, estamos por dentro das coisas aqui. É só a Escócia. Ninguém escuta o que vocês dizem, seus panacas. Mas nós vamos fazer com que todos os putos nos escutem. Quem manda aqui agora?

– Como assim? Os caciques de tudo? – perguntou Ally.

– É.

– Bem, isso é em Londres, ou Washington, não é? – Denny virou-se para Ally, que assentiu.

– Vá se foder, esses putos não nos governam. – Bri bateu no peito.

– É, mas essa é a porra do governo, seu puto. Como Westminster... ou a Casa Branca. É lá que está o poder real.

– A única porra de Casa Branca que eu conheço é aquela em Niddrie. – Riu Denny.

Tazak estava ficando impaciente. – Cala essa boca, seu puto terráqueo! Estamos falando de coisa séria aqui! Vamos dar a esses putos uma pequena demonstração das porras que podemos fazer. Eles podem enfrentar a porra da polícia local o quanto quiserem, mas agora estão lidando com a turma mentalista do universo! Eles ainda não sacaram realmente o que é brigar, porra. Vamos mostrar a eles, porra, o que é brigar! Briga que pode arrebentar com a porra do sistema solar!

    Os chefes de torcida se entreolharam. Aquele puto alienígena, o tal de Tazak, falava muito. Eles iam aguardar e ver se o puto pagava pra ver. Podiam sentir a adrenalina bombando em seus corpos. Sentiam que vinham se preparando a vida toda para alguma coisa como aquela, e estavam determinados a não amarelar.

15

A lanchonete estava abarrotada. Não de viajantes, que estavam sendo barrados no viaduto pelo número crescente de policiais, mas sim de repórteres e equipes de filmagem que tinham vindo observar o fenômeno. Entretanto, Vincent, o proprietário, ainda estava longe de ser um homem feliz. Houvera um arrombamento na noite anterior. Os cigarros e o dinheiro estavam guardados em segurança numa sala fortificada, e o cadeado estava intacto. Na frustração de só terem conseguido apanhar balas e doces, os ladrões haviam lambuzado toda a loja com o conteúdo de contêineres industriais de molho para batatas fritas. Ele já fazia ideia de quem eram os culpados. Só podiam ser Ian Simpson e Jimmy Mulgrew. Ele ia conversar com Drysdale sobre o assunto.

16

A energia estava lá, mandando que todos viessem para a Escócia. Em Londres, Amsterdã, Sydney e San Francisco, galeras de doidões ouviam a mensagem. Iriam todos a Rosewell, em Midlothian, para a maior reunião de espíritos humanos já acontecida. A energia fazia estalar o ar. Os líderes das galeras, aparentemente fascinados por algo, apontavam o caminho para aquele pequeno vilarejo nas bordas da Europa setentrional. Percebendo que havia algo no ar, as autoridades observavam e esperavam.

Na lanchonete, Vincent estava estupefato. O cadeado da sala fortificada estava intacto e todo o dinheiro continuava ali; misteriosamente, porém, os cigarros pareciam ter evaporado.

17

São quase quatro horas da manhã e Andrew, o pai de Jimmy, decide que seu filho deveria estar dormindo e seus amigos deveriam estar em suas casas, em vez de no quarto de Jimmy, no segundo andar, tocando aquelas fitas baratas de música techno, compradas numa loja asiática de pechinchas lá em South Bridge. O controle paterno se tornara um conceito meio difuso desde que Jimmy passara a encarar os olhares de advertência do velho com uma expressão desafiadora e dura.

Mas o pai de Jimmy não é cheio de melindres, e, desde que o som fique baixo o bastante para ele poder assistir à TV, não há problema. O Valium do médico já aliviou sua dor. Sua esposa partiu há muito. Ela se cansara da depressão, da impotência e da falta de dinheiro de Andrew após ser despedido da Bilston Glen, e fora viver com alguém que trabalhava numa creche em Penicuik.

Jimmy deveria estar dormindo. Porra de escola, pensa Andrew e depois se lembra de que o filho largara os estudos no ano anterior. Andrew acha que a mãe de Jimmy só pode estar dando algum dinheiro ao filho. Dinheiro que vai para drogas, enquanto Andrew se acha sortudo quando consegue descolar a porra de uma caneca no clube, no dia do cheque do seguro-desemprego. Aquele putinho egoísta e seus amigos viviam se dando bem, de um modo ou de outro. Como na noite da véspera; eles tinham voltado chapados.

LSD. Ele sabia que era isso. Aqueles putinhos pensavam que tinham inventado as drogas.

Fazia dez anos que ele fora dispensado do trabalho nas minas. A história dera razão a Scargill, o líder dos mineiros na época, mas isso não adiantara porra nenhuma. Era a época do egoísmo e da ganância; Scargill simplesmente perdera o bonde e Thatcher fora eleita. Andrew fizera rodízio nos piquetes de greve, participara das manifestações, mas percebera desde o começo que aqueles tempos não seriam gloriosos para o velho proletariado industrial. A vibração era importante. A vibração na época era pequena, fraca e temerosa, com gente demais ansiosa para abraçar as falsas certezas que seus patrões e lacaios variados vociferavam.

De certa maneira, hoje em dia tudo é mais sadio; ninguém acredita em nada que os escrotos mentirosos cospem. Até mesmo os próprios políticos parecem desembuchar as velhas babaquices com mais desespero do que a tradicional convicção presunçosa a que todo mundo estava acostumado. A vibração está mudando, sim, mas está mudando para o quê?

Bum, bum, bum. O ritmo techno continua frenético. Bum, bum, bum. Andrew aperta o botão do volume no fone de ouvido, mas a porra da música techno também aumenta, acompanhando. Então, a sra. Mooney, a vizinha, começa a socar a parede. Andrew deixa os nós dos dedos ficarem brancos, agarrados aos braços da cadeira.

No andar de cima, Jimmy e os garotos comemoram. O policial de serviço na delegacia, patrulheiro Drysdale, dera a eles o tão cobiçado número do registro criminal exigido para que pudessem pedir ressarcimento por agressão criminosa recebida. Drysdale aceitara com extrema boa vontade as fictícias e disparatadas alegações do grupo de jovens. Ele dispunha de pouco tempo para os marginais da cidade, mas ainda menos para a porra dos viajantes, que estavam tornando mais do que infeliz sua vida profissional. Seria necessário apenas um pequeno incidente para desencadear algo horrendo, e então suas chances junto à comissão de promoções realmente correriam perigo. Aquela babaquice de polícia sensível tinha limites. Os instintos de Drysdale lhe diziam para atacar com energia e prender alguns vagabundos. Entretanto, ele sabia a linha que Cowan, o chefe da junta de promoções, tomaria.

18

Os torcedores do Hibs estavam cooperando muito pouco com os alienígenas.

– Por que a gente deve ajudar vocês, caralho? – perguntou Ally Masters a Tazak.

O alienígena tragou o cigarro pensativo.

– Vocês podem fazer qualquer porra que quiserem...

Ele foi interrompido por outra voz.

– Porque estamos fazendo a vocês um favor, seu merda!

Os terráqueos ficaram chocados com a presença de um elemento de sua própria raça, e olhavam sem acreditar. Era Mikey Devlin, o irmão de Alan. O puto sumido. Agora estava de volta. E ainda usava tênis Nike!

– Mikey Devlin! – Ally Masters olhou para ele de alto a baixo. – Muito... hum, anos oitenta, cara. Os tênis. Por onde você andava?

– No hiperespaço. – Sorriu Mikey. – Tenho uma história para contar a vocês, seus putos, muito mais importante do que qualquer porra de etiqueta.

Ele contou a história para a galera.

– Mas como você pôde nos abandonar assim? – perguntou Bri Garratt.

– Virar as costas para seus amigos? – indagou Ally.

– Virar as costas para a Escócia – acrescentou Denny McEwan, em tom de censura.

O paroquialismo de sua antiga gangue já estava dando nos nervos de Mikey.

– Que se foda a Escócia, seu puto idiota! Andei por toda a porra do universo! Vi coisas que vocês, putos, não conseguiriam ver nem em seus sonhos mais alucinantes, porra!

Denny manteve seu ponto de vista.

– Foda-se, Mikey. Você não vai voltar para cá e sacanear a Escócia, é só isso que estou dizendo.

Mikey lançou um olhar cansado para Tazak. Aqueles putos simplesmente não estavam captando a mensagem.

– A Escócia para mim... não passa da porra de um cisco – zombou. – Pare de falar na porra da Escócia. Estou de volta para fazer de nós a gangue mais poderosa da porra do planeta Terra!

19

O tempo tinha virado. A chuva desabava do céu. Trevor Drysdale tentava tirar uma boa noite de sono antes de sua entrevista com a comissão de promoções no dia seguinte. Só mesmo pensar naqueles vagabundos escrotos, encharcados no campo frio, podia lhe dar a satisfação calorosa que o embalasse em sonhos agradáveis. Por mais ansiosamente que aguardasse a manhã seguinte, Drysdale se preparara bem. Em entrevistas, o importante era desvendar o código, descobrir a onda atual: uma hora, retórica liberal; na outra, linha dura. Em qualquer burocracia, o melhor profissional era sempre quem conseguia controlar os próprios preconceitos e aprender o discurso dominante com convicção. Como a pessoa agia, é claro, era totalmente irrelevante, desde que a exposição fosse eficaz. Tudo o que Cowan queria era aquela babaquice liberal, de modo que Drysdale lhe daria isso aos montes. Para Cowan, seguir a norma dominante era quase tão importante quanto manter o asseio pessoal.

20

Clint Phillips vinha driblando Jimmy e Semo desde que tivera alta do hospital e registrara o crime com o patrulheiro Drysdale. Os dois se encontram na pedreira com Dunky, que lhes conta que Clint insinuou não pretender repartir a verba de indenização recebida da Comissão de Compensação por Agressões Criminosas. Muito aborrecidos, Jimmy e Semo decidem dar um susto em Clint. Roubarão um carro e avançarão velozmente na direção dele, no pátio do posto.

– Vamos mostrar ao puto que isso não é a porra de uma brincadeira – disse Semo.

21

Trevor Drysdale olha para seu reflexo no espelho. Ele penteou para trás o cabelo e usou o secador. Parece meio bicha com aquele topete, pensa, mas Cowan aprovaria a imagem mais suave, bem menos severa do que a gomalinada de sempre. Drysdale acha que ficou muito elegante com o terno cinza-claro, comprado no Moss Bros. Estava abandonando aquele buraco infernal e assumindo responsabilidades de supervisão. A delegacia da área sul o chamava.

Ele nota que a chuva pesada já parou. Entra de carro na cidade, com tempo de sobra. Estaciona a uns oitocentos metros da grande estrutura imaculada, verdadeiro templo do cumprimento da lei, que é a delegacia da área sul. Deseja caminhar para chegar ao prédio que certamente será sua nova casa, orientando-se vagarosa e gradualmente por sua nova vizinhança.

22

A tentativa de Jimmy e Semo de amedrontar Clint não saiu bem como planejado. Eles estacionaram e ficaram à espera do outro lado da rua, mas Clint não podia ser visto em lugar algum. Em vez disso, a raiva de Jimmy cresceu quando ele viu Shelley e Sarah entrarem na loja do posto e desaparecerem na sala dos fundos com Alan Devlin.

– Aquele puto do Devlin – sibilou Jimmy.
– Segure as pontas. – Sorriu Semo. – Já vamos mostrar a esse puto.

Alan Devlin estava fodendo Sarah deitada na mesa, enquanto Shelley observava os dois, pensando como aquilo parecia desconfortável comparado ao que ela realmente sentia quando estava na mesma posição.

Devlin estava aumentando o ritmo, quando uma buzina de carro alta e repetitiva soou no pátio do posto.

– Merda! Marshall! – rosnou ele, chateado por precisar se afastar de uma Sarah tensa, que puxou o vestido para baixo e a calcinha para cima quase que num único movimento. Devlin fechou a calça e correu para a loja da frente. Jimmy e Semo estavam no carro, com a janela abaixada. Agitavam pacotes de batata frita e algumas outras coisas que haviam tirado da loja enquanto Devlin fodia a garota.

– VOCÊS VÃO MORRER, SEUS PUTINHOS DE MERDA! – berrou Alan, avançando na direção do carro, mas os garotos fugiram velozmente pela rua.

Foi então que Clint cruzou o pátio, lambendo um cone de sorvete.

– Onde você estava, porra? – sibilou Devlin.
– Só fui pegar um sorvete... lá na van – arquejou Clint, com voz fraca, enquanto Shelley e Sarah davam risadinhas na porta da loja.
– Já falei pra você cuidar da porra da loja! – atalhou Devlin, que num gesto brusco derrubou o cone de sorvete no pátio oleoso.

O rosto do rapazola ficou vermelho, e seus olhos se encheram de lágrimas, enquanto ele registrava as risadinhas que vinham das garotas.

Jimmy e Semo haviam decidido ficar com o carro e ir até a cidade arranjar mais drogas. Tinham conseguido revender o LSD a um grupo de viajantes. O carro furtado, um Nissan Micra branco, por coincidência era exatamente da mesma cor e do mesmo ano que o veículo dirigido por Allister Farmer, um membro da comissão de promoções da polícia local para a área sul de Edimburgo. Tal coincidência tornou-se cruel quando Farmer, que se dirigia à delegacia da área sul para conduzir algumas entrevistas sobre promoções, foi ultrapassado pelo carro de Jimmy e Semo, que seguiam velozmente para a casa de Alec Murphy, em Leith. Os dois passaram raspando por ele na rua St. Leonard, com Jimmy fazendo para o ultrajado policial à paisana um lânguido sinal de V.

Trevor Drysdale caminhava pela calçada, já pensando nas respostas às perguntas que lhe seriam feitas na entrevista, sem perceber que passava junto a uma enorme poça de óleo sujo, que vazava de um cano de esgoto entupido na rua. Teve pouco tempo para reagir quando um Nissan Micra branco jogou um lençol de líquido sujo sobre ele. Num instante, o topete de Drysdale foi desfeito; um dos lados do terno cinza-claro ficou preto e molhado. Ele mal conseguiu se examinar de alto a baixo, mas deixou escapar um grito angustiado e primevo das profundezas de sua alma mortificada.

– SEU ESCROTO! SEU ESCROTO DA PORRA!

Enquanto isso, levantou o olhar para ver a traseira do Nissan Micra branco se afastar rua acima.

O candidato à promoção na polícia não sabia, entretanto, que havia dois Nissan Micra brancos, e o que o ofendera ultrapassara o sinal no final da rua. O segundo, dirigido pelo inocente Allister Farmer, fora parado pela luz vermelha. De sua parte, Farmer estava tão furioso com o motorista irresponsável do carro à sua frente que não percebeu o que acontecera ao desafortunado pedestre da rua St. Leonard.

Percebendo que as luzes do sinal haviam mudado para vermelho, e que o Nissan Micra parara, Drysdale partiu em desabalada corrida na direção do veículo. Alcançando-o, bateu de leve na janela lateral. Allister Farmer abaixou o vidro, apenas para ser confrontado com um violento rugido sufocado.

– SEU ESCROTO DA PORRA!

Um punho fechado acertou-o em cheio, arrebentando-lhe o nariz. Drysdale foi embora. Já se vingara, e agora tinha que salvar a situação. Só lhe sobravam dez minutos. Ele correu a um bar e tentou limpar-se o melhor que podia. Olhou para si mesmo no espelho. Sua aparência era uma merda, uma merda total. Tudo o que podia fazer era tentar explicar para Cowan e esperar que o presidente da comissão de promoções aceitasse a história e não levasse em conta aquela aparência.

Allister Farmer estancou o sangue com um lenço. O inspetor de polícia estava abalado. Já investigara muitas daquelas agressões arbitrárias, mas nunca, nunca imaginara que ele próprio seria vítima de uma delas, particularmente em plena luz do dia, numa rua movimentada, perto de uma delegacia de polícia importante. Farmer ficara atordoado demais para ver para onde o culpado escapara. Ainda tremendo, deu a partida no carro, passou pelos sinais e estacionou diante da delegacia da área.

– Allister! Que aconteceu? Você está bem? – perguntou Tom Cowan, preocupado, enquanto um socorrista tratava do sangramento do nariz de Farmer. Alguns investigadores já estavam na rua, procurando o culpado.

– Meu Deus, Tom, fui agredido dentro de meu carro, bem aqui perto dessa porcaria de delegacia, pela porra de um babaca que bateu de leve na minha janela... Em todo o caso... nós precisamos fazer as entrevistas. O show não pode parar.

– Qual era a aparência do cara?

— Mais tarde, Tom. Não vamos deixar nossos entrevistados esperando.

Cowan fez um gesto afirmativo, levando Farmer e Des Thorpe da sala de pessoal para a de entrevistas. Deram mais uma olhadela nos formulários que já haviam examinado em detalhe. Em termos de experiência, passado e tempo de polícia, concordavam que Trevor Drysdale era um excelente candidato a um dos postos.

— Conheço Drysdale — disse Cowan, espanando um desagradável fiapo branco da manga do paletó. — Um policial bom para cacete.

Eles mandaram buscar Drysdale, que entrou timidamente. A boca de Cowan se abriu, mas não tanto quanto a de Farmer. Drysdale simplesmente cobriu os olhos com as mãos e começou a chorar. Mais uma década na subdelegacia assomava no horizonte.

23

Gezra, o Ancião Encarregado da Observância do Comportamento Adequado, achava difícil compreender os jovens de hoje. Talvez já estivesse velho demais, pensou ele de novo, mas não conseguia compreender que prazer aqueles jovens tinham em ir a lugares atrasados como a Terra, em desgastadas espaçonaves, e sequestrar infelizes alienígenas para neles enfiar sondas anais. Era simplesmente uma daquelas coisas que os jovens fazem, achava ele. Depois que entrava na cultura e era absorvida pela mídia telepática, a coisa se espalhava como fogo no mato. Os jovens eram inofensivos, na realidade, mas aqueles animais terráqueos também tinham direitos, e isso era difícil para os jovens de hoje compreenderem.

Seu povo aprendera tudo sobre a cultura da Terra examinando um nativo do planeta chamado Mikey Devlin, que eles haviam sequestrado para estudo cultural cinco anos antes. Devlin escolhera permanecer com eles em vez de ter a memória apagada, desde que lhe fornecessem mulheres terráqueas jovens, aquela substância perigosa e viciante chamada fumo, e uma ou outra "quentinha". Diversas famosas atrizes hollywoodianas, modelos internacionais, garotas da Página Três do jornal *Sun* e mulheres que frequentavam a boate Buster Brown, em Edimburgo, haviam alegado ter sido abduzidas à noite, mas ninguém fizera a devida conexão nem levara as queixas a sério. Todas elas disseram que uma das criaturas parecia um ser humano. Bem, era Devlin, pensou o Ancião Encarregado da Observância do Comportamento Adequado; um mercador de xoxotas de primeira ordem.

Mikey se comportara bem enquanto se ativera às excursões oficiais. O terráqueo era um puto sensato, plausível, e eles gostavam de tê-lo como companhia. Mas, refletiu Gezra, ele caíra nas mãos de uma gangue de jovens cyrastorianos renegados, que o levavam em suas viagens ilícitas de volta à Terra. Na verdade, aqueles jovens não eram maus, apenas bobos. Quando entrassem na idade de procriação, tal comportamento cessaria. Mas, por enquanto, o terráqueo estava com eles. Gezra preocupava-se com a possibilidade de que Mikey tentasse fazer contato com seus antigos amigos na Terra; isso era estritamente proibido sem a total obliteração da memória. Mas Tazak e Mikey precisariam reabastecer seus estoques daquela droga chamada fumo! Gezra partiria agora e, para não ser detectado, viajaria usando tecnologia, em vez de fazê-lo por meio da Vontade. Com dedos finos e trêmulos, ele ajustou os controles.

24

Jimmy e Semo só conseguiram arranjar com Alec algumas cápsulas de temazepam e uma pequena quantidade de haxixe. Muito desapontados, partiram de carro da cidade.

25

E todas as pessoas que haviam convergido para os campos perto das instalações da velha mina, espalhando-se até onde a vista alcançava, estavam escutando aquela música suave que enchia o ar. Enquanto o céu escurecia, a afluência excitada das pessoas se intensificava com a aterradora visão da espaçonave que descia à Terra. Parecia uma concha gigantesca composta de outras conchas menores, pairando silenciosamente vinte e poucos metros acima do ajuntamento.

Quem não era religioso se persignava, e quem era renunciava rapidamente a tudo que lhe fora ensinado. A nave, em seu magnífico esplendor, não se movia. Simplesmente ficou parada ali. Chegara o momento pelo qual todos os viajantes vinham esperando.

26

Jimmy e Semo notaram inicialmente a lentidão na rotatória de Newcraighall. Depois viram a polícia mandar todo mundo voltar.

– Mas nós moramos ali – implorou Semo, percebendo subitamente que estavam num carro roubado. Mas o policial tinha outras preocupações na cabeça. E apontou para o enorme disco no céu, do outro lado do viaduto.

Semo virou-se para Jimmy.

– Tem a porra de um disco voador em cima da minha casa.

27

Na conferência convocada às pressas em Washington, os líderes mundiais estavam achando difícil compreender os porta-vozes alienígenas. Haviam chamado alguns chefes de torcida, que tinham a confiança dos alienígenas, para ajudá-los na tradução.

– Podemos foder com vocês assim – disse Tazak, estalando os dedos. – Todas as porras das suas armas não servem pra porra nenhuma contra nós.

Os líderes mundiais pareciam bem mais preocupados do que os impassíveis e fortes agentes de segurança das forças federais, que os cercavam.

– Seus putos cagões da porra – zombou outro alienígena, percebendo a vibração psíquica de medo.

– Não vejo a coisa bem assim – começou o primeiro-ministro britânico.

– Cale a porra da boca, seu putinho! – atalhou bruscamente Tazak. – Ninguém tá falando com você, porra! Certo? Putinho abusado!

O primeiro-ministro olhou nervosamente para os próprios pés. O oficial da Força Aérea Especial que o flanqueava ficou tenso.

– Eu estava dizendo o seguinte, antes desse puto se meter – continuou Tazak, olhando para o primeiro-ministro em silêncio. – Nós podemos aniquilar vocês na porra dum segundo. Não tem problema nenhum, porra. Temos a porra da tecnologia, sacou? E a porra do poder da vontade. Portanto, eu vejo a coisa assim... vocês, putos, vão fazer o que a porra da gente mandar, e acabou. Fim da porra da história.

O chefe de torcida Ally se levantou. Mesmo falando a mesma língua, a arrogância dos alienígenas ainda chocava. Se pelo menos ele pudesse pegar aquele puto sem o tal campo de força ligado.

– Vocês não iam conseguir isso de igual para igual!

– Hein? O que esse puto tá dizendo? – perguntou um dos alienígenas a Tazak.

O presidente norte-americano pôs a mão nos ombros de Ally e forçou-o a sentar-se.

– Sente a porra da bunda aí, faça o favor... estamos sem saída!

Uma cabeçada de Ally arrebentou o nariz do líder do Mundo Ocidental. O presidente caiu para trás na cadeira, atordoado, puxando um lenço do bolso de dentro para estancar o sangue e as lágrimas. Dois agentes do FBI avançaram rapidamente enquanto Ally zombava, preparando-se para um corretivo, mas o alienígena levantou a mão e o presidente mandou os agentes pararem.

– Nenhum puto põe a porra da mão em mim – desafiou Ally.

– O rapaz tem razão. Ando ouvindo um monte de falação de vocês putos sobre isso ou aquilo, mas esses rapazes são os únicos que se defenderam sozinhos – refletiu Tazak. Depois olhou para Ally. – Não tá tentando me dizer que vocês têm medo daqueles putos ali...

Seus grandes olhos amendoados esquadrinharam os líderes mundiais.

– Nem por um caralho – disse Ally, olhando desafiadoramente para o grupo de velhotes de terno que liderava o mundo.

– Mas esses putos são os chefes, que dizem a cada puto o que ele deve fazer – falou Tazak.

O chanceler da Alemanha atalhou:

– Mas iszu numa democrracia. O prrocesso de escolherrr líderes não se baseia em capacidade de luta física, mas simm na vvvontade de todo o povvvo.

– Porra nenhuma – corrigiu Ally rapidamente o puto. Depois apontou para o primeiro-ministro britânico e disse: – Se fosse assim, como é que nenhum cara na Escócia votou nesses escrotos, e eles governam a gente? Responda a isso! Se puder, porra!

– É isso aí – concordou Bri. Depois se virou para o chanceler alemão. – Vê se não mete a porra do nariz em coisas que você não entende, falou?

Seguiu-se uma série de discussões veementes. Num determinado momento, parecia que a coisa ia estourar entre os chefes de torcida e as forças de segurança do FBI.

– Calem a porra da boca! – gritou o líder alienígena, apontando para os líderes mundiais. – Escutem, não aguento mais esses idiotas da porra martelando meus ouvidos.

Balançou a cabeça para os líderes das gangues. – De hoje em diante, vocês putos estão no comando aqui – disse.

Jogou um transmissor para Ally, que pulou assustado para trás, deixando o dispositivo cair no chão.

– É só a porra de um celular, seu idiota! Pegue isso! – ordenou Tazak.

Hesitante, Ally pegou o transmissor.

– Com isso você pode ligar pra gente a qualquer hora, dia ou noite. – Fazendo com a mão um gesto de menosprezo para os líderes mundiais, Tazak falou: – Se eles criarem alguma porra de encrenca, é só ligar e damos um corretivo nos putos. Vamos fazer isso com toda a certeza, porra. Dar um corretivo nesses putos de uma vez por todas, sacou?

– Beleza. – Sorriu Ally. – Mas escute... vocês, putos, dizem que, com suas armas, podem destruir qualquer coisa na Terra do espaço.

– Isso aí... vocês estão convidados a vir a bordo e experimentar, sacou?

28

Dentro da espaçonave alienígena, Mikey Devlin baixou o olhar para os milhares de viajantes em excitada peregrinação lá embaixo. Por meio da vontade, fez o monitor esquadrinhar a região, cobrindo as colinas verdes e marrons das Pentlands, por cima da paisagem da cidade.

Algo faiscara em um canto de sua psique. Mikey foi esquadrinhando de volta até focalizar o viaduto, quase que diretamente debaixo da nave. Já podia ver o posto. Ampliando a imagem, ficou eufórico ao ver seu irmão Alan manobrando o lava-jato.

Alan queria se livrar daquele motorista, o patrulheiro Drysdale, o mais depressa possível. Tinha uma jovem chamada Abigail Ford em estado de seminudez na loja dos fundos. Mas Drysdale parecia totalmente desligado. Provavelmente pirara com a história dos alienígenas. Um monte de gente estava assim. Alan precisava admitir que a coisa era mesmo de pirar.

Então, com o canto do olho, viu algo se movendo na frente da loja. Ficou preocupado que Abby já estivesse pronta para ir embora. Mas não era ela; eram aqueles dois putinhos abusados, Jimmy Mulgrew e Semo!

– Esses putos andam nos roubando direto, seu panaca! – gritou para Drysdale, que não reagiu.

Alan correu na direção da loja. Semo ainda escapou a tempo, mas Alan conseguiu encurralar Jimmy Mulgrew, que tentou lhe dar um golpe, mas foi sobrepujado pelo frentista, mais velho e mais forte, que o arrastou para fora e começou a chutá-lo no pátio. Semo saltou sobre as costas de Alan, mas foi lançado para longe e se pôs de pé atabalhoadamente, fugindo depressa para não ter um fim igual ao do amigo, já semiconsciente.

Alan revistou os bolsos do jovem espancado, encontrando apenas uns trocados e um punhado de tranquilizantes, que confiscou. Drysdale foi embora de carro sem efetuar qualquer prisão.

Lá na nave, Mikey observou aprovadoramente o irmão foder a garota na loja dos fundos, enquanto Jimmy Mulgrew se levantava e saía cambaleando pela rua. Mikey esperou até que Alan terminasse e a garota fosse embora, antes de congelar o tempo local e levar o irmão para a nave.

Alan ficou encantado por ver o irmão novamente.

– Mikey! Não acredito! Você está por trás dessa merda toda! Eu sabia! Não estou brincando, cara, alguma coisa me falou pra vir à porra desse lugar! É por isso que eu não podia sair daqui! Era você, cara! – Depois examinou o irmão mais velho. – Cacete, cara, você parece mais moço do que eu!

– Vida limpa. – Sorriu Mikey. – Não como você, seu puto!

Era inútil tentar explicar o conceito de controlar a elasticidade e a forma celular pelo uso da Vontade.

– Não tem pó, tem? – perguntou Mikey.
– Não, só tomei os tranquilizantes de um putinho.
– O que é isso? – indagou Mikey, arregalando os olhos enquanto o irmão explicava. Depois pegou algumas cápsulas. – Essa porra veio a calhar.

29

Um dia depois que a conferência em Washington nomeou efetivamente a Administração dos Torcedores como o novo Governo Unitário da Terra, seguiu-se uma série de desastres sem precedentes na história esportiva da Grã-Bretanha. Os diretores do clube de futebol Coração de Midlothian ficaram arrasados ao descobrir que o estádio, que se gabava de ter três arquibancadas novas em folha, fora completamente aniquilado por um raio do espaço sideral. Em Glasgow, a Ibrox, havia tanto tempo a arena modelo da Escócia, tivera destino semelhante. O horror seguinte fora a destruição do estádio de Wembley e suas famosas torres gêmeas.

Depois, em sequência, todos os campos de futebol do país foram destruídos, com exceção de Easter Road em Edimburgo. Ally e seus amigos instalaram o centro do Governo da Terra lá, usando os fundos de diversas nações para reformar inteiramente o estádio e embarcar num programa de reconstrução da equipe extremamente dispendioso.

Em diversos bares de Leith alguns poucos torcedores tradicionais se queixavam "dessas porras de valentões" no comando do clube, mas, de um modo geral, o novo regime foi bem recebido. Os diretores depostos gostaram ainda menos do que os chefes de estado mundiais de dar lugar aos rapazes, mas tinham pouca opção em face do poder que a nova gangue demonstrava.

– Show maneiro esse, né? – comentou Tazak, enquanto Mikey observava o monitor. Eles ainda não haviam feito contato com a multidão que dançava embaixo da espaçonave. Entretanto, estava quase chegando a hora.

– É mesmo, e é preciso dizer que eles fizeram um trabalho melhor no clube do que os putos que estavam na direção antes. Mas tudo devido aos recursos disponíveis – concordou sabiamente o antigo chefe de torcida dos anos oitenta.

Tazak olhou para o amigo.

– Prontos para atacar?

30

Houve aplausos quando os acordes de um baixo telepático arrasador balançaram o planeta, enquanto a multidão pulava e se agitava com uma série de lasers ofuscantes que partia da espaçonave. Uma voz terráquea, uma voz escocesa, perguntou:

– A porra da festa tá boa?

– Tá – respondeu a multidão em uníssono. As pessoas certamente estavam se divertindo, e as únicas vozes discordantes vinham do grupo Fubar, que pedia mais.

– Lenny D! – gritou um cara.

Apareceu uma abertura na espaçonave, e uma espécie de varanda se projetou para fora. Um terráqueo apareceu nela. Um enorme aplauso encheu o ar quando sua imagem foi projetada por quilômetros em torno.

– A gente tem aqui o melhor sistema de som da porra do universo! – gritou Mikey a plenos pulmões.

Shelley levantou o olhar da multidão. Aquele homem era ainda mais fantástico do que Liam, do Oasis... era o homem de seus sonhos.

Então o homem disse: – E agora vamos dar o maior aplauso da Terra pro puto grande e magricela que tornou tudo isso possível!

Do outro lado do cosmos, no planeta Cyrastor, respeito total pra porra do nosso homem, Tazaaak!

Tazak juntou-se a Mikey no balcão. O alienígena se sentiu apequenado diante da recepção que a multidão da Terra lhe deu. Com tanta coisa em jogo, de jeito nenhum o puto perderia o domínio da plateia diante de fãs que pulavam sem parar até onde enxergavam seus grandes olhos castanhos. Vibrando pra caralho, ele lançou um vírus psíquico de sons lindos e poderosos, inigualado em qualquer parte do universo.

A multidão na Terra nunca ouvira algo assim. Até mesmo quem tivera o privilégio de assistir a alguns dos maiores e mais espetaculares eventos desde o verão do amor, em 1988, precisou admitir que aquilo era algo especial. Até mesmo quem frequentava clubes esnobes concordou que as quase inexistentes instalações sanitárias e de alimentação dos acampamentos não conseguiram diminuir a espantosa natureza do evento.

Quando ficou exausto, Tazak terminou o show e cambaleou para trás na tal varanda, entrando de novo na espaçonave, onde uma ruidosa recepção o esperava.

– Viva... estou fodido – disse ele, por meio de uma mensagem telepática, às hordas lá embaixo.

Dentro da nave, Mikey estava arrasado. Aquele deveria ter sido seu grande momento, mas não havia como um terráqueo se igualar a Tazak. Ele saiu e fez o possível, usando todo o elenco de poderes psíquicos que desenvolvera, passando até do ponto de ruptura, mas logo, durante sua apresentação, alguns grupos já estavam fazendo coro, pedindo o retorno do grande alienígena. Ele abreviou sua performance e voltou para o interior da nave, totalmente humilhado.

– Seu set foi bom – disse Mikey para o amigo que lhe roubara o show, ao entrar no anfiteatro, que era o templo central de propulsão da Vontade na nave.

– Foi a porra do melhor! Eu pirei aqueles putos terráqueos! Foi ou não do caralho? – rugiu Tazak triunfantemente.

– É mesmo – concordou Mikey, abatido.

Tazak virou-se para o amigo.

– Escute, parceiro, você tem um cigarro aí? Estou louco pra puxar um fumo.

– Não – disse Mikey, metendo a mão no bolso e tirando os tranquilizantes que seu irmão tomara de Jimmy. – Pegue um desses.

– O que é isso? – perguntou Tazak, examinando as cápsulas ovaladas.

– Só umas pílulas. Afastam a vontade de fumar até você poder ir lá embaixo e se abastecer. – Mikey deu de ombros. Seu rosto deu um sorriso torcido, quando, com o canto do olho, ele viu o alienígena engolir a cápsula.

31

Tazak ainda estava se recuperando do show quando Ally, Denny e Bri entraram pela porta do templo central de propulsão da Vontade da nave. Havia um outro humano com o grupo de torcedores. Tazak, que já se acostumara a diferenciar os membros da espécie, achou que ele se parecia com Mikey. O cyrastoriano lançou um olhar para o colega.

– Que porra esses putos estão fazendo aqui? Eles num têm autorização pra isso.

Mikey sorriu. – Mas eu dei autorização a eles. Este é meu irmão.

Ele indicou o irmão com a cabeça, e Alan sorriu para Tazak, mostrando um conjunto completo de dentes terráqueos, como Mikey.

– Você não pode dar porra nenhuma de autorização na porra dessa nave, Mikey! – disse Tazak. Depois apontou para si mesmo. – Eu sou o único puto que dá qualquer porra de autorização aqui! Tá certo?

Mikey se levantou.

– Não, isso não tá certo, amigo. Sabe, vai haver umas mudanças da porra aqui. Essa porra de nave é minha agora.

– Vá se foder, e não banque o abusado comigo – zombou Tazak, enquanto Mikey o enfrentava.

– Você não é o único puto que tem poderes psíquicos, Tazak. Lembre-se disso – preveniu Mikey.

Tazak caiu na gargalhada. Aquilo seria triste pra caralho, se não fosse tão cômico. Já era hora daquele chamado chefe dos torcedores ser colocado no seu lugar.

– Hum, hum, hum! Você viu o que aconteceu com seus poderes psíquicos lá fora! – Tazak virou-se para o grupo de torcedores e apontou para o casco da espaçonave. – Ele perdeu a porra do rebolado! – Depois balançou a cabeça pesarosamente para Mikey. – Escute, seu puto terráqueo, eu posso ter lhe ensinado tudo o que você sabe, mas não lhe ensinei tudo o que *eu* sei.

Isso era verdade. A despeito de sua imersão na cultura cyrastoriana, Tazak, com aquele show lá fora, provara dolorosamente para Mikey que tinha um elenco e um volume de habilidades psíquicas com que ele jamais poderia ter esperança de competir.

Entretanto, o ex-chefe de torcedores ainda tinha um truque na manga.

– Sabe a porra daquela pílula que eu lhe dei agora há pouco? Para tirar a vontade de fumar?

Tazak pareceu hesitar. Mikey mostrou os dentes. Ally e os outros rapazes pareciam cabreiros.

– Bom, aquilo não tem nada a ver com cigarros. Era um tranquilizante. A qualquer minuto, a partir de agora, seus poderes psíquicos não valerão porra nenhuma. A única Vontade que você conseguirá acessar será a mostrada no testamento, que eu espero que você tenha preparado para os seus parentes, seu puto!

Diante dessas palavras, Tazak viu que seus sentidos rodopiavam descontroladamente. Ainda tentou se orientar por meio do exercício da Vontade, mas já vacilava em cima das longas pernas.

– Ughn... eu me sinto... de repente... fodido – arquejou, cambaleando para trás sobre o duro piso brilhante da nave.

Mikey Devlin se aproveitou da oportunidade, derrubando o desajeitado alienígena como um potro com um soco poderoso na lateral do rosto. O frágil cyrastoriano tombou feito um castelo de cartas.

– Nada de bancar a porra de um abusado agora, seu merdinha de alienígena! Aprenda a lição... nenhum puto sacaneia a nossa torcida! – O marginal cósmico sorriu arrogante, enquanto metia a bota nas costelas magras de seu antigo camarada intergaláctico.

Ally Masters e os garotos se aproximaram para acabar com Tazak.

– Boa, Mikey! Vamos acabar com a porra desse puto!

Mas Mikey deteve os garotos que avançavam. Baixou o olhar para o amigo que tremia, produzindo um agudo ruído agonizante, que ele nunca ouvira. A pele de Tazak começava a perder o tom azul-índigo, ficando de um rosa doentio.

– Deixem! O puto está fodido! – disse. Depois afastou-se horrorizado dos guinchos agudos e ressonantes que não formavam palavras inteligíveis, embora fosse óbvio que o cyrastoriano estivesse tentando falar.

– O que é? – perguntou Ally.

– Esses putos não tão acostumados a ser tocados fisicamente. É por isso que parecem fracos. Não conseguem sobreviver sem seus escudos psíquicos! Eu provavelmente matei o cara! – Mikey se ajoelhou. – Tazak amigo... desculpe, porra... não tive intenção...

– Fique longe dele!

Mikey virou-se e viu um Ancião avançando. Ele usava os trajes brancos da Observância do Comportamento Adequado. Embora para os demais torcedores o cyrastoriano parecesse igual aos outros de sua raça, Mikey aprendera a distingui-los e conhecia aquele.

– Gezra – murmurou.

– Você causou uma encrenca braba, seu puto terráqueo...

– Eu não tive intenção – gaguejou Mikey.

O Ancião da Observância do Comportamento Adequado já ouvira aquela desculpa antes.

– Agora chegou a hora de pagar um pouco, sacou?

Os outros garotos tentaram derrubar o Ancião cyrastoriano, mas não havia o que aqueles torcedores pudessem fazer contra a luz e o som que latejavam por toda a parte em volta. Eles fecharam os olhos e taparam os ouvidos para bloquear a dor excruciante, mas aquilo parecia estar dentro deles, torcendo, arrebentando e rachando seus ossos. Misericordiosamente a inconsciência se apossou deles, um por um. Desafiador, Ally Masters foi o último homem a desmaiar.

32

Gezra tinha muito trabalho a fazer. Primeiro, Tazak precisava ser reparado, ou ficaria reduzido à fase de carniça, o que era inaceitável. Fazia séculos que um cyrastoriano expirara antes da amplitude prevista para sua vida. A morte não era um comportamento apropriado para alguém tão jovem. Felizmente, as reparações se revelaram fáceis para um mestre tão experimentado no controle da Vontade.

Para a próxima fase ele precisaria de ajuda. Tinha que convocar uma força-tarefa cyrastoriana. Seria algo sem precedentes, mas o comportamento de Mikey e Tazak exigia que todos os habitantes do planeta Terra tivessem a memória apagada. Era um trabalho imenso, e os Anciãos Principais na Fundação não ficariam nada satisfeitos com aquele estado de coisas.

33

Shelley acordou sentindo que sua cabeça ia explodir. Suas entranhas estavam em torvelinho, e ela sentia dores lancinantes, excruciantes, no abdômen. Foi cambaleando para o banheiro, sem saber que orifício colocaria diante do vaso. Afinal sentou-se e sentiu um tremor terrível, seguido por uma violenta excreção da vida que estava dentro de si. Caiu no chão, com o sangue correndo pelo linóleo. Antes de ficar inconsciente, a jovem ainda teve forças para puxar a descarga, para nunca ter que ver a matéria que acabara de abortar.

Lillian ouviu os gritos e correu logo para o lado da filha. Certificando-se de que Shelley ainda respirava, correu para o andar de baixo e chamou uma ambulância. Quando voltou ao banheiro, a jovem já estava semiconsciente. Ela olhou para a mãe e falou:

– Desculpe, mamãe... eu nem mesmo gostava do garoto.

– Está bem, querida, está bem – sussurrou Lillian, num mantra, enxugando a testa da filha doente e esperando a chegada da ambulância.

Shelley foi levada para o hospital, onde ficou internada por alguns dias. Os médicos disseram a Lillian que ela tivera um aborto com um pouco de hemorragia interna, mas que aquilo não deixaria sequelas duradouras. Recomendaram a Lillian que passasse a fornecer pílulas anticoncepcionais à filha. Lillian ficou aliviada demais para se zangar com Shelley; isso viria mais tarde.

Sarah foi visitar Shelley e lhe contou que Jimmy andava perguntando por ela. Shelley ficou contente em ouvir isso. Jimmy era um cara legal. Não tão bacana quanto Liam, mas melhor do que Alan Devlin, que a usara, engravidando-a daquele jeito. Sentiu-se aliviada. Pouco importava o que dissesse a si mesma: na verdade, nunca quisera um bebê.

34

Alan Devlin estava transtornado. Reencontrara o irmão, havia muito desaparecido, apenas para saber que Mikey estava preso. A polícia finalmente o pegara por aquela agressão com ferimentos na estação

Waverley, ocorrida muitos anos antes. Alan largou o emprego no posto, pois não havia motivo para ficar naquele fim de mundo de Rosewell. Aquelas garotas da escola eram chave de cadeia, e isso ele não queria. Já vira o que a prisão estava fazendo com o irmão.

Alan voltou para a cidade. Trabalhando como barman num hotel da rua Rose, conheceu uma mulher sofisticada de Londres que viera para o Festival de Edimburgo. Floresceu um romance entre os dois, e ele se mudou para a casa dela, em Camden Town. Atualmente, trabalha num bar em Tufnell Park. Volta regularmente a Edimburgo para visitar o irmão na prisão de Saughton, mas acha essas visitas muito tristes. Mikey perdeu um pouco do juízo, discorrendo sobre alienígenas que vêm à sua cela durante a noite e metem toda a sorte de sondas em seus orifícios.

Para Alan, é doloroso admitir que seu irmão se tornou um pouco homossexual lá dentro, e que toda essa história de alienígenas é apenas uma forma de negação.

Mas, no aterrorizante silêncio do tempo terráqueo congelado, a alma angustiada de Mikey solta apelos mudos por assistência e clemência, enquanto a tripulação de Tazak retira seu corpo imobilizado da cela e o leva para sua espaçonave para continuar a investigação.

A FESTA

Crooky e Calum estavam sentados em um bar espartano, mas popular, na Leith Walk, discutindo se era ou não boa ideia colocar algo para tocar na vitrola automática.

– Ligue a vitrola, Cal, é sua vez de alimentar a fera – arriscou Crooky. Acabara de gastar uma libra no aparelho e sabia que Calum tinha dinheiro.

– Pra desperdiçar a porra da minha grana? – retrucou Calum.

Crooky fez uma careta, na esperança de que aquele puto não começasse com babaquices.

– Vamos, seu puto, ligue a porra da vitrola! – implorou. – Não consigo aguentar essa merda de bar sem música, cara.

– Segure a onda. A qualquer minuto um puto idiota vai botar algo pra tocar. Não vou gastar a porra da minha grana numa vitrola.

– Você tá cheio da grana, seu puto.

Calum ia continuar a discussão, mas sua atenção foi atraída pela presença de uma figura que se arrastou do balcão até um canto do recinto, segurando hesitantemente um refrigerante. Chegando ao destino, a aparição simplesmente deixou as pernas arriarem, desabando no assento acolchoado. Ficou sentado ali em um transe imóvel, quebrado apenas por espasmos intermitentes.

– Sacou aquele puto lá? É o Boaby Preston... Boaby! – gritou Calum, ignorado pela pequena figura de carne cinzenta, com uma velha jaqueta de couro.

– Cale a boca, porra. Aquele puto é um viciado, porra. Não quero um cara como aquele na nossa cola. Um pobretão – disse Crooky. – Hoje à noite não vou dar porra nenhuma de carona a ninguém, sacou?

Calum examinou detidamente Boaby Preston. Entreviu na suja figura apequenada, que olhava para o copo, uma outra pessoa, a pessoa que Boaby Preston já fora. Memórias da infância e da adolescência lhe vieram de supetão à mente.

– Não, cara, você realmente não conhece aquele puto. É um cara bacana pra caralho. Boaby. Boaby Preston – repetiu. Era como se, falando o nome do outro vezes suficientes, Calum sentisse que poderia, de alguma forma, trazer de volta a velha encarnação. – As histórias que eu poderia contar a você sobre aquele cara... BOABY!

Boaby Preston levantou o olhar para eles. Depois de ficar um momento ou dois tentando se lembrar, fez um displicente sinal de meio reconhecimento com a cabeça. Calum ficou tristemente deprimido por não se ver reconhecido, e constrangido por, diante de Crooky, sua familiaridade não haver despertado reciprocidade por parte do velho amigo. Ainda se recobrando, ele se levantou e foi até Boaby. Relutante, Crooky juntou-se aos dois.

– Boaby... seu puto maluco... você não continua tomando todas, né? – perguntou Calum, com compaixão fatigada.

Boaby sorriu vagarosamente, e fez um gesto ambíguo com uma das mãos. Inquieto com aquela reação, Calum resolveu relembrar uma anedota, pensando que, se invocasse bastante prazer, bastante entusiasmo por uma época passada, talvez conseguisse atrair o velho Boaby Preston para fora das profundezas daquele pacote de ossos angulosos e emaciada carne cinzenta à sua frente.

– Sabe quem eu vi outro dia por aí, Boaby? Aquele garoto que esfaqueou o pai que não quis lhe dar dinheiro para uma barra de chocolate. Lembra dele? Aquele puto lá da vizinhança: óculos engraçados e um pouco nervosinho?

Boaby ficou calado, mas forçou um sorriso inerte. Calum virou-se para Crooky.

– Isso aconteceu quando éramos moleques na mesma vizinhança. Tinha um puto... não lembro do nome dele, mas ele esfaqueou o pai porque o velho não quis dar dinheiro para comprar uma barra de chocolate na van do sorvete, sacou? Bom, uma vez nós estávamos no Marshall, anos mais tarde, eu, o Boaby e o Tam McGovern. O Tam olha prum putinho e diz: "Aquele é o puto que esfaqueou o velho porque ele não quis dar dinheiro pruma barra de chocolate." Eu digo: "Não, não é o cara." Lembra disso, Boaby? – falou Calum, apelando para o velho amigo chapado.

Boaby balançou a cabeça, com um sorriso fixo no rosto como se fosse pintado.

Calum continuou:

– Mas o Tam insistiu, dizendo: "Não, é esse puto sim." O garoto estava sentado no banco, lendo o *News*, sacou? Mas eu e o Boaby não tínhamos certeza, não é, Boaby? Então, o Tam diz: "Vou até lá perguntar ao puto." E eu digo pro Tam: "Se for mesmo o cara, é melhor você tomar cuidado, porque esse puto é maluco pra caralho." Mas o Tam diz: "Vá se foder, aquele merdinha?" E vai até lá. Num instante, o putinho atacou o Tam, cortando o lado do rosto dele. Nem foi tão mau assim, mas na hora pareceu horrível. Então, o garoto correu para fora do bar e nós saímos correndo atrás, mas ele disparou pela rua. Para dizer a verdade, não fomos tão rápidos, não é, Boaby? Isso foi há séculos. Mas outro dia vi aquele puto descendo a rua no ônibus 16.

Crooky estava começando a ficar entediado. Viciados o entediavam. Eram pestes, quando necessitados, e chatos, quando saciados. Certamente deviam ser evitados a qualquer custo. Que porra de jogada Calum estava armando ali? Velhos amigos ou não, você não podia bancar o assistente social prum traficante de heroína, pensou, irritado. Por isso ficou satisfeito ao ver um cara de pele amarelada, cachos pretos sujos e um grande nariz adunco entrar no bar e tomar lugar no balcão.

– Lá está o Corvo. Vamos ver se o puto tem ecstasy? Ou não, não, não! – Ele levantou as sobrancelhas espessas.

– Deve haver alguma coisa no Citrus hoje à noite. – Calum voltou-se para ele, desviando o olhar do impassível Boaby.

– Você vai querer ecstasy se ele tiver? – perguntou Crooky.

– Vou... mas só se for do bom. Tomei um no Sub Club, em Glasgow, semana passada. Você fica ligado por uma hora e depois se fode. O barato some assim. – Ele estalou os dedos. – Todos aqueles putos Weedgie estavam num barato da porra, enquanto eu fiquei frustrado e deprimido.

Crooky franziu o cenho, demonstrando preocupação,

– É, certo. Não queremos isso – disse. Depois caminhou até o Corvo. Os dois trocaram gentilezas e foram até o toalete masculino.

Calum virou-se para Boaby.

– Escute, Boaby... cara, é muito bacana ver você de novo. Lembra quando era só eu, você, o Tam, o Ian e o Scooby? Era uma puta turma, né? A gente fazia qualquer coisa, a qualquer momento. Não quero ser um puto chato ou coisa assim, Boaby, mas estou com a Helen há quatro anos já, sacou? Ainda curto uma onda e tudo o mais, mas nada de heroína e coisa assim, sacou? Veja o coitado do Ian: tipo morto. O vírus, Aids e tudo o mais, sacou?

– É... o Ian... Gilroy. Nunca gostei muito dele, tá ligado? – murmurou Boaby, deixando o antigo ressentimento relampejar brevemente através da apatia da heroína.

– Não fale assim, Boaby... puta que pariu... o garoto morreu! Não fale assim.

– Ele me roubou – disse Boaby, com voz arrastada.

– É, mas você não deve guardar rancor por isso, Boaby, sacou? Não com o cara morto, é só o que estou dizendo. Como eu digo, não se pode ter rancor de um garoto morto.

Crooky voltou do toalete.

– Consegui um pouco de ácido, tá ligado? Micropontos. Você quer viajar?

– Não, na verdade não. Estou querendo um ecstasy, sacou? – respondeu Calum, nervoso. Estava pensando em Ian Gilroy, em Boaby e na antiga turma deles. A presença de Boaby colocara muita coisa ruim na sua cabeça. E havia Helen, sua namorada; as coisas não andavam bem entre eles. Naquele estado de espírito seria burrice viajar de ácido. As viagens eram melhores nos dias longos e quentes do verão, com a vibração e a companhia certas, preferivelmente num parque ou, melhor ainda, no campo. Não naquelas circunstâncias.

– Vamos, Calum, vai ter festa à noite no apê daquele puto, o Chizzie. Você conhece o Chizzie, né?

– Conheço... Chizzie – replicou vagamente Calum. Na verdade, não conhecia Chizzie. Não estava se sentindo bem. Entretanto, queria curtir uma onda. Aquele ácido provavelmente só lhe daria uma leve excitação; ácido dos anos oitenta e não dos sessenta, como diriam com desdém alguns velhos entendidos. Não havia muito o que pudesse acontecer com você naquele tipo de viagem.

– Como eu disse, preferia um ecstasy... mas...

Eles engoliram o ácido tão sorrateiramente quanto a pressa permitia. Alertado por sinais de desconforto em seus centros de dor, Boaby levantou-se e foi ao banheiro. Realmente ficou lá um bocado de tempo, mas para Crooky e Calum poderiam ter sido meses, pois, quando ele voltou, os dois já estavam engolfados numa viagem monstruosa.

Os espelhos do bar distorciam tudo, parecendo arquear-se e formar uma estranha bolha em torno deles, isolando-os do restante da clientela, que parecia retorcida, com as imagens refletidas por aquelas estranhas lentes encurvadas. A sensação de isolamento que aquilo dava era brevemente reconfortante, mas logo tornava-se sufocante e opressiva. Eles ficaram conscientes do ritmo de seus corpos, da batida dos corações e da circulação do sangue. Sentiam que eram máquinas. Calum, bombeiro hidráulico, pensava em si mesmo como um sistema de encanamentos; isso lhe deu vontade de cagar. Crooky assistira recentemente ao filme *O extermindor do futuro* e sua visão se tornou a do visor do robô encarnado por Schwarzenegger, avermelhada, com as letras formando alternativas que relampejavam diante de seus olhos.

VIAGEM DE ÁCIDO N° 372
PROGRAMA DE SOBREVIVÊNCIA
PSICOLÓGICA ATIVADO

1. Vá até o balcão e tome um porre.   [ ]
2. Saia imediatamente e vá para casa.   [ ]
3. Vá até o banheiro e se tranque na privada.   [ ]
4. Ligue para alguém vir conversar com você.   [ ]
5. Festa na casa do Chizzie.   [ ]

– Puta que pariu – arquejou. – Virei a porra de um robô, cara...
– Ou é o fim do mundo ou o início de um novo – disse Calum, desviando o olhar do sorriso distorcido que transformava Boaby num lobo de desenho animado, para observar uma criatura que rastejava vagarosamente pelo chão do bar.

Na verdade, é só um cachorro... ou um gato... mas não é permitido ter gato em bar, talvez às vezes no interior da Irlanda, onde os bichos ficam sentados diante da lareira a carvão, mas esse aqui deve ser a porra de um cachorro...

– Cara, essas viagens são malucas pra caralho, sacou? – Crooky balançou a cabeça.
– É mesmo. E o puto do Boaby acabou de se aplicar, o sacana. Lá no banheiro. Olhe só para ele! – falou Calum, agradecido por Boaby fornecer um foco externo, antes de sentir uma onda de sangue correr por suas veias frágeis. Visualizou as veias espocando sob a pressão imperiosa do sangue, como se fosse um rio turbulento

crescendo e transbordando das margens. É assim que se morre, pensou ele, é assim que a vida termina. – Preciso cair fora daqui, cara!

– É, vamos lá para fora – concordou Crooky, nervoso.

Os dois levaram algum tempo para conseguir se levantar. O bar girava em torno deles, com os rostos das pessoas distorcidos de modo alucinado. Num determinado momento, tudo estava claro; no seguinte, devido à impressionante sobrecarga da viagem em seus sentidos, pareciam prontos a desmaiar, Calum sentia a realidade escapar, como se fosse uma corda puxada de mãos oleosas por uma força irresistível. Crooky sentia sua psique se descascando rapidamente, como as cascas de uma banana de múltiplas camadas, acreditando que esse processo o desnudava, transformando-o fundamentalmente numa outra forma de vida.

Quando chegaram lá fora, os amigos foram imediatamente esmagados por uma muralha de sons e luzes. Crooky sentiu que abandonava sua carne mortal, decolando para o espaço e depois voltando com grande força para seu corpo. Lançou o olhar para a rua, que era uma estridente cacofonia de sons estranhos, mas familiares, e um ofuscante caleidoscópio de luzes néon a relampejar; ambos produzindo uma interface avassaladora e bizarra, que inundava seus sentidos. Ligeiramente tangível nessa inundação era a solitária figura de Boaby, visto arrastando os pés atrás deles.

– Vamos, seu viciado da porra! – gritou Calum, virando-se para Crooky. – Esse puto é uma porra de desperdício de espaço!

A despeito da agressão, Calum estava contente que Boaby estivesse ali, fornecendo uma fonte extremamente necessária de orientação para a realidade.

Caminharam hesitantes por um terreno obviamente familiar, mas matizado de forma diferente pela droga. Leith Walk só parecia ser o que realmente era por breves períodos, que espocavam como bolhas revelando uma realidade diferente e mais nova. Então, se viram caminhando por Dresden depois dos bombardeios; havia chamas, fumaça e cheiro de carne queimada a sua volta. Pararam, olharam para trás e viram Boaby emergir do fogo, como o *Exterminador do futuro* depois da explosão da gasolina, pensou Crooky.

– A porra do risco é grande demais...

Mais uma vez, Crooky e Calum se sentiram flutuando para fora do corpo e repentinamente trazidos de volta de uma longa viagem ao espaço. A realidade se afirmou brevemente, enquanto Calum arquejava:

– Não aguento isso, cara... é como se houvesse a porra de uma espécie de guerra nuclear acontecendo...

– Ah, está bem. Eles sempre deixam cair a porra da bomba quando você toma um ácido. Fazem isso só pra sacanear você. Esquece aquele puto do Saddam, o Calum acaba de engolir a porra de um ácido – caçoou Crooky.

Calum riu alto, de forma terapêutica. Isso o acalmou. Crooky era um puto bom pra viajar. Não havia pirações com ele. Um puto maneiro. Aquela porra era genial.

Os dois entraram num túnel de luz dourada que pulsava e ressoava, enquanto eles olhavam maravilhados.

– Surreal pra caralho, seu puto. Não tá bom demais? – comentou Crooky, de boca aberta.

Calum não conseguia falar. Vinham-lhe pensamentos à mente, mas relacionados a objetos indefiníveis. Era como se ele fosse de novo um bebê e houvesse redescoberto o pensamento pré-fala. Os objetos eram artefatos domésticos distorcidos: um abajur, uma mesa, uma cadeira, mas eram o abajur, a mesa e a cadeira que mobiliavam sua casa quando ele era bebê, tentando compreender o meio ambiente. Ele se esquecera deles; na verdade, nunca se lembrara deles conscientemente. Rimas e ritmos relampejavam incessantemente por sua mente, mas ele não conseguia pronunciá-los, já que aqueles pensamentos não tinham proximidade com a tradicional linguagem falada. Tudo se perderia quando ele voltasse ao normal; aquela linguagem mental secreta, aquele pensamento pré-fala. Começou a se sentir péssimo, deprimido diante da perspectiva de perder aquela grande percepção. Estava no limiar de certo conhecimento superior, de uma grande percepção. Se conseguisse recuar ainda mais no passado, além da consciência e do nascimento, até vidas passadas... mas, não, não havia meio de romper aquilo. Você podia olhar, isso era tudo, mas não podia aprender, pois não havia ponto de referência. Sentiu que aquilo escorria por sua psique, como areia por entre os dedos. Não havia meio de abrir caminho, se quisesse voltar. E ele queria.

– Nós não sabemos nada, não sabemos porra nenhuma... nenhum de nós sabe porra nenhuma...

– Calma, Calum, vamos lá – implorou Crooky. – Todos ao convés. Olha, estamos quase na casa do Chizzie. Aqui está o Boaby, porra. Boaby! Aguente firme, seu puto! Você tá legal?

– Não consigo falar... tomei heroína, cara. Heroína – balbuciou Boaby.

– Puto idiota. Devia ter tomado um daqueles micropontos. O Corvo falou que eram fortes, pra tomar só metade, mas eu pensei que aquilo era conversa mole de vendedor. Mas não era. Tá ou não tá bom demais, Cal?

– Tá bom – falou Calum, em dúvida. Aquilo não era ácido, mas alguma outra coisa. Ele viajava há anos, pensava que já vira tudo, tornara-se *blasé* a respeito de droga. Velhos sábios fodidos, que não mais tocavam em drogas por causa de uma só viagem amalucada demais, já o haviam alertado: exatamente quando você pensa que sabe a medida certa, embarca numa viagem que muda sua vida. Eles estavam certos. Tudo o que ele já tomara era apenas uma preparação para aquele momento, e não era preparação alguma, em absoluto. Acontecesse o que acontecesse, as coisas seriam diferentes depois.

Foram andando, com os minutos parecendo horas. Pareciam continuamente refazer seus passos, como naquele tipo de sonho em que você parece estar dando um passo à frente e dois pra trás.

Passaram por ruas estreitas, com bares na esquina. Às vezes, o mesmo bar e a mesma rua por onde eles haviam acabado de passar, às vezes um diferente. Por fim, pareceram chegar aos degraus da porta de Chizzie, sem reconhecer qualquer ponto marcante entre o bar onde estavam e seu destino.

– É... não sei qual. – Crooky tentava ler as etiquetas apagadas no sistema de interfone. – Não há nenhum Chizzie.

– Qual é o nome verdadeiro dele? – perguntou Calum, enquanto Boaby vomitava um pouco de bile. Os bares já começavam a despejar os bêbados. Era importante entrar no apartamento. Calum sentia a presença de demônios nas ruas em torno deles. A princípio a coisa fora apenas uma sugestão. Agora ficara insuportável. – Vamos entrar nessa porra, os demônios estão aqui fora, cara!

– Não comece a falar essas merdas! – atalhou Crooky.

Era uma coisa que eles tinham quando conversavam sobre as viagens, que viajar sempre fazia os demônios aparecerem. Aquilo era ótimo *depois* de uma viagem, mas eles tinham um acordo tácito de nunca mencionar aquilo *durante* a viagem propriamente dita, e agora aquele puto fodido estava... Crooky se recompôs.

– É Chisholm, acho...

– Porra, aperte todas as teclas! – gritou Calum. – Aperte as de cima! Quando algum puto abrir, é só subir a escada e seguir a música até a festa!

– É! Certo!

Crooky fez isso e eles conseguiram entrar e seguir até a escada. As pernas bambas os levaram na direção da música. Ficaram aliviados ao ver um Chizzie distorcido, mas reconhecível, parado no andar de cima.

– E aí, seus sacanas! – berrou Chizzie. – Que bom ver vocês! A noite tá boa?

– Nada má... a gente tá viajando – admitiu Crooky, levemente culpado por aparecer sem bebidas, comidas ou drogas.

– De que porra vocês gostam, seus putos, malucos que são? – Chizzie riu e depois percebeu que eles estavam de mãos vazias. Já com menos entusiasmo, disse: – Cheguem mais.

Para Crooky e Calum, o apartamento parecia claustrofóbico. Eles sentaram perto da lareira e ficaram bebendo cerveja em lata, enquanto olhavam para aquela imitação de fogo em brasas e tentavam esquecer a festa que rolava em torno. Boaby, que viera se arrastando atrás deles, foi para o banheiro e reapareceu meia hora mais tarde, arriando o corpo numa cadeira de balanço feita de pinho.

Um sujeito de bigode e queixo quadrado aproximou-se de Crooky e Calum.

– Aí, rapazes. Estou vendendo bilhetes de uma rifa. Club 86. Primeiro prêmio, um carro Rover Metro. Segundo prêmio, um vale de férias de quinhentas libras na Sphere Travel, hein. Terceiro prêmio, uma cesta de Natal valendo cem libras. Uma libra cada bilhete.

– Não estou querendo bilhete nenhum – respondeu Crooky.

O sujeito olhou para eles com uma expressão de ultraje belicoso.

– Sorteio de Natal – atalhou, agitando o bloco de bilhetes diante deles.

– Está bem.

Crooky vasculhou os bolsos, e Calum pensou que era melhor seguir o exemplo.

– Sorteio de Natal, seu puto... porra de uma libra cada bilhete por uma cesta, umas férias ou um carro. Vocês não tão me fazendo nenhum favor, caralho!

– É, vou ficar com um – disse Calum, entregando uma moeda de uma libra ao sujeito.

– O quê? Só um bilhete, caralho! Vá se foder, seu puto pão-duro! Sorteio da porra do Natal! Club 86. Torcida Jovem dos Hibs... Vocês não torcem pela porra dos Hearts, torcem?

– Hum... não... eu compro cinco! – gritou Calum, com súbito entusiasmo.

– Esse é o homem! – disse o bigodudo.

Crooky, que era torcedor do Hearts, entregou relutantemente duas libras.

– Você vai no sábado? – perguntou Calum ao vendedor.

– Hein? – O homem olhou para ele com hostilidade.

– Rua Easter.

O homem encarou Calum por um momento, abanando a cabeça de maneira agressiva e arrogante. – Estou aqui para a porra de uma festa, e para vender a porra dos bilhetes, não para conversar sobre a porra do futebol.

Foi embora, deixando Crooky e Calum se sentindo extremamente paranoicos.

– Cerveja é a solução para uma viagem dessas. É um antidepressivo, traz você de volta – disse Crooky, levando a lata de cerveja aos lábios.

– Mas devíamos ter trazido um pouco conosco, caralho. – Calum fez um gesto nervoso com a cabeça enquanto bebia.

– Tem uma pilha pequena atrás de mim, mas quando terminar, é nossa vez de entrar na cozinha e pegar mais – falou Crooky pra ele.

Calum engoliu pesadamente. Cerca de uma hora depois, entretanto, eles começaram a se sentir melhor e decidiram que chamariam menos atenção se levantassem e começassem a dançar com algumas das pessoas. Alguém pôs uma fita *trance*, que ia bem com o ácido. Calum movimentava-se de acordo com a música, olhando para algumas garotas, e depois para Boaby, que dormia a sono solto na cadeira de balanço.

Um sujeito sarado, de cabelo cortado rente, gritava:

– CHIZZIE! PONHA A PORRA DA MINHA FITA! A PORRA DA MINHA FITA, SEU PUTO! PRIMAL SCREAM, CHIZZIE! – Ele segurava no alto um cassete vermelho com uma mancha azul no meio, mostrando-o com o dedo indicador da outra mão.

– Não... Finitribe – balbuciou um magricela com cabelo nos olhos. Crooky achou que conhecia aquele cara de algum lugar.

Calum estava começando a se sentir um pouco paranoico de novo. Na realidade, não conhecia ninguém na festa e começou a se sentir cada vez mais deslocado, como se não fosse bem-vindo. Eles deviam ter trazido alguma comida e bebida. Não era bom chegar ali de mãos vazias. Ele sentou-se ao lado de Boaby.

– Boab, meu chapa, isso está esquisito pra caralho. Sei que é só o barato e tal, mas tem uns putos de Lochend aqui, e acho que um deles é irmão daquele idiota do Keith Allison, o puto que cortou o Mooby. Aquela família toda, cara, é de esfaqueadores. Ouvi dizer que uma vez um puto tentou cortar com vidro um dos Allisons no Clube do Correio, e ele simplesmente tirou o vidro dele, na maior calma, e retalhou o rosto do puto todo... quer dizer, tipo psicopata total... Há muitas coisas ruins na minha vida agora, Boaby... é uma hora ruim pra tomar ácido... Saca a Helen? Ela é minha gata, quer dizer, não acho que vocês se conheçam, Boaby, mas ela tem uma irmã chamada Julia...

Boaby permaneceu calado.

– A PORRA DA MINHA FITA, CHIZZIE, SEU PUTO! PRIMAL SCREAM, PORRA! – gritou o cara sarado de cabelo cortado rente, mas não particularmente para Chizzie. Depois começou a dançar freneticamente ao som da música que já estava tocando.

Calum virou-se de novo para o silencioso Boaby. – Não é que eu tenha uma queda por ela, Boab, a irmã da Helen, a Julia, quer dizer, não mesmo. Só que eu e a Helen não estamos nos falando, e acabei indo ao Buster's, e a irmã dela, Julia, tipo, estava lá com algumas amigas. Bom, nada aconteceu, de verdade. Quer dizer, tiramos um sarro e... o negócio é que eu queria que acontecesse alguma coisa. Queria e não queria, se você me entende. Quer dizer, saca como é, Boab?

Boaby continuou calado.

– Você vê, Boab, meu problema é que não sei realmente o que quero fazer da minha vida. É aí que a coisa pega... que se foda o barato aqui... tudo que é puta parece antiga pra caralho... tipo decrépita... até mesmo aquela garota, Sandra, está aqui... lembra que ela namorava o Kev MacKay... você transou com ela uma vez, Boab, seu puto safado... eu lembro que...

– Você não vai arrumar porra nenhuma com esse puto – falou um magricela de cabelo preto a Calum. – Ele tava se picando com heroína lá no banheiro. Tava se aplicando enquanto as garotas tentavam entrar para dar uma porra de uma mijada.

O sujeito era horrendo. Parecia ter saído de um campo de concentração: era esquelético. Logo que Calum percebeu isso, o sujeito realmente *virou* um esqueleto.

– Hum... onde está o Crooky? – perguntou Calum ao homem.

– Seu parceiro? – O maxilar do esqueleto chacoalhava.

– É...

– Tá lá na cozinha, pirado pra caralho. Mas é um puto meio abusado, não?

– Não... hum... sim... quer dizer, o que ele está falando?

– Um puto abusado demais, porra.

– É...

O esqueleto foi embora e Calum ficou imaginando como cair fora daquele pesadelo.

– Ei, Boaby, talvez a gente devesse ir... hein, Boab? Não tô curtindo a vibração aqui, sacou?

Boaby ficou calado.

Então uma garota de vestido vermelho se aproximou e sentou ao lado de Calum. Ela tinha cabelos louros curtos, com raízes em tom castanho-claro. Calum achou seu rosto bonito, mas os braços nus pareciam nodosos e finos.

– Você veio com o Crooky? – perguntou ela.

– Vim. É, eu sou o Calum.

– Não é irmão do Ricky Prentice, é?

Calum teve a impressão de ter sido eletrocutado. Todo mundo sabia que seu irmão Ricky era um babaca. Se soubessem que ele era irmão de Ricky, pensariam que ele próprio também era um babaca.

– É... mas não sou como o Ricky...
– Nunca disse que você era. – A garota deu de ombros.
– É, mas o que eu quero dizer é que o Ricky é o Ricky, e eu sou eu. O Ricky não tem nada a ver comigo. Quer dizer, ele segue o caminho dele e eu sigo o meu. Sacou o que quero dizer?
– Você está viajandão.
– São os micropontos... ei, qual é o seu nome?
– Gillian.
– Esses micropontos, Gillian, são surreais.
– Nunca toquei em ácido. A maioria das pessoas que toma ácido acaba no hospício. Elas simplesmente não aguentam o tranco. Conheço um cara que tomou ácido e entrou em coma...
– Hum... é... a festa até que não tá ruim – ganiu Calum, nervoso.
– Tenho que ir agora – disse Gillian, com a atenção subitamente desviada. – Volto num minuto.
Quando ela se levantou, o cara com cabelo cortado rente começou a gritar novamente:
– CHIZ-ZI-ZIE! PONHA A PORRA DA MINHA FITA! PRIMAL SCREAM, POR-RA!
– É, Chizzie, põe a fita do Omelette – concordou Gillian.
O cara alto chamado Omelette virou-se para Gillian, balançando severamente a cabeça em tom judicioso.
– Veja aquilo – disse.
Olhou para Chizzie, que enrolava um baseado em cima da capa de um álbum, e apontou de volta para Gillian.
– Escute isso! PONHA A PORRA DA MINHA FITA!
– Daqui a pouco, garoto. – Chizzie levantou os olhos e deu uma piscadela para Omelette.
Crooky se aproximou de Calum.
– Isso aqui tá uma loucura da porra, Calum... e você fica aí cantando a tal da Gillian, seu puto sem-vergonha...
– Vocês se conhecem? – perguntou Calum.

– Você tá bem na fita, vai ser uma trepada fácil pra caralho. – Sorriu Crooky.

– Ela é legal – disse Calum, ligeiramente chocado. – Parece uma garota legal...

– Já encheu mais vidros com abortos do que sua avó conseguiu encher com geleia, seu puto – zombou Crooky.

Gillian estava voltando. Crooky sentiu uma pontada de culpa quando seus olhos encontraram os dela, e sorriu acanhadamente para ela antes de se despachar para a cozinha.

– Escute – disse Gillian para Calum, sorrindo. – Quer comprar bilhetes para a rifa de Natal? Club 86. Torcida Jovem dos Hibs.

– Quero – replicou Calum, antes de se lembrar que já comprara alguns. Mas ela pareceu tão satisfeita com a resposta que ele simplesmente não pôde recusar. Comprou mais cinco bilhetes.

– Do que eu estava falando? Ah, do cara que entrou em coma depois da viagem...

Calum começou a transpirar. Sentia o coração batendo alucinadamente. Cutucou Boaby com suavidade, mas ele caiu da cadeira de balanço e bateu pesadamente no chão com um baque surdo.

– Puta que pariu – arquejou Calum, enquanto Boaby jazia prostrado ali.

As pessoas se agruparam em torno dele. O bigodudo que vendera a Calum o primeiro lote de bilhetes do Club 86 tomou o pulso de Boaby. Mas Chizzie agarrou o cara pelo ombro.

– Ei, Geggs! Deixe-me ver isso – gritou. – Você não tem treinamento médico. Vamos, Geggs, seu puto.

– Espere um instante. – Geggs fez sinal para ele se afastar. Para Calum os cabelos de Geggs sobre o peito macilento de Boaby pareciam feios tentáculos de rabo de rato sugando a vida do corpo do amigo. Então, Geggsie sentou-se ereto.

– Esse puto está morto. Seu parceiro. – Geggs virou-se para Calum com expressão acusadora, como se fosse ele que o houvesse assassinado. – Morto pra caralho, sacou?

– Merda... não brinque com isso – implorou Calum.

– É, ele está morto, porra – falou Chizzie, curvando-se sobre o corpo de Boaby. Depois assumiu um tom presunçoso. – Eu sei: treinamento médico, socorrista registrado. Fiz até um curso no Haymarket com o pessoal da ambulância do St. Andrew's. Certificado, essa porra toda. – Ele se levantou de chofre. – Crooky! Desculpe, garoto, você trouxe esse puto pra cá. Não quero a porra da polícia aqui, cara. Você precisa levar o puto embora.

– Poxa! – exclamou Crooky.

– Não posso fazer nada, garoto. Tente ver pelo meu lado. Não quero a porra da polícia entrando aqui.

– LEVEM O PUTO EMBORA DAQUI! – berrou o cara chamado Geggsie.

– Nós não podemos... quer dizer... para onde vamos levar o puto? – arquejou Crooky.

– Isso é com vocês. Porra de babacas. Trazer a porra de um viciado pra casa da gente. – Geggsie balançou a cabeça com amargura.

– Nem trouxeram porra alguma de bebida nem de comida – zombou outra voz. Era o louro de cabelo cortado rente, que se chamava Omelette. Rindo, ele arrematou: – Talvez eu consiga pôr a porra da minha fita agora. Já viram o que a outra fez com o garoto.

Crooky olhou para Calum e balançou a cabeça. Cada um deles se pôs de um lado de Boaby. Depois pegaram-no por debaixo dos braços e o carregaram para fora do apartamento, até a escada.

– Sinto muito a coisa ter terminado assim, pessoal. O seu amigo aí era um cara legal, não era? – disse Chizzie a Calum e Crooky, que simplesmente ficaram olhando para ele. – Escutem, sei que não é a hora certa, mas queria perguntar a vocês... estou vendendo bilhetes para a rifa de Natal...

– Já comprei – bufou Calum.

– Ah, é? Está certo, então – falou Chizzie com azedume.

Eles começaram a carregar o corpo de Boaby para baixo. Felizmente, ele era pequeno e leve. Gillian e uma outra garota os acompanharam.

— Metade das bocetas estão indo embora com esses putos — reclamou Omelette, antes que a porta batesse com força.

— Isso é uma piração — disse a outra garota. — Tudo bem se nós formos junto?

Nem Calum nem Crooky responderam. O pior das alucinações já passara, mas tudo ainda estava um pouco distorcido e suas pernas pareciam pesadas e inseguras debaixo do peso de Boaby.

— Quero ver o que vão fazer com ele — comentou Gillian.

— O que a gente vai fazer? — perguntou Calum, enquanto carregavam Boaby escada abaixo. Embora ele não fosse pesado, era como se estivessem transportando um saco d'água, com o peso mudando constantemente de posição. Eles melhoraram a pegada das mãos e foram descendo a escada, com as pernas de Boaby se arrastando pelos degraus atrás.

— Não sei, porra! Vamos só cair fora da porra desse lugar — atalhou Crooky.

— Eca! Eca! Não sei como vocês conseguem tocar nele — falou a outra garota.

— Psiu, cale a boca, Michelle — disse Gillian, cutucando a amiga.

Acabaram de descer a escada com Boaby, levando-o para a rua escura e deserta. As pernas e pés do morto iam se arrastando, arranhando as pontas e os lados dos sapatos. A princípio Gillian e Michelle caminhavam alguns metros atrás, mas depois passaram a correr à frente de vez em quando. Ou, então, se viam alguém se aproximando pela mesma calçada, elas cruzavam a rua e seguiam adiante paralelamente.

— Nunca vi alguém morto antes — declarou Gillian.

— Eu já. Meu avô. Vi o corpo dele sendo encomendado — contou Michelle a ela.

— Encomendado por quem? — perguntou Gillian, já vislumbrando o avô de Michelle morto por alguém com um soco potente.

— O padre... na igreja — respondeu Michelle, num tom de voz estranho e triste.

– Ah, sim. – Gillian compreendeu. Depois olhou para Boaby. – Ele tinha algum dinheiro?

Crooky e Calum, e, portanto, também Boaby, pararam de repente.

– O que você quer dizer com isso?

– Bom, não vai adiantar muito pra ele agora. É melhor colocar o corpo num táxi, ou coisa assim.

Calum e Crooky pensaram por um instante. Então, Calum falou:

– O coitado do puto está morto! Nós podemos ser acusados de assassinato! Não podemos colocar ele na porra de um táxi!

– Estou só falando – insistiu Gillian.

– É isso aí. – Crooky estalou os dedos para Calum. – A garota está só falando. Fique frio, Calum. Não precisa descontar na garota...

Calum estava a pique de explodir. Aquele era Boaby... o corpo de Boaby. Ele pensou na Noite das Fogueiras. Lembrou-se de ter corrido atrás das garotas da vizinhança com Boaby. Boaby. Boaby Preston. Lembrou-se de ter brincado de terrorista com Boaby. Lembrou-se de ter fingido atirar nele e Boaby ter se fingido de morto, deitado na margem gramada na rua principal. Quando se levantara, tinha as costas da camiseta cobertas de cocô de cachorro. Agora Boaby não estava fingindo de morto, e eles estavam todos na merda.

– Não vou aguentar isso... ESSE AQUI É O BOABY... puta merda – gemeu Calum, e de novo eles pararam de repente, enquanto um carro chegava. Ficaram paralisados, num terror conjunto, ao perceberem que se tratava de um carro da polícia. Os pensamentos de Calum foram rapidamente de Boaby para ele próprio. Sentiu sua vida se desintegrando à sua frente, tão certamente quanto Boaby, em silêncio naquela cadeira, fora fulminado pela overdose, chapado demais para perceber que estava morrendo lentamente. Calum pensou em sua namorada Helen, e se ainda voltaria a vê-la.

Um policial saiu do carro, deixando o companheiro no volante.

– Tudo bem, gente? – Ele olhou para Boaby e depois se virou para Crooky. – Parece que seu amigo bebeu demais.

Crooky e Calum ficaram simplesmente olhando para o policial, que tinha um nariz amassado, com duas grandes narinas. A pele era de um rosa doentio, como salsicha de porco crua; já os olhos eram baços, enviesados e colocados bem fundo na cabeçorra bulbosa. Isso deve ser o ácido, continuou pensando Crooky, só pode ser a porra da viagem.

Calum e Crooky se entreolharam temerosos por cima do pescoço mole de Boaby. – É – respondeu Crooky com voz fraca.

– Vocês não viram nenhuma agitação por aqui hoje, viram? Um bando de malucos anda quebrando as vitrines das lojas.

– Não, não vimos nada – falou Michelle.

– Bom, pela aparência dele, seu amigo não viu nada mesmo. – O policial olhou com desprezo para o corpo de Boaby. – Eu levaria o coitado pra casa, se fosse vocês.

Abanando a cabeçorra algumas vezes, o policial deu um bufo de nojo antes de partir.

Eles ficaram aliviados ao ver a viatura descer a rua velozmente.

– Que porra de inferno... estamos fodidos, cara... totalmente fodidos – disse Calum com voz esganiçada.

– Mas é uma ideia, o que o policial disse – ponderou Crooky.

– Hein? – espantou-se Michelle, enquanto Calum olhava incredulamente para Crooky.

– Escutem só – continuou Crooky, elaborando a ideia. – Se formos pegos com o corpo, estamos fodidos. Mas se conseguirmos levar o puto até a casa dele...

– Que merda. – Calum balançou a cabeça. – É melhor simplesmente abandonar o corpo.

– Não, não – disse Crooky. – Com certeza vai haver uma investigação policial, sacou?

– Não consigo pensar direito, por causa da porra do ácido – arquejou Calum.

– Loucura tomar ácido – criticou Gillian, mascando um pedaço de chiclete.

Crooky ficou observando o lado do rosto dela inchar e ondular, enquanto ela mascava.

– Já sei o que devemos fazer. Levar o Boaby para a emergência. A fatalidade. Dizer a eles que o Boaby desmaiou. – Calum animou-se, subitamente.

– Não, eles vão descobrir. Pela hora da morte – disse Crooky para ele.

– Hora da morte – repetiu Calum, num eco fantasmagórico. – Quer dizer, na verdade eu nem conhecia o puto tão bem assim. Quer dizer, fomos amigos há muito tempo, mas nos afastamos, sacaram? Foi a primeira vez que vi o puto em anos. Virou viciado, entendem?

Gillian puxou a cabeça de Boaby para trás. A pele tinha uma aparência doentia e os olhos estavam fechados. Ela abriu as pálpebras com os dedos.

– Eca... eca... eca. – Michelle meio que gemia, meio que zombava.

– Vão se foder! – atalhou Calum, ríspido.

– Ele está morto, porra – retrucou Gillian, fechando os olhos de Boaby. Ela pegou uma caixinha de cosméticos da bolsa e começou a passar no rosto do defunto. – Vamos fazer com que ele fique menos sinistro. No caso de sermos parados de novo.

– Ótima ideia – assentiu Crooky, numa aprovação seca.

Calum lançou um olhar pelo céu azul-escuro, até os conjuntos mortos e baços. As luzes acesas dos postes só pareciam enfatizar a ausência de vida na cidade fantasmagórica que os circundava. Mas havia uma luz saindo de uma vitrine de loja, brilhando à frente deles. Era a kebaberia que funcionava 24 horas.

– Estou faminta – aventurou Michelle.

– É, eu também – disse Gillian.

Eles arriaram o corpo de Boaby no banco debaixo de algumas árvores, à entrada de um pequeno parque municipal.

– É melhor deixarmos o Boaby aqui com você, Calum, enquanto nós vamos comprar uns troços pra comer – sugeriu Crooky.

— Espere um instante – começou Calum, mas os outros já estavam atravessando a rua na direção da kebaberia. – Por que sou sempre eu que precisa...

— Fique frio, Calum, não se zangue comigo. Volto em um minuto – garantiu Crooky.

Putos, pensou Calum. Era uma furada ficar ali, entregue à própria sorte. Ele se virou para Boaby, só mantido ereto por seu braço.

— Ouça aqui, Boab, desculpe tudo isso, cara... Sei que você não pode me ouvir... é que nem o Ian e toda a velha turma... Ninguém sabia do vírus e tudo o mais, Boab, a putada pensava que a gente só podia pegar o vírus transando, lembra? Tipo, só os veados em Londres, de acordo com os anúncios, e não os viciados aqui. Alguns garotos, como o Ian, só ficaram nessa durante poucos meses, Boab... foi pura falta de sorte, Boab... Eu fiz o teste, depois do Ian, sacou? Limpo – observou Calum, pensando sem emoção nas implicações. Pela primeira vez, percebeu, a coisa parecia não ter importância.

Um bêbado metido num velho sobretudo que fedia a álcool e mijo aproximou-se do banco. Parou ali, olhando para eles por um instante, aparentemente grudado no chão. Depois sentou-se do outro lado de Boaby.

— Hoje em dia, o lance é o imposto de valor agregado – falou, meditativo. – Valor agregado, amigo. – E piscou para Calum.

— Hein? – falou Calum, irritado.

— Uma bela batata assada a gente consegue naquela loja lá na rua Cockburn. Tem gente legal trabalhando lá, sabe? Gente moça como você. É, estudantes. Estudantes, sabe?

— Sei. – Calum revirou os olhos, exasperado. Estava frio, e o pescoço de Boaby parecia frio.

— Filadélfia... a cidade do amor fraternal. Os Kennedys. J. F. Kennedy – continuou o bêbado presunçosamente. Depois ofegou. – Filadélfia. Amor fraternal.

— Mas é Boston – corrigiu Calum.

– É... Filadélfia – resmungou o bêbado.
– Não... os Kennedys eram de Boston. A cidade natal deles.
– EU SEI DESSA PORRA, FILHO! NÃO VEM CAGAR HISTÓRIA PRA MIM, PORRA! – rugiu o velho beberrão na noite.

Calum viu a saliva do velho atingir o rosto de Boaby. Então, o bêbado cutucou Boaby.
– Você sabe! Diga a seu amigo aqui!

Boaby tombou sobre Calum, que o empurrou, pondo-o ereto. Depois puxou o corpo para evitar que ele tombasse sobre o bêbado.
– Deixe o cara, ele está fodido – disse Calum.
– Eu sei exatamente o lugar onde estava quando John Lennon foi baleado – arquejou o homem. – A porra do lugar exato. – E apontou com vivacidade para o chão debaixo de seus pés.

Calum abanou a cabeça com expressão de caçoada.
– Estamos falando da porra dos Kennedys, seu otário!
– SEI DISSO, FILHO, MAS EU ESTOU FALANDO SOBRE A PORRA DO JOHN LENNON, PORRA! – O bêbado levantou-se e começou a cantar: – *Então é Natal, e o que fizemos... um Bom Natal e um Feliz Ano-Novo...*

O sujeito saiu cambaleando pela rua. Calum observou-o sumir na noite, a voz ainda audível muito depois de ele ter desaparecido de vista.

Os outros voltaram com os kebabs. Crooky entregou um a Calum e ficou com outro sobrando na mão.
– Merda! – falou, cuspindo entredentes. – Esqueci que esse puto estava morto e desperdicei a porra de um kebab!

Olhou sério para o kebab que sobrara na sua mão.
– Ah, o puto foi egoísta pra caralho morrendo desse jeito... Desperdiçando a porra de um kebab! – Calum lançou um olhar duro para Crooky. – Ouça o que você está dizendo, Crooky, seu puto! O Boaby está morto, porra!

Crooky ficou com a boca aberta por um instante.

– Desculpe, cara, sei que ele era seu amigo.

Gillian lançou um olhar para Boaby.

– Se ele era viciado, não ia querer o kebab, de qualquer jeito. Eles nunca comem.

Crooky ponderou o que ela dissera.

– É, isso é verdade, mas nem sempre. Se lembra do gordo do Phil Cameron? Hein, Cal?

– Me lembro – assentiu Calum. – O Phil Gordo.

– O único cara que eu já conheci que era viciado em heroína e engordava. – Crooky sorriu.

– Cascata – zombou Gillian.

– Não, é verdade, não é, Calum? – apelou Crooky para Calum. Calum deu de ombros e depois assentiu.

– O Phil Gordo tomava seus picos e depois ficava louco atrás de uma dose de açúcar. Ele corria para o Bronx Café e comprava um saco grande de rosquinhas. Ninguém conseguia chegar perto da porra das rosquinhas. Era mais fácil alguém tomar a heroína dele do que uma daquelas rosquinhas. Mas ele melhorou, ficou limpo... não como o pobre do Boaby. – Calum olhou com tristeza para o cadáver do amigo, que estava ficando cinzento.

Terminaram os kebabs em silêncio. Crooky deu uma mordida no kebab que sobrara, e depois jogou o restante por sobre uma sebe. Olhando para o corpo de Boaby, Gillian pareceu ficar triste por um momento, mas depois passou um pouco de batom nos lábios azulados do morto.

– Um garoto como ele não tinha a menor chance – falou Calum. – O puto mergulhou fundo demais, sacou? Existem muitos garotos assim, garotos bons e tudo o mais, porra... bom, alguns deles... mas iguais a outros putos, bons e maus em todo grupo, sacou?

– De qualquer maneira, talvez ele tivesse Aids – especulou Gillian.

– Eca! – Michelle levantou o rosto, e depois, parecendo pensativa, disse: – Que pena. Imagine como a mãe dele deve se sentir.

Suas deliberações foram perturbadas por ruídos na rua. Calum e Crooky ficaram tensos. Não havia tempo para correr nem fazer um movimento estratégico. Logo perceberam que os donos das vozes, berrando histericamente uma mistura de canções de torcedores bêbados uns para os outros, simplesmente treinavam para a ocasião em que pudessem dar vazão a seus instintos agressivos contra uma força externa.

– Melhor a gente se mandar – disse Calum. Ele viu os demônios escuros aparecerem nitidamente, iluminados pela lua brilhante e pelas cintilantes luzes dos postes da rua. Não sabia ao certo quantos eram, mas sabia que estava em seu campo de visão.

– EI, VOCÊS AÍ! – gritou um deles.

– Com quem você está gritando, porra? – zombou Gillian alto demais.

– Shh! – sibilou Calum. – Deixe a gente lidar com isso.

Ele estava entrando em pânico. Porra de vagabas malucas, pensou, não são elas que vão se foder. Somos nós. Eu.

– EI! ALGUM DE VOCÊS VIU A PORRA DA POLÍCIA, SEUS PUTOS? – gritou um sujeito. Era alto e forte, com cabelo oleoso caído até os ombros e olhos fulgurantes desprovidos de razão.

– Hum, não – respondeu Crooky.

– ONDE VOCÊS ESTAVAM, PORRA? – berrou o cara de cabelo oleoso.

– Hum, numa festa – disse-lhe nervosamente Crooky. – Nosso amigo apagou, coisa e tal.

– Esse é seu namorado, gatinha? – perguntou um cara com chapéu de copa lisa e abas reviradas a Gillian, esquadrinhando Calum de alto a baixo.

Gillian ficou parada ali, em silêncio, encarando o cara que fazia a pergunta. Depois de um instante, com um tom duro de desprezo na voz, ela respondeu:

– Talvez. O que interessa isso?

Calum sentiu um surto simultâneo de orgulho e medo. Ampliado pelo ácido, o sentimento era quase avassalador. Sentiu um músculo do rosto tremer convulsivamente.

O cara de chapéu de copa lisa e abas reviradas pôs as mãos nos quadris. Depois inclinou a cabeça para a frente e balançou-a vagarosamente, olhando para Calum.

– Ouça aqui, amigo – falou, tentando ser razoável apesar da raiva óbvia. – Se fosse minha gata, eu diria a ela para fechar a porra da boca, certo?

Calum assentiu, abobalhado. O rosto do rapaz se distorcera e virara o de uma cruel gárgula. Ele já vira aquela imagem antes; num cartão-postal da Catedral de Notre-Dame, em Paris. Agachado no alto de uma marquise, o demônio olhava para a cidade lá embaixo; agora chegara à Terra.

– O que esse puto tem a dizer sobre isso? – indagou o cara de cabelo oleoso, olhando para Crooky e apontando para o corpo de Boaby. – Ele tem batom na boca! VOCÊ É A PORRA DUMA BICHA, PARCEIRO?

Crooky começou a falar.

– Ei, o garoto está...

– DEIXA O PUTO FALAR POR SI MESMO! EI, AMIGO, QUAL É A SUA? – perguntou a Boaby o cara de cabelo oleoso.

Não houve resposta.

– PUTO ABUSADO! – Deu um soco poderoso no rosto de Boaby. Crooky e Calum soltaram completamente as mãos, e o corpo caiu pesadamente no chão.

– ELE TÁ MORTO! ELE TÁ MORTO, PORRA! – gritou Michelle.

– Vai estar morto pra caralho em um minuto – retrucou o cara de cabelo oleoso, apontando para o corpo. – VAMOS, SEU PUTO! EU E VOCÊ! BRIGA BOA, PORRA! LEVANTA DAÍ, SEU BUNDÃO! – E começou a chutar o cadáver. – O PUTO ESTÁ FODIDO! VEJAM SÓ, SEUS PUTOS! – E se virou, triunfante, para os parceiros.

O cara de chapéu de copa lisa virou as palmas para cima, e depois estendeu a mão para o amigo de cabelo oleoso.

– Um soco da porra, Doogie, não pode ser mais justo que isso. – Ele revirou o lábio inferior e semicerrou os olhos. – Você apagou o puto idiota com a porra de um soco só.

Inflado de orgulho beligerante, o cara chamado Doogie olhou para Crooky e Calum.

– Quem é o próximo?

Os olhos de Calum esquadrinharam furtivamente o grupo à procura de armas em potencial, mas nada encontraram.

– Bom... não queremos encrenca – disse Crooky, num arquejo fraco.

O cara chamado Doogie permaneceu imóvel por um segundo. Seu rosto se contorceu como se ele estivesse tentando assimilar um conceito quase indigerível.

– Vá se foder, seu bundão! Você é um babaca da porra, meu filho! – atalhou Gillian para ele.

– COM QUEM VOCÊ TÁ FALANDO, PORRA? – rugiu ele para ela.

– Não sei, o rótulo caiu – retrucou Gillian imperturbável, mascando chiclete e esquadrinhando o sujeito de cima a baixo, com desprezo no rosto.

– PUTA QUE PARIU... GALINHAS FEITO VOCÊS MERECEM SER CURRADAS, PORRA... VADIAS DESBOCADAS PRA CARALHO! – Doogie nunca fora menosprezado assim por uma mulher.

– QUE PORRA VOCÊ SACA DE ALGUMA COISA? NUNCA VIU A PORRA DE UMA BOCETA NA VIDA ALÉM DA DA SUA MÃE, SEU ESCROTO DE MERDA! VÁ COMER O RABO DESSES SEUS AMIGOS VEADOS! – berrou Gillian, como um demônio: nenhum filho da puta falava com ela daquele jeito.

Doogie ali ficou parado, hiperventilando. Parecia grudado ao chão, com o rosto distorcido numa expressão de descrença, sem compreender. Era como se tivesse tido um ataque.

– Você não saca... você não saca nada de mim – gemeu, como um animal ferido, implorando e enraivecido ao mesmo tempo.

Para Crooky, a distorção no rosto do sujeito era multiplicada por vinte, pelo efeito do ácido. Sentiu um assomo de medo bruto que se transformou em raiva, e então avançou para Doogie, socando. Num instante, se viu sobrepujado, lançado ao solo e espancado, chutado por Doogie e por dois outros. Ao mesmo tempo, o sujeito com o chapéu de copa lisa e abas reviradas trocava socos com Calum, que foi perseguido em torno de um carro. Ele puxou uma antena que soltou-se na sua mão, e com ela chicoteou o rosto de seu perseguidor, abrindo-lhe um corte na maçã do rosto. O cara de chapéu de copa lisa gritou de dor, mas principalmente de frustração e raiva, enquanto Calum rolava para debaixo do veículo. Ele sentiu uns chutes do lado do corpo enquanto rastejava para a segurança do centro, mas horrorizado percebeu que alguém também estava entrando ali embaixo. Começou a dar chutes e socos, debatendo-se num frenesi, antes de perceber que era Crooky.

– CALUM! SOU EU, SEU PUTO! CALMA, PORRA!

Eles ficaram ali, respirando pesadamente, unidos num estado de terror abjeto, escutando as vozes.

– ARROMBE A PORRA DESSE CARRO! LIGUE O MOTOR! MATE OS PUTOS!

Puta que pariu, pensou Crooky.

– Vamos todos currar a porra das vagabas! Fazer uma fila da porra!

Puta merda... mas foram aquelas vacas idiotas que começaram, elas causaram tudo aquilo, pensou Calum.

– É, tentem uma porra dessas, seus putos! – Era a voz de Gillian.

Não, pensou Calum, elas não começaram nada. Gillian. Ela só estava se defendendo. Não posso deixar que toquem nela.

– Vamos embora dessa porra! – gritou uma voz.

Is... so! Pensaram juntos Crooky e Calum. Vão. Simplesmente vão pro caralho. Por favor, vão.

– Pegue o puto que o Doogie derrubou!

Putos idiotas.

Formou-se um consenso em torno da ideia. Ainda debaixo do carro, Crooky e Calum ficaram vendo a gangue chutar o corpo de Boaby.

Um dos sujeitos meteu um cigarro aceso entre os lábios vermelhos da figura prostrada. Boaby não reagiu.

– ELE TÁ FODIDO! JÁ CHEGA! – gritou uma voz, e todos pararam.

Em pânico, eles partiram rapidamente, enquanto um sujeito de jaqueta azul gritava para Michelle e Gillian:

– Se vocês abrirem o bico sobre isso, vão morrer, suas galinhas! Tá claro?

– Com certeza – retrucou Michelle, em tom sarcástico.

O cara correu de volta e deu-lhe um tapa no rosto. Gillian correu para ele e deu-lhe um soco na boca. Ainda tentou dar outro, mas ele bloqueou o golpe e segurou seu braço. Michelle tirara o sapato de salto agulha, e fazendo um movimento circular para cima, cortante, golpeou a ponta do salto pela bochecha até o olho do sujeito, que cambaleou para trás de dor, tentando estancar o sangue com a mão.

– Porra de vadia! Podia ter arrancado meu olho! – guinchou, antes de se afastar, cada vez mais depressa, enquanto as duas avançavam lentamente, como dois pequenos predadores rodeando um animal maior, mas ferido.

– VOCÊ VAI MORRER, SEU PUTO DA PORRA! MEUS IRMÃOS VÃO MATAR VOCÊ, PORRA! ANDY E STEVIE FARMER! SÃO A PORRA DOS MEUS IRMÃOS, SEU PUTO! – berrou Gillian.

O sujeito fez uma expressão amedrontada e perplexa. Depois virou-se e correu atrás dos amigos.

– SAIAM DAÍ DE BAIXO, SEUS BABACAS DA PORRA! – gritou Gillian para Crooky e Calum.

– Não – disse Calum, com voz fraca. Estava se sentindo bem debaixo do carro. Em segurança. Mas Crooky já começava a ter a sensação de estar enterrado vivo, como se compartilhasse um caixão com Calum.

– Eles já foram – falou Michelle.

– Mas nós estamos bem aqui. É o ácido... toda essa merda... não dá pra brigar. É melhor vocês irem pra casa – embromou Calum.

– JÁ MANDEI SAÍREM DAÍ, PORRA! – urrou Gillian, arranhando com a voz seus nervos expostos.

Cheios de vergonha e medo, os dois saíram rastejando, enquanto Calum gemia.

– Psiu, você vai atrair a polícia pra cá...

– Boa. Obrigado, garotas – disse Crooky. – Quer dizer, vocês se defenderam muito bem daqueles putos.

– É, muito bem – concordou Calum.

– Aquele escroto bateu na Michelle. – Gillian apontou para a amiga, que calçava novamente o sapato e soluçava convulsivamente.

As espessas sobrancelhas de Crooky se juntaram com pena.

– Nós vamos pegar os caras depois, não é, Calum? Vamos reunir um bando. Mas não podíamos ter brigado com ácido, sacaram? É claro que os putos não sabiam com quem estavam lidando. Eles não são durões. Punheteiros da porra. Sabe, eu achei que estava fodido quando fui derrubado, mas eles ficaram se chutando uns aos outros mais do que a mim. Putos idiotas. Mas vou pegar os putos. Se não fosse o ácido, né, Calum?

– É loucura tomar ácido – disse Gillian.

Lançaram um olhar para Boaby, que tinha o rosto esmagado, como se o osso malar e o maxilar houvessem afundado. Calum lembrou a tal ocasião em Niddrie, ainda criança, quando fingira ter atirado em Boaby e ele fingira de morto.

– Vamos embora de uma vez – disse.

– Não podemos deixar o Boaby aí – aventurou Crooky, estremecendo. Aquela cara arrebentada podia ser a porra da minha, pensou.

– É, é melhor a gente ir. A polícia vai pegar aqueles escrotos por causa disso. Eles mataram mesmo o sujeito – falou Michelle, chorosa. – Tudo morre, não há nada que a gente possa fazer sobre isso...

Eles se afastaram do corpo num silêncio pontuado apenas pelos soluços de Michelle, caminhando pela noite na direção da casa de Crooky, em Fountainbridge. Cansados, Crooky e Calum cambaleavam à frente. Alguns metros atrás, Gillian passava um braço reconfortante em torno de Michelle.

– Pensando no Alan? Já é hora de tirar isso de seu sistema, essa é a verdade, Michelle. Acha que ele está chorando por você agora? Huhh! – zombou ela. – Você deve simplesmente pegar o primeiro cara que aparecer, e foder até perder a cabeça. Esse é o seu problema, você precisa ser comida.

– Perdi aquele emprego no banco graças a ele – gemeu Michelle. – Era um emprego bom. No Royal Bank.

– Esqueça o Alan. Comece a gozar a vida – aconselhou Gillian.

Michelle fez um muxoxo hostil para Gillian e depois deu um sorriso forçado. Gillian meneou a cabeça para Crooky e Calum, que se arrastavam à frente. As duas começaram a rir alto.

– Qual deles você curte? – perguntou Michelle.

– Na verdade nenhum, mas não suporto o das sobrancelhas. – Gillian apontou para Crooky.

– Não, ele é legal – disse Michelle. – Já o amigo, o tal de Calum... não tem bunda nenhuma.

Gillian pensou no assunto. Michelle estava certa. Calum quase não tinha bunda.

– Desde que ele tenha a porra de um pau grande. – Riu ela, corando com um assomo hormonal.

Michelle juntou-se a ela nas risadas. Gillian manteve o olhar em Calum. Ele era magricela, com mãos, pés e nariz grandes. Combinados, pensou, esses fatores certamente tornavam mais provável que ele tivesse um pau grande.

– Certo, então, você fica com o tal Crooky e eu fico com o amigo dele – sussurrou Gillian para Michelle.
– Pode ser. – Michelle deu de ombros.
Eles subiram até o apartamento de Crooky e sentaram-se em torno de um aquecedor a gás. O local estava gelado, e ninguém tirou o casaco. Gillian subiu no sofá e começou a massagear o pescoço de Calum. Ele já sentia o final do ácido, e achou o toque dela agradável.
– Você está muito tenso – falou ela.
– Eu me sinto tenso – foi o que Calum conseguiu dizer. Nem imagino por que, pensou ele, relembrando os acontecimentos da noite. Depois repetiu com uma risada nervosa: – Eu me sinto tenso.
Michelle e Crooky estavam agachados no chão, sussurrando.
– Você provavelmente acha que eu sou uma vagaba e tudo o mais... diga se é isso mesmo – perguntou Michelle suavemente para Crooky.
– Não – respondeu Crooky, em dúvida.
– Eu trabalhava num banco... no escritório principal – contou Michelle, como que sublinhando sua inerente respeitabilidade. Depois enfatizou: – O Royal Bank. Você conhece o Royal Bank da Escócia?
– Conheço, lá em Mound – assentiu Crooky.
– Não, estou falando do *Royal* Bank, esse outro aí é só o *Banco* da Escócia. Eu trabalhava no *Royal* Bank da Escócia. No escritório principal, lá na praça St. Andrew.
– O *Royal* Bank – reconheceu Crooky. Depois repetiu, olhando para os olhos escuros dela. – É... o *Royal* Bank.
Ela lhe parecia linda, com aqueles olhos e aqueles lábios vermelhos. O batom. O visual daquele batom, mesmo com o barato já reduzido. Crooky percebeu que adorava mulheres que sabiam usar batom, e achava que Michelle certamente se enquadrava nessa categoria.
Michelle sentiu o desejo dele.

– Então, eu e você podemos ir para lá – disse ela, fazendo um movimento de cabeça urgente para a porta.

– É... legal... o quarto. É, o quarto. – Crooky sorriu, erguendo as sobrancelhas grossas.

Eles se levantaram, Michelle ansiosa, Crooky hesitante, e foram até a porta. Percebendo o olhar de Calum, Crooky uniu os lábios e bateu os cílios para ele ao saírem.

– Isso deixa só nós dois. – Gillian sorriu.

– É – concordou Calum.

Eles se deitaram no sofá. Gillian tirou o casacão e cobriu o corpo dos dois. Era feito de pele sintética marrom. Calum gostou do curto vestido vermelho de Gillian. Os braços dela já pareciam normais, e ele percebeu que a impressão anterior se devera ao ácido.

Gillian ficou excitada com a rigidez do corpo dele. Não conseguia distinguir se eram músculos ou simplesmente ossos grandes por baixo da pele. Começou a tocá-lo, acariciando a virilha através da calça jeans. Ele sentiu o pau endurecer.

– Sente a minha mão, sente bem – disse ela com um sibilo baixo e suave.

Calum começou a beijá-la e enfiou a mão pelo decote. O vestido e o sutiã estavam tão apertados que ele não conseguiu expor qualquer seio sem que ela se encolhesse de desconforto, de modo que soltou a mão e foi alisando sua coxa até meter os dedos dentro da calcinha. Gillian se afastou e pulou do sofá, mas só para se despir. Depois incitou Calum a fazer o mesmo. Rapidamente, ele tirou a roupa, mas sua ereção desaparecera. Gillian voltou para o sofá e puxou-o para si. Ele voltou a ficar ereto por uns momentos, mas não conseguiu manter o pau duro.

– O que há? Qual é o problema? – atalhou ela.

– É só o ácido... tipo... tipo, eu tenho uma namorada, saca? A Helen. Quer dizer, tipo, não sei se ainda tamos juntos, porque, não andamos nos entendendo, e eu me mudei de lá, do apartamento e tudo o mais. Mas ainda tamos meio que nos vendo...

— Eu não estou a fim de casar com você, porra, só quero uma trepada, sacou?
— Saquei. — Ele correu os olhos pela nudez dela e ficou de pau duro sem perceber.

Eles puxaram o casaco sobre os corpos nus e partiram para a ação. A união se baseava mais em uma dolorosa interação das genitálias do que numa profunda comunhão psíquica, mas foi dura e intensa. Gillian gozou bem depressa, e Calum logo depois. Ele ficou bem satisfeito consigo mesmo. Em certo estágio, chegara a duvidar se conseguiria satisfazer Gillian. Mas sabia que era capaz de um desempenho bem melhor do que aquele, pensou pesarosamente. Era o ácido, era Boaby, era toda aquela merda na sua cabeça. Ele podia se sair bem melhor, mas diante das circunstâncias até que não fora tão mal, pensou alegre.

Gillian estava contente. Achava bem que poderia dar mais uma, mas pelo menos Calum conseguira aguentar até que ela gozasse. Fora bom, desanuviara um pouco as coisas.

— Não foi tão ruim — admitiu ela, enquanto os dois caíam numa modorra pós-coito.

Mais tarde, Calum sentiu Gillian se movendo, mas fingiu estar morto para o mundo. Ela se levantara do sofá e começara a se vestir. Calum então ouviu uma conversa sussurrada e percebeu que Michelle voltara para a sala. Ficou envergonhado por estar nu debaixo do casaco. Puxou-o mais para si para certificar-se de que suas partes genitais estavam completamente cobertas, e ouviu Gillian sussurrando suavemente com Michelle.

— Como foi sua noite?
— Uma merda. Ele não sabia o que fazer. Tipo a porra de um virgem. Não conseguiu ficar de pau duro. Ficou se queixando da porra do ácido.

Calum ouviu Michelle se desmanchando em lágrimas. Depois ela perguntou, com súbita ansiedade:
— E ele, como foi?

Gillian lutava para se enfiar no vestido. Depois de um tempo, que para Calum pareceu dolorosamente longo demais, ela respondeu:

– Não foi mal. Tipo, bufa um pouco demais... Ah, coitada de você, Michelle... não aconteceu... eu devia ter deixado esse aí pra você...

Ela fez um gesto com o polegar para Calum, que sentiu uma pontada na genitália.

Michelle esfregou os olhos cheios de lágrimas, borrando as pálpebras pintadas com delineador grosso. Gillian ia continuar falando, mas não conseguiu dizer uma palavra antes que Michelle tomasse a frente:

– O problema é que com o Alan, bom, era genial. No começo era genial. Ficou uma bosta mais tarde, quando ele estava com a porra daquela puta. Mas, sabe, no começo... nada era melhor.

– É – concordou Gillian suavemente, pensando em Alan e avaliando a sexualidade dele pela primeira vez. Só mais tarde mencionaria os olhos de Michelle. Virou-se para Calum, balançando-o com suavidade.

– Ei, Calum, tá na hora! Você tem que acordar. Preciso do meu casaco. Já vamos embora.

– É, certo – murmurou Calum, abrindo os olhos. Tinha a sensação de que seu cérebro estava avinagrado, e de que seu corpo fora todo surrado. Mas, pelo menos, estava livre do ácido e de seus jogos malevolentes. Pediu a Gillian: – Então, me deixem botar a roupa.

Elas ficaram detrás do sofá, enquanto Gillian dizia:

– Não vamos olhar, juro.

Michelle deu uma gargalhada que para Calum tinha uma aspereza predatória perturbadora, particularmente com suas pálpebras escurecidas pelo delineador. Mas ele enfiou a cueca, depois a calça jeans, e entregou o casaco a Gillian.

– Bom, hum, felicidades então... Michelle, hum, Gillian. Ei, Gillian, você tem telefone? – perguntou, hesitante. Não sabia se queria ou não se encontrar com ela de novo, mas parecia uma boa ideia pelo menos perguntar. Ele achava que Gillian era um pouco maluca.

– Não vou dar meu telefone pra você. Você me dá o seu – respondeu ela, entregando a ele uma caneta e um pedaço de papel que tirara da bolsa. O papel era um bilhete da rifa de Natal para o Club 86 da Torcida Jovem dos Hibs. – Já vendi um bilhete dessa rifa para você?

– Vendeu, comprei cinco – replicou ele, escrevendo o número do telefone no verso do bilhete.

Gillian olhou para Calum, depois para Michelle, e depois de novo para Calum.

– Assim, se eu quiser ver você, vou poder. Não gosto de homem me perturbando no telefone. "Vamos sair, Gill-i-i-annn" – zombou ela, numa voz estranha e insípida. Depois avançou e beijou Calum, abraçando seu torso nu. E sussurrou-lhe no ouvido: – Você vai me foder de novo, logo. Certo?

– É, huum – murmurou ele incoerente. – É, sim... tipo, vou...

Calum se lembrou do trecho do programa sobre a natureza que vira, em que a fêmea de um louva-a-deus comia a cabeça do macho durante o ato sexual. Vendo as duas garotas irem embora, conseguiu visualizar claramente Gillian num beijo de língua como uma louva-a-deus fêmea.

Sentado sozinho na sala, ele ficou vendo programas matinais na televisão e fumando cigarros. Passou a mão na cueca e na calça, esfregou o pênis e os colhões, e sentiu o cheiro de Gillian na mão. Depois pensou em Helen e Boaby, já começando a se sentir deprimido e solitário. E se forçou a fazer chá antes de Crooky entrar.

– Noite boa? – perguntou a Crooky, cujo rosto estava dividido por um sorriso que parecia aberto a facão.

– A melhor, parceiro, a melhor. A tal da Michelle, cara... uau, é um Royal Bank, seu puto! Ela faz de tudo! É tarada pra caralho, mas o Crooky aqui estava à altura.

– Deu o recado pra ela, né? – perguntou Calum, o rosto impassível.

– Deixei a porra da gata rachada ao meio, cara. O Royal Bank não vai poder sentar numa bicicleta tão cedo! Seu amigo aqui está com muito crédito no Royal Bank. – Bateu no peito com o dedo indicador. – Só fiz uma retirada, mas não antes de uns depósitos bem grandes, se é que você me entende. Estamos falando de juros altos e tudo o mais, seu puto! Eu devia ter dito a ela, se você quiser que qualquer amiga sua seja consolada, é só pegar o endereço e mandar aqui pro Crooky... ele é simplesmente o melhor... lá... lá... – E começou subitamente a cantar, mexendo os quadris para a frente e para trás: – *He's simply the best*...

Calum deixou Crooky entregue à dança. Não ia se dar ao trabalho de desiludi-lo. A tristeza se apossara dele, com Boaby incessantemente se intrometendo em seus pensamentos. Quando ele realmente morrera? Em algum momento muito antes da noite da véspera.

– E você... como foi com a Gillian? – perguntou Crooky de repente, com um sorriso convencido no rosto.

– Não foi grande coisa, na verdade... tipo, culpa minha. O ácido, saca?

Crooky lançou-lhe um olhar de desdém teatral.

– Que desculpa esfarrapada, Calum. Veja seu amigo aqui – disse, apontando para si mesmo. – Agora tem um título oficial: SIMPLESMENTE O MELHOR. Não há droga que possa frear a arrancada deste garoto aqui. Isso é o que separa os homens de alto gabarito dos mais ou menos.

– Acho que ou você tem a coisa ou não tem – admitiu Calum com expressão cansada.

– É isso aí, Calum, talento natural. Nem todos os manuais do mundo conseguem ensinar isso.

Calum pensava em Boaby e em Gillian.

– Uma vez vi um documentário sobre insetos, e tinha um louva-a-deus, saca aqueles insetos grandes e escrotos?

– É... uns putos feios pra caralho.

– Bom, a louva-a-deus mulher come a cabeça do louva-a-deus homem enquanto os dois estão transando... não estou falando de mulher louva-a-deus e homem louva-a-deus... quer dizer, é tipo macho e fêmea, sacou?

Crooky olhou para Calum.

– Que porra isso tem a ver com alguma coisa?

Calum abaixou a cabeça e pôs a mão na frente. Crooky viu que o amigo tentava esconder o rosto. Quando finalmente falou, sua voz era ansiosa e ofegante:

– Nós... vimos o Boaby... o Boaby... vimos o Boaby morrer... não devia ser assim, não devia ser como se nada tivesse acontecido... quer dizer...

Crooky deixou-se cair no sofá junto de Calum, sentindo-se desajeitado e constrangido. Tentou falar algumas vezes, mas foi acometido de paralisia. Talvez aquilo acontecesse para evitar que você só ficasse falando merda, pensou ele. Talvez fosse bom que ele não conseguisse dizer nada ao amigo, que mantinha o rosto virado para o lado oposto. Depois de um longo silêncio, ele olhou para a televisão e perguntou:

– O que é essa merda?

Calum levantou a cabeça e virou-se para o amigo.

– Tevê no café da manhã. Agora, tudo o que a gente precisa é de café da manhã, não é?

– É, é, é mesmo, seu puto! Vou sair um instante pra comprar pão e leite – disse Crooky. Depois olhou para Calum, contente de ver que a tensão entre eles diminuíra. – Só queria saber no que vai dar a noite de ontem...

Calum pensou em Boaby: nunca se podia dizer nada pra aquele putinho arrogante, porque ele vivia com aquela expressão petulante nos lábios, como se o mundo sempre estivesse em dívida com ele, escrotinho idiota.

– Ninguém sabe, porra. Mas não temos nada com isso. Simplesmente vamos dizer que pensamos que o Boaby estava fodido e tentamos ajudar levando o puto pela rua... a Gillian e a Michelle vão confirmar isso. Só precisamos dizer que fomos perseguidos por aqueles caras. E eles vão levar a culpa.

– Mas o Boaby morreu de overdose – argumentou Crooky.

– Mas aqueles putos merecem. São pirados, podiam ter matado o Boaby. Quem vai saber? Entre eles e nós, melhor que sobre pra eles.

Crooky ficou vendo a luz do sol se levantar atrás dos prédios do lado oposto da rua. A cidade voltava à vida. Os demônios de que ele e Calum sempre falavam já batiam em retirada: os caras na festa, a gangue de pirados, Boaby, Gillian e até Michelle Royal Bank. Especialmente a vagaba do Royal Bank. Fora só o ácido. Mas ele devia ter fodido a vadia, ela não era feia, pensou com amargura. Mas agora o pesadelo acabara. O sol estava ali, eles ainda estavam ali.

– É – concordou Crooky. – Melhor eles do que nós.

Calum achou que ouvira um carro parar lá fora. Estava convencido de que havia pelo menos um par de passadas subindo a escada. Paranoia, pensou, é só o resíduo do ácido, disse a si mesmo, é só a ressaca da viagem.

DISPUTADA

Ela devia estar gostando. A parede azul-clara, o encosto do velho sofá marrom, de veludo cotelê, à sua frente, seus cotovelos apoiados nas almofadas e ele por trás dela, as mãos grandes quase circundando toda a sua cintura. O pau dele dentro dela, movimentando-se num ritmo estranho e insistente, e os sons encorajadores que ele fazia.

Sarah achava que devia estar gostando. Ela deveria estar gostando, mas certamente não estava. Quando pensou no porquê, Sarah viu que podia ser porque fazia frio demais para ficar nua. Mas isso não deveria ser problema, e realmente não seria se seu dente não estivesse doendo. Agora ela estava se visualizando com autocrítica, consciente de si mesma naquele sofá, esparramada diante de Gavin feito uma extensão do pau dele, e o importante no sexo era *não* ter autocrítica. Mas isso seria difícil se seu dente estivesse doendo e você fosse alvo das técnicas de sedução hollywoodianas de Gavin, obviamente copiadas daqueles trechos de vídeos em que a música muda e o par protagonista entra em ação. Primeiro, as preliminares; segundo, a penetração; terceiro, as posições; quarto, os orgasmos (simultâneos, é claro). Quando Gavin murmurava "você é linda" ou "você tem um corpo espetacular", Sarah imaginava que devia ficar lisonjeada, mas aquilo era feito com o distanciamento concentrado de um canastrão tentando se lembrar das falas.

Gavin tinha esperança de que a simples força da cerimônia e do ritual, a expressão da palavra e do gesto apropriados tecessem juntos um terno novo para ocupar o lugar de honra no guarda-roupa repleto que era sua vida social. Embora fosse bastante imaginativo, ele sabia que possuía a imaginação exclusiva do filho único que se diverte sozinho, quieto, dispondo exércitos de soldados para batalhas no carpete, e que esse treinamento não lhe dera a velocidade essencial de pensamento que lhe permitisse fazer planos de contingência, caso algo desse errado em seu número sedutor psicologicamente roteirizado.

Gavin fora à boate na noite anterior cheio de ecstasy, coisa que sempre ajudava. Fizera questão de beijar todas as garotas do grupo (o que, naquela noite específica, significava todas as garotas na boate), mas metera um pouco da língua na boca de Sarah, e projetara a alma nos olhos dela, deixando a mão repousar na pequena curvatura de suas costas, onde parecia determinada a fixar residência.

Para Sarah, tais atenções eram uma fonte bem-vinda de afirmação depois de seu rompimento com Victor. Recentemente, ela meio que percebera que os rapazes estavam confundindo seu olhar de "saco cheio" com a variedade menos ambígua de "fica-longe-de-mim-porra". De modo que, enquanto os frequentadores da boate dançavam sob as luzes estroboscópicas e os alto-falantes bombardeavam os corpos com os mais recentes ritmos pulsantes, Gavin e Sarah viram-se num abraço tão bem-vindo quanto surpreendente.

Gavin estava fascinado pela fluida sugestividade dos olhos de Sarah e pelo movimento mesmerizante de seus lábios vermelhos brilhantes, quando ela falava. Por sua vez, ela ficara surpresa ao se ver tão atraída por Gavin e seus olhos grandes e intensos, seu sorriso fácil, ainda que um pouco falso, simplesmente porque sempre o detestara quando ele namorava a tal da Linsey.

Mas na noite da véspera ela gostara do toque dele. Embora frequentemente íntimo, aquele toque não tinha vulgaridade. Sarah retribuíra fazendo-lhe uma massagem, começando por bater suavemente nos tendões do pescoço, depois aumentando com uma força imperceptível para espalhar o ecstasy por todo o corpo, até ele pulsar como uma ferida aberta.

Haviam saído da boate na frialdade da madrugada e tomado um táxi para a casa dele, onde se sentaram abraçados, beijando, conversando, retirando peças de roupa e perdendo-se em longas viagens compartilhadas enquanto se sarravam. Gavin explicara que o sexo com penetração estaria fora de questão por enquanto, coisa que deixara Sarah frustrada, mas resignada. Mais tarde, com o efeito do ecstasy se esvaindo e o cansaço se apossando de seus corpos, eles haviam caído num sono comatoso no sofá, diante da lareira a gás.

Sarah acordou com as carícias de Gavin. Seu corpo reagiu imediatamente, mas algo não estava certo na sua cabeça. Era a sensação pós-ecstasy, um outro conjunto de circunstâncias, e ela achava que Gavin não percebera. Sarah não queria começar tudo de novo, queria só que Gavin deixasse claro que as coisas haviam mudado, que os termos tinham que ser reapresentados e renegociados. E aquela dor de dente. Ela pensava que a dor, aquele problema do siso, já a abandonara. Mas essas coisas nunca vão embora, você só tem um pouquinho de alívio. E agora a dor voltara. Voltara com força, parecendo uma vingança persistente e cruel.

Gavin acordara com o pau duro e latejante. Afastou o edredom, a princípio ligeiramente surpreendido com a nudez dos dois. Depois respirou fundo e sentiu um espanto agradável. Aquilo era como ganhar na loteria. Depois teve a psique tomada por uma leve paranoia, de que sua dificuldade em falar e sua excitação sexual se afastariam em direções divergentes. A coisa precisava acontecer agora, ou ela pensaria que havia algo esquisito com ele. Era preciso dar a ela algum prazer, principalmente depois de todas as coisas que os dois haviam falado na noite anterior. Ele não conseguira chegar à penetração, pensou, e haveria outra maneira, na verdade? A ideia o perturbou ligeiramente. Gavin sabia que as mulheres gostavam de homens que tivessem um pouco de imaginação e que soubessem usar a língua e os dedos, mas, no fim das contas, elas ainda queriam ser fodidas, e ele não fora capaz de comparecer na noite da véspera. Sim, precisava dar prazer a Sarah. Isso era crucial. Ele abriu com a língua os lábios ressequidos, enquanto sentia a consciência submergir e o movimento assumir o controle, deslizando as mãos na direção dela como mísseis guiados pelo calor.

Foi assim que Sarah se viu sendo curvada e movimentada feito uma boneca mecânica, enquanto Gavin a penetrava por ângulos diferentes, o tempo todo balbuciando banalidades que impediam qualquer sensação de abandono. O que é pior, toda vez que ela ameaçava gozar e exatamente quando parecia transcender a dor de dente, ele parava, tirava o pau e mudava de posição, como um operário fazendo rodízio de tarefas numa linha de montagem. A certa altura, ela queria urrar de frustração. Para sua surpresa, porém, eles chegaram perto de um orgasmo simultâneo, Sarah primeiro e Gavin logo depois. Ela lutava contra ele, a dor de dentes e a frustração da situação, dizendo:

– Não se mexa, porra, e não goze, porra!

Gavin resistiu, achando que seria um homem corajoso aquele que fizesse qualquer das duas coisas diante de tamanha ferocidade, enquanto ela gozava.

Assim, embora o resultado final fosse satisfatório, a persistente dor de dente impediu que Sarah relaxasse após o coito, forçando-a a refletir que não tinha certeza se queria fazer aquele tipo específico de viagem na companhia de Gavin outra vez.

Ela se torceu e retorceu nos braços proprietários dele; depois se afastou e sentou-se no sofá.

– O que foi? – gemeu ele com petulância entorpecida, como uma criança diante de uma criança maior, que deseja seus doces.

Sarah pôs a mão no maxilar e deixou que a língua esquadrinhasse o fundo da boca. Uma pontada lancinante se sobrepôs à surda dor onipresente, e ela gemeu:

– Aaaiii...

– O que foi? – atalhou Gavin, arregalando os olhos.

– Estou com dor de dente – respondeu ela. Falar doía, mas logo que afirmou isso, ela percebeu que a dor era insuportável.

– Quer um paracetamol?

– Quero a porra de um dentista! – atalhou ela agoniada, segurando o maxilar para aguentar o esforço. Esse era o pior aspecto de dores assim: pareciam aumentar assim que se reconhecia o mal que causavam. Estava ficando tão forte quanto Sarah imaginava que uma dor poderia ficar.

– Ah... sim, certo – disse Gavin, levantando-se. Lembrava que ela mencionara aquela dor na noite da véspera. Na ocasião era suportável, mas já devia estar martirizante.

– Vou ver se consigo um número de telefone. Vai ter que ser um desses plantões de emergência, já que hoje é domingo.

– Eu só quero a porra de um dentista! – uivou ela.

Gavin sentou-se numa cadeira e começou a folhear o catálogo telefônico local. Havia por perto um bloco de notas esfrangalhado, com números e alguns rabiscos. Ele rodeara com tinta forte as grandes letras que diziam: DAR COMIDA AO SPARKY. O gato de sua mãe. Ele dissera que faria isso. Provavelmente o pobre coitado estava morrendo de fome.

Achou um número e discou. O catálogo fechou de repente. Na capa, a figura de um gato parecia julgá-lo, em defesa de Sparky. Surgiu uma voz do outro lado da linha.

Sarah pensou que Gavin parecia estranho, simplesmente sentado ali nu, falando ao telefone com um dentista ou uma recepcionista. Aquele pau circuncidado. Era a primeira vez que ela ficava com um sujeito de pau circuncidado, a primeira vez que ela *via* um pau circuncidado. Queria perguntar por que ele fizera aquilo. Razões religiosas? Médicas? Higiênicas? Sexuais? Já lera em revistas que as mulheres gozavam mais com paus circuncidados, mas para ela não fizera diferença. Ela ia perguntar... *Um espasmo de dor... A porra da dor...* Gavin ainda falava ao telefone.

— Sim, é uma emergência. De jeito nenhum pode esperar.

Sarah ergueu os olhos, contente com Gavin, sua postura positiva, sua falta de hesitação e sua forma resoluta de colocar as necessidades dela em primeiro lugar naquela situação. Tentou enviar uma mensagem de gratidão, mas seu olhar não conseguiu cruzar com o dele, e seu cabelo caiu sobre o rosto.

— Então, é Drumsheugh Gardens, número 25. Meio-dia. Esse é o primeiro horário que tem? Está certo, obrigado.

Ele descansou o fone e levantou o olhar para ela.

— Eles podem atender você dentro de uma hora, lá em New Town. É o mais rápido que o cara de plantão pode conseguir chegar ao consultório. Se partirmos agora, podemos parar no Mulligan e tomar uma bebida. Você acha que consegue engolir um paracetamol?

— Não sei... sim, posso.

— Já engoliu muitas pílulas ontem à noite. — Gavin riu.

Sarah tentou sorrir, mas doía demais. No entanto, conseguiu engolir uma pílula, e eles partiram rua abaixo. Sarah caminhava com triste deliberação, e Gavin numa simbiose tensa.

O brilhante sol de outono atingiu seus olhos ao descerem a rua. Gavin olhou para Sarah, que tirara a mão do rosto. Ela era muito bonita, porra, certamente que era. Ele nem mesmo quis olhar para os seios ou para a bunda dela, nem qualquer outra parte; embora essas partes fossem muito bonitas, porra, como ele constatara na noite da véspera, agora estavam simplesmente submersas na essência dela. Quando você consegue sentir a essência, não visualiza as partes constitutivas, pensou Gavin, e é então que percebe que está se apaixonando. Puta merda, quando isso acontecera? Talvez enquanto ele falava ao telefone. Nessas coisas nunca dá pra saber! Puta que pariu. Sarah!

Sarah.

Ele queria cuidar dela, ajudá-la naquela situação.

Só ficar ali com ela. Para ela.

De Gavin para Sarah.

Talvez devesse segurar a mão dela. Mas estava indo depressa demais. Meu Deus, acabara de fodê-la de tudo que é jeito! Por que não poderia segurar a mão dela? O que havia de errado nessa porra de mundo? Como alguém podia ter a perversidade de achar que segurar a mão de uma garota por quem estava apaixonado era algo mais barra pesada do que trepar com ela feito cachorro em cima do sofá?

E no que ele estava pensando quando falara que eles iam ao Mulligan's? Toda a galera estaria lá de conversa fiada, com alguns comprando mais pílulas. Uns poucos provavelmente estariam no Boundary Bar desde cinco da manhã. Gavin tentou afastar uma inquietação crescente, refletindo altivamente que já tinha todas as substâncias químicas de que precisava: a química natural do amor. Mas o autodesprezo aumentou, sem querer ir embora. Parecia uma dor de dentes. Será que ele era realmente tão canalha que queria desfilar com Sarah no Mulligan's como se ela fosse um troféu? EU FODI A SARAH McWILLIAMS NA NOITE PASSADA. Não, não era isso; ele simplesmente queria que o mundo soubesse que eles formavam um casal. Mas será que formavam mesmo? O que ela achava?

Talvez ele devesse segurar a mão dela, simplesmente.

Sarah pensava *dentista dentista dentista*. Os passos que tinham que ser dados, as ruas que precisavam ser atravessadas a fim de diminuir a aterrorizante distância entre a dor e o tratamento. No caminho, havia uma rotatória péssima, sempre com trânsito congestionado. Ela não sabia se aguentaria, se conseguiria atravessar aquela rotatória. Os carros pareciam diminuir a marcha e depois acelerar, brincando de gato e rato e desafiando você a atravessar. Era só o modo como se aproximavam do local, depois de descer uma ladeira íngreme. Mas eles passaram por ali rapidamente. Domingo. Tudo estava mais calmo. Então, surgiu a rua Princes, e depois o bar Mulligan's.

Ela não podia ir ao Mulligan's! Onde estava com a porra da cabeça? Mas Louise e Joanne estariam lá. Elas lhe dariam carinho. Sim, Mulligan's.

Então sentiu que Gavin segurava sua mão. O que ele estava fazendo?

– Você está bem? – perguntou ele, com preocupação rabiscada no rosto pelos largos traços de crayon na mão de uma criança. Sarah sempre achava doloroso ver expressões de sinceridade em homens que não conhecia muito bem. Havia algo de tão óbvio em Gavin, tão exagerado: nem tanto de uma pessoa que fosse falsa, mas de alguém que nunca aprendera a se sentir confortável sendo real e...

AAAIII!

Um espasmo de dor maior, dor *real*; e a mão dela apertando a dele.

– Está tudo bem, logo chegaremos lá. Você está sofrendo de verdade, né? – perguntou Gavin. É claro que ela estava. Era melhor calar a boca. Inconveniente, era isso que ele era. Tudo nele. Seus amigos eram inconvenientes. Seus amigos.

Ele já não via Renton, ninguém mais via, e Begbie bem pouco, ainda bem, porra, nem Sick Boy, Nelly, Spud ou Second Prize. Os parceiros de fé com quem ele crescera haviam evaporado, deixando de ser uma galerinha unida para se tornarem astros de seus próprios psicodramas. Acontecia com todo mundo. Mas eles eram inconvenientes. Altos Funcionários Executivos no Departamento de Emprego não têm amigos assim. Funcionários Executivos talvez, durante certa época, antes de descobrirem seus limites, mas Altos Funcionários nunca tinham amigos assim. Nenhum Alto Funcionário já teve um amigo como Spud Murphy. Ele nunca seria um Alto Funcionário; estava contaminado por parcerias que nem tinha mais, mas que haviam deixado sua marca. Aquilo fazia com que ele bebesse demais, e fosse trabalhar com uma bruta ressaca na segunda-feira. Mas era a terça-feira que pegava. Você conseguia atravessar a segunda-feira ainda num certo barato, principalmente quando outras drogas entravam no quadro, mas na terça-feira a ressaca chegava. E eles percebiam. Sempre percebiam. Só podiam ter percebido, ao longo dos anos. Era a *raison d'être* deles. Assim, ele nunca seria um Alto Funcionário. Talvez não devesse ter se limitado aos porres de fins de semana. Talvez devesse ter dado expediente integral como os outros, pensou com amargura.

Sarah nem se dera ao trabalho de responder a Gavin, porque aquilo era um inferno, e não podia piorar mais, mas *estava* piorando, piorando muito, porque ela sentiu uma presença. Sentiu a presença antes de vê-la. Era ele.

Sarah levantou o olhar ao cruzarem a rua Market, porque Victor vinha caminhando na direção deles. O rosto tenso e duro ostentava a costumeira expressão absorta, que virou descrença, e depois sofrimento ultrajado, quando ele percebeu que os dois se aproximavam de mãos dadas.

Gavin também viu Victor. Com um instinto culpado que ambos lamentaram, ele e Sarah soltaram as mãos instantaneamente. Mas tudo terminara entre ela e Victor, que teria que saber mais cedo ou mais tarde. Gavin gostava de Victor; eram parceiros. Já haviam bebido juntos, ido a festas juntos, visto jogos de futebol juntos. Sempre com outros, é bom lembrar, nunca apenas os dois sozinhos, mas vinham fazendo isso havia tempo suficiente, ao longo dos anos, para serem mais do que simples conhecidos. E Gavin gostava dele, realmente gostava. Sabia que Victor era o que seu pai chamava de um homem de homens, e achava que isso era uma espécie de eufemismo por omissão: talvez o tipo de cara com quem uma garota não conseguiria se divertir muito ao namorar. Mas Gavin gostava dele. Victor ia acabar sabendo sobre ele e Sarah; em algum momento precisaria saber. Gavin desejava que isso pudesse ter acontecido mais tarde, mas não era para ser assim.

– Muito bem – disse Victor, com as mãos nos quadris.

— Victor — cumprimentou Gavin, com um movimento de cabeça. Olhou para Sarah, e depois de novo para Victor, que continuava naquela pose de pistoleiro.

Sarah cruzou os braços e se virou para o lado.

— Saiu ontem à noite? — perguntou Gavin com brandura.

— Pra quê... Ver vocês dois? — Victor mediu Gavin de alto a baixo com desprezo e depois virou-se para Sarah. Seu olhar de ódio queimou-a tanto que por um momento ela esqueceu a dor de dentes.

— Não tenho nada a dizer pra você — murmurou ela.

— Talvez eu tenha uma coisa a dizer a você!

— Victor, olhe aqui — falou Gavin. — Nós precisamos ir ao dentista...

— Cale a porra da boca, galãzinho! — Victor apontou para Gavin, que sentiu o sangue se esvair do rosto. — Vou arrancar a porra dos seus dentes, e então você vai mesmo precisar ir à porra do dentista!

O medo de Gavin aumentou. Entretanto, parte de sua mente trabalhava friamente, desligada do que acontecia em torno. Ele pensou que devia atacar Victor primeiro, para não ser golpeado pelo outro. Sentia culpa em relação a Victor. Mas havia o instinto de autopreservação. Será que ele poderia vencer Victor? Era duvidoso, mas o resultado pouco importava. O que Sarah queria? Essa era a questão: o dentista. Eles tinham que ir ao dentista.

— Essa é sua resposta pra tudo, né? — Sarah retorceu os olhos e o nariz numa careta.

— Há quanto tempo isso vem rolando, hein? Há quanto tempo você vem saindo com esse puto? — indagou Victor.

— Não é da sua conta o que eu faço!

— Há quanto tempo, porra? — berrou Victor, avançando e sacudindo Sarah pelo braço.

Gavin avançou e deu um soco no queixo de Victor. A cabeça dele virou violentamente para trás, enquanto Gavin ficava tenso, pronto para o que se seguiria. Victor pôs uma mão no rosto e levantou a outra, fazendo sinal para Gavin se afastar. Gotículas de sangue pingaram de sua boca sobre a calçada.

– Desculpe, Vic... desculpe, cara. – Gavin ficou confuso. Dera um soco em Victor. Um parceiro. Ele fodera a gata de um parceiro e depois porrara o cara porque ele ficara zangado. Aquilo era errado. Mas ele amava Sarah. Victor agarrando Sarah daquele jeito, e antes pondo as mãos nela, em cima dela, com o *pau* dentro dela... puta que pariu! Aquele pau grande, feio e suarento, que ele segurava languidamente enquanto mijava ao lado de Gavin nos banheiros da Arquibancada Leste; expelindo aquela urina turva e estagnada, cheia de drogas e cerveja, dentro do mictório. Aquele rosto contorcido com uma beligerância de bêbado, anunciando ao mundo que a farra duraria todo o fim de semana. Aquilo era demais, a ideia de seus paus estarem no mesmo lugar, na linda, linda xota de Sarah. Não, xota não, pensou ele, que palavra horrível de usar para uma bocetinha tão maravilhosa. Deus, ele queria matar o puto do Victor, simplesmente obliterar do planeta cada porra de traço dele...

Sarah queria o dentista. E queria agora. Já seguia pela rua. Gavin e Victor partiram em seu encalço ao mesmo tempo. Os três foram cambaleando pela rua num silêncio confuso e tenso; terminaram entrando no consultório juntos.

– Olá – disse o dentista, doutor Ormiston. – Vocês estão todos juntos?

Era um homem alto e magro, de rosto vermelho e uma alva cabeleira ondulada. Tinha grandes olhos azuis, ampliados pelos óculos, que lhe davam uma aparência de maluco.

– Eu estou com ela – disse Gavin.

– *Eu* estou com ela! – atalhou Victor.

– Bom, vocês dois podem esperar aqui. Entre, minha querida. – O doutor Ormiston sorriu benignamente, abrindo os dentes enquanto fazia Sarah entrar no consultório.

Gavin e Victor foram deixados na sala de espera. Ficaram algum tempo sentados ali, num silêncio que acabou quebrado por Gavin.

— Escute, cara, desculpe o que houve. Nós não estávamos saindo escondidos de você. Só fomos para casa ontem à noite.
— Você fodeu com ela? – perguntou Victor num tom de voz baixo e feio. A lateral de seu maxilar estava inchando. Ele mordera a língua e um filete azedo de sangue escorria garganta adentro. Victor boiava na superfície do poço de sua infelicidade, testando a profundidade e vendo a que distância estava da borda.
— Isso não é da sua conta, porra – replicou Gavin, sentindo a raiva assomar de novo.
— Ela é a porra da minha gata!
— Olhe, parceiro, eu sei que você está perturbado, mas ela não é a porra da sua gata. Ela tem a cabeça dela e já terminou com você. Vocês terminaram, entendeu? Foi por isso que ela ficou comigo ontem à noite, porque vocês terminaram!

Victor retorceu o rosto num sorriso debochado, olhando para Gavin de um modo diferente, como se o caso triste, o imbecil, fosse ele.
— Você não sacou a coisa, não é, amigo?
— Não, você é que não sacou – retrucou Gavin, mas já sentindo sua confiança se esvair. Tentou imaginar por que motivo sentia medo de Victor, que recuara ao ser atingido por um único soco seu. E percebeu que era porque ele, Gavin, nunca suportara violência. Agira de maneira reativa, num golpe instintivo, mas carecia de energia mental para uma batalha real. Não suportava pensar em vencedores e perdedores, mas com todos na sarjeta, derrotados: violência, a irmã deformada da economia. Ainda bem que Victor recuara.

Victor balançou a cabeça, sentindo a amplitude satisfatória de sua dor física e psicológica. Assim, media a extensão da retribuição que viria. Mais tarde pegaria de jeito o galãzinho de merda que era o senhor Gavin Temperley, mas ficara chocado com a agressão do velho parceiro. Aquilo não condizia com o caráter de Gavin. O que ele fizera com Sarah também não combinava com seu caráter. Gav era legal, um sujeito íntegro. Falavam que ele sacaneava a rapaziada no seguro-desemprego, mas Victor jamais acreditaria que Gav fizesse isso, mesmo que os veados daqueles pelegos o colocassem nessa posição. Certamente seria o caso de pedir demissão. Com toda a certeza. Mas bater nele assim não combinava com Gav. De qualquer maneira, racionalizou Victor, era melhor deixar que Sarah o visse ser machucado, para despertar solidariedade. Já dava pra ver que a coisa pusera um grão de dúvida na mente dela. Gavin poderia ser alijado de outras maneiras.

– Isso já aconteceu antes, Gav. Ela teve outros namorados. Mas sempre volta pra mim. Não estou dizendo que isso... – Victor elevou a voz e socou a mesa com força. – NÃO MEXEU COMIGO, PORRA... porque mexeu. A coisa doeu porque ela é a porra da minha mulher.

Gavin sentiu-se esvaziado. Ia falar, mas parou, sabendo que sua voz sairia fraca, denunciando a incerteza.

Victor continuou:

– Da última vez, ela saiu com Billy Stevenson, que você conhece. A vez antes dessa foi aquele Paul, Paul Younger...

Ele cuspiu os nomes como veneno, e Gavin tremeu sob eles como se fossem raios. Não gostava de Billy Stevenson, um puto esperto e arrogante. Billy com Sarah era um pensamento horrendo. O grosseiro pau de Victor, cheio de porra, cerveja e urina, dentro dela já parecia até agradável. Paul Younger era *legal*, mas tão medíocre, caralho. Como uma mulher como Sarah podia namorar a porra de um joão-ninguém como ele? Paul Younger, porra! Victor não poderia ter mencionado dois nomes mais dolorosos, por mais que tentasse.

– Billy Stevenson? – repetiu Gavin, na esperança de ter escutado mal, de alguma forma.

– Ela fez isso pra se vingar do meu namoro com a Lizzie McIntosh.

Então, Victor também comera Lizzie. Gavin gostava de Lizzie. Sabia que ela dava bastante. Não chegava a ser surpresa que ela e

Victor tivessem namorado. Era estranho. Até poucos minutos, Gavin jamais pensara que ele e Victor meteriam os paus no mesmo lugar, além dos mictórios de boates, bares ou estádios. Agora eles haviam transado não com uma, mas com pelo menos duas das mesmas mulheres. Ele começou a pensar sobre outras garotas que já namorara, e que Victor talvez conhecesse. Edimburgo era um lugar da porra: todo mundo já comera todo mundo. Não era de admirar que a Aids se espalhasse tão rapidamente. Eles culpavam a heroína, mas a promiscuidade era tão culpada quanto. Só podia ser. Era um mito a história de que os viciados não tinham vida sexual. No abrigo havia um monte de gatas cuja única injeção fora de carne, e que podiam testemunhar contra isso. Pensou em seu velho amigo Tommy, já falecido, ex-namorado de Lizzie, e em sua paranoia depois de transar com ela no ano anterior. Mas não podia perguntar a ela. Não sobre ela e Tommy. Ele sabia que Tommy e Lizzie haviam se separado antes de Tommy ficar viciado, mas precisava fazer o teste. Os demônios vinham à noite. Eles sempre vinham.

— Para mim aquilo não significou porra nenhuma, cara, foi só uma trepadinha, sacou? Sabe como é quando a gente está cheio de ecstasy — continuou Victor. Gavin se pegou assentindo, e parou quando a coisa pareceu autoincriminadora demais. Victor não perdeu a oportunidade. — Mas deve ter sido assim entre você e ela, né?

— Não, não foi! Não foi porra nenhuma assim!

— Bom, mas é melhor você lembrar do troço assim, parceiro, porque acabou.

— Não, o que acabou foi a porra do troço entre você e ela, isso é que acabou, Vic. Não é a mesma coisa que ela transar com um idiota feito o Billy Stevenson ou com um babaca feito o Younger... só era uma trepadinha pra aqueles putos, mas agora foi com alguém que se importa com ela, certo?

— Certo é o caralho! Vá procurar uma porra de gata para se importar com ela! Essa é minha! Eu amo a Sarah!

– *Eu* amo a Sarah, porra!

– Você só conhece a Sarah há cinco minutos, porra! Três anos, porra! – Victor bateu no peito com o punho fechado. – Três anos, porra!

Ormiston, o dentista, entrou correndo na sala.

– Por favor! Não façam barulho, ou então vão embora! Preciso extrair dois sisos aqui.

Gavin levantou rapidamente a mão para silenciar o dentista, e depois levantou-se confrontando Victor.

– Sou eu e ela agora, seu puto! Certo?! Vá se acostumando com isso, porque é assim que vai ser, porra!

Victor se levantou. Gavin recuou, e Victor socou o ar à sua frente.

– É PORRA NENHUMA!

– Muito bem! Fora daqui! Vou chamar a polícia – gritou o doutor Ormiston. – Fora daqui! Já! Podem esperar lá fora! Caiam fora do meu consultório! Estou tentando extrair dois sisos...

A voz do dentista se desintegrou num apelo triste e aturdido. Relutantemente, Victor e Gavin se arrastaram para fora. Pararam afastados um do outro, e então Gavin sentou nos degraus, enquanto Victor continuou encostado no corrimão de ferro fundido do prédio em estilo georgiano.

Os dois ficaram se encarando por um minuto, e depois desviaram o olhar. Gavin viu-se dando uma pequena risada, que logo virou uma gargalhada incontrolável. Victor começou a fazer o mesmo.

– De que porra nós estamos rindo? – perguntou ele, balançando a cabeça.

– Isso é loucura total, cara, uma loucura da porra.

– É... vamos tomar um trago ali. – Victor apontou para um bar num porão na esquina.

Os dois entraram, e Gavin pediu dois canecões de cerveja. Achou melhor pagar, sentindo-se culpado por ter acertado o queixo de

Victor. Além disso, pelo que sabia, Victor estava desempregado, embora não houvesse se inscrito no seguro-desemprego de Leith.

Os dois se sentaram no canto, levemente afastados um do outro. Victor olhou intensamente para a cerveja borbulhante.

– A mim – disse, sem levantar os olhos. – Não vejo como você pode dizer que ama a Sarah. – Ele levantou a cabeça, como quem faz um pedido, e encarou Gavin. – Você estava cheio de ecstasy, cara.

– O troço aconteceu no dia seguinte.

– A droga ainda está no seu sistema.

– Não dura tanto assim. Nós não... nós não fizemos nada na noite passada... quer dizer, não consigo fazer amor cheio de ecstasy, quer dizer, posso fazer amor mas não consigo ficar de pau duro, se é que você me entende...

Gavin parou de falar, vendo o rosto de Victor se contorcer de raiva.

– Ainda não acredito que você ame a Sarah. – Ele agarrou a mesa, os nós de seus dedos embranquecendo.

Gavin deu de ombros. Depois, parecendo subitamente inspirado, falou:

– Olhe aqui, cara, dizem que o ecstasy parece uma droga da verdade. É dado a casais que estão em terapia e que...

– E daí?

– Daí que eu *realmente* amo a Sarah, porra. Posso provar. – Gavin puxou uma pequena bolsa de plástico do bolso da calça jeans, e hesitantemente tirou dali uma pílula que engoliu com um gole de cerveja. Fez uma careta e continuou: – É você que não ama a Sarah... ela não passa de um hábito seu, de que você não consegue se livrar. Medo de rejeição. É só isso, Vic, a porra de um ego machista. Tome uma dessas pílulas, e quando o barato bater me diga se ama a Sarah.

Victor olhou em dúvida para ele. – Não tenho grana, cara...

– Que se foda a grana, isso é importante, e é por minha conta!

Sentindo-se orgulhoso e caridoso, Gavin procurou outra pílula na bolsa.

— Então, vamos lá. — Victor estendeu a mão e pegou a pílula, que engoliu rapidamente.

O bar estava estranhamente deserto para a hora do almoço dominical: apenas um velho bebia um canecão de cerveja e lia jornal, parecendo um modelo de contentamento.

— Que calmaria aqui hoje, né, parceiro? — Gavin sorriu para ele.

O homem olhou-o com ligeira desconfiança.

— Gerência nova. Eles ainda não começaram a servir refeições.

— Certo...

Gavin foi até a vitrola automática, que estava desligada. Ouvia-se ao fundo uma fita de música suave. Era o *Greatest Hits*, do Simply Red. — Isso é uma fita — disse a Victor.

Victor fez uma careta de desconforto, antes de rodar no tamborete e partir célere para o bar.

— O que houve com a vitrola? — perguntou à moça que lavava copos atrás do balcão.

— Está quebrada — respondeu ela.

Victor meteu a mão no bolso na jaqueta de aviador, procurando uma fita. Era *Platinum Breaks*, da Metalheadz.

— Vamos, coloque isso ali para mim.

— O que é? — perguntou a moça.

— Baixo e bateria.

A mulher olhou um pouco consternada para o velho que lia jornal, mas cedeu e pôs a fita no aparelho.

Vinte minutos mais tarde, Victor e Gavin estavam chapados, sacudindo o esqueleto pelo bar deserto. O velho com o canecão de cerveja levantou o olhar para eles. Victor levantou os dois polegares para ele, que virou-lhe as costas. A música penetrava neles por todos os lados. Era uma pílula excelente.

— J. Majik. Espere até ouvir esse puto — gritou Victor para Gavin.

Depois de um tempo, eles se sentaram para relaxar e conversar.

— Uau, cara, essas pílulas são fortes pra caralho, melhores do que a merda que eu tinha ontem à noite — reconheceu Victor.

— É mesmo, são demais.
— Escute, parceiro, não se trata de você e eu, você saca isso, não é? — Victor estava com dificuldade para se expressar. Afinal de contas, tratava-se de Gavin e ele.
— Sabe de uma coisa, Victor? Estou sendo sincero, porque respeito você, cara. Sempre respeitei, e... pois é, eu amo você. Você é meu parceiro. Sei que sempre estamos acompanhados, por exemplo, pelo Tommy, quando ele estava aqui, por Keezbo, Nelly, Spud e toda a galera, mas isso é assim mesmo. Eu amo você, cara. — Gavin abraçou Victor com força e o amigo retribuiu.
— Também gosto de você, Gav... cara, você sabe disso. Pra dizer a verdade, você é um dos caras mais legais que conheço. Ninguém tem nada pra falar contra você, cara.
— Mas preciso dizer uma coisa: o Billy Stevenson... isso me chocou pra caralho...
— A coisa me doeu... realmente me doeu. Eu preferiria que ela tivesse trepado com qualquer outro imbecil da porra do que com aquele babaca.
— Eu também. Nunca engoli aquele punheteiro.
— Mas essa é a jogada dele: fica esperando que uma gata se sinta vulnerável, um pouco deprimida, e então entra com jogo pesado...
— Mas eu não sou assim — argumentou Gavin. — Não foi assim que aconteceu comigo e com a Sarah. Eu não teria me aproximado se não achasse que vocês tinham terminado, Vic. Nunca paquerearia a namorada de um amigo. Quer dizer, eu nem pensava nela até a noite passada, lá no Tribal, cara. Pode acreditar, cara, estou dizendo a você, porra. Juro pela vida da minha mãe.
— Acredito em você, cara, mas é difícil aceitar, depois de três anos...
— Mas, escute, amigo... tem certeza de que ainda existe amor? Ou a coisa simplesmente azedou? Talvez você esteja apenas se agarrando à coisa, por qualquer razão, talvez saiba lá no fundo da alma... quer dizer... como aconteceu comigo e com a Lynda, cara... Preciso

ser honesto, foi como... a coisa acabou, já era, mas fiquei agarrado ali. Não sei para quê, mas fiquei.

Victor refletiu por uns instantes, ainda abraçado a Gavin, porque parecia importante fazer isso. A dor no maxilar virara uma pulsação deliciosa. Ele tinha o braço em torno dos ombros de Gavin, e a pulsação do maxilar parecia refletir uma profunda comunhão. Talvez fosse possível, talvez tudo realmente já houvesse acabado entre ele e Sarah. Eles andavam tendo brigas terríveis. Havia entre os dois uma desconfiança tensa e, desde que a infidelidade de ambos fora revelada, parecia mais do que um simples mal-estar que eles conseguiriam superar. Talvez ele precisasse se desapegar, seguir em frente.

A música de Photek chacoalhava em torno deles.

– Que fita do caralho – reconheceu Gavin.

– Metalheadz é a porra do melhor, cara. Aqui na Escócia nunca viram bateria e baixo, cara, não tem bateria e baixo de verdade.

Gavin sabia que Victor ia a Londres pelo menos uma vez por mês para as sessões de domingo do Metalheadz no Blue Note. Nunca curtira aquela vibração antes, sendo mais da linha garage e soul, mas agora a coisa ficara óbvia. Era música de filme. Do filme deles. Dois amigos, dois camaradas, dois guerreiros que torciam pelo mesmo time, batalhando pelo coração da mulher linda que ambos amavam. Aquilo era a trilha sonora daquele filme horrível, mas maravilhoso. Vida. Era uma tolice doentia, mas esplendorosa.

– Escute, parceiro, haja o que houver entre nós e Sarah, eu quero que continuemos amigos. Quero ir com você a uma das sessões do Metalheadz, em Londres.

– Beleza. – Victor deu um forte abraço em Gavin.

Gavin beijou Victor no maxilar.

– Desculpe, cara, desculpe ter batido em você, Vic.

– Preciso admitir, Gav, foi uma porrada. Primeira vez que vi você abotoar um puto. Sempre pensei em você como um gigante gentil. O Spud falou que na escola você era um mauriçola, mas isso era a cara dele. Um puto da porra, mas é bom ter o pé atrás com o que ele fala. Pra ser sincero, eu fiquei um pouco chocado, cara. A porra do Gav, cara... cacete! – Victor esfregou o maxilar. – Mas vou dizer uma coisa, Gav, agora a porra da coisa está boa pra caralho, a pulsação e tudo o mais.

– Que bom. Fico contente por ver... um troço positivo, saca o que estou dizendo? Estou contente por ter feito algo positivo pra você, cara. Quer dizer, isso é tudo o que eu quero fazer na vida, cara, espalhar uma vibração positiva. É minha única ambição. E o que eu faço? Bato num amigo. Esse não sou eu, Vic, você sabe que não sou eu. – Gavin balançou a cabeça e lágrimas encheram seus olhos.

– Sei disso, Gav. Escute, Gav... amor, cara, essa é a porra da coisa. – Victor estendeu a mão e Gavin apertou-a, depois a ficou segurando, abriu-a, deixando o dedo indicador traçar a linha da vida, longa e profunda, na palma de Victor, que insistiu: – Vamos ver o que ela quer fazer, vamos deixar o amor decidir.

Gavin olhou para as pupilas claras e abertas de Victor. A alma dele era pura, não havia duplicidade ali.

– Vamos fazer isso – sussurrou e depois abraçou Victor de novo.

– Certo – concordou Victor, abrindo um grande sorriso.

– Ao vitorioso, os despojos – disse Gavin em tom grandiloquente, e depois riu. – Ao gavinoso, os despojos! Bem... que vença o melhor puto!

Eles encostaram os copos, brindando.

O doutor Ormiston tinha Sarah na cadeira, e olhava para ela, que, enervada, olhava para o teto. Era uma garota encantadora, sem dúvida: as pernas compridas naquela minissaia, as mãos cruzadas sobre o que parecia ser um peito muito bonito, e a cabeleira castanha puxada para trás, feito uma cascata, sobre o encosto da cadeira. Sim, admitiu, era compreensível aquele bafafá entre os dois garanhões. O dentista sentiu um estremecimento no peito quando o perfume dela chegou a suas narinas. Nada era melhor do que a carne suculenta de uma mulher jovem, pensou ele, passando a língua pelos lábios.

– Abra mais – arquejou ele, sentindo a pulsação aumentar e o pau ficar duro.

Não havia broca, pensava Sarah, ainda bem que não havia a porra da broca. Mas havia o bisturi, e o som que o instrumento fazia, picotando, sondando, abrindo e serrando sua carne. Ela não sentia o dano, mas podia ouvir o estrago.

Uma linda boca. Era o que Ormiston mais notava numa mulher. Lábios cheios, dentes fortes e brancos. Entretanto, havia um pouco de negligência lá dentro. Um desperdício vergonhoso. Uma mulher como aquela devia passar fio dental.

Sarah olhou para os olhos do dentista, de um azul-elétrico intenso, e para os pelos brancos das sobrancelhas, que se juntavam no meio do rosto. Parecia que ele olhava direto para dentro dela, compartilhando um estranho tipo de intimidade, de um modo que nenhum homem jamais fizera. Ela via sua própria boca no espelho dele. Mas não a cárie. Não conseguia olhar para a cárie. Nem para o boticão... principalmente o boticão. Alguma coisa dura cutucava sua coxa. Talvez fosse o braço da cadeira. A respiração do dentista estava se tornando irregular devido ao esforço. Ormiston era seu salvador, o homem que a libertaria daquela doentia dor difusa. Aquele homem, com sua educação, sua perícia, e, sim, sua compaixão, pois um homem capaz de ter sucesso na prática dentária certamente poderia ter escolhido um ramo mais lucrativo. Quanto ganhavam os dentistas? Aquele homem afastaria dela a infelicidade, e tudo voltaria a ser como antes. Victor nada faria. Gavin nada podia fazer, mas aquele homem afastaria a dor.

– Isso precisa sair agora. – Ele puxava e torcia, cortando a carne dormente por trás das gengivas. Era uma pena perder aqueles sisos, e Ormiston sempre lamentava o que sombriamente denominava a morte de um dente. Mas naquele caso não havia alternativa. A garota simplesmente tinha dentes demais na boca. Era fundamental extrair os dois sisos. Ele inclinou-se sobre Sarah e deixou a mão livre descansar sobre o quadril dela. Ela se encolheu um pouco, e ele pediu desculpas. – Desculpe, eu só estava procurando um ponto de apoio.

O tubo de sucção extraía a saliva da boca de Sarah. Ormiston moveu a mão livre para cima e ficou passando preguiçosamente o tubo pelo interior da boca, escarafunchando cada cavidade, extraindo todos os doces sucos dela. Ah, Deus!, que boca maravilhosa... Ele não conseguia parar de imaginar sua própria língua naquela boca: a língua limpa, pontuda e esquadrinhadora de um homem que usava todos os produtos dentais de eficácia comprovada, e não os falsificados do mercado... Deixou a mão descer... Por que ela usava aquela saia? Podia sentir-lhe a coxa nua, e os pelos nas costas de sua mão se eriçando... Começou a imaginar sua mão entre as pernas dela, e os dedos dentro da calcinha de algodão, engolidos por aquela boceta faminta... Com mais uma torcida, o dente saiu livre no boticão, enquanto ele ejaculava na calça...

– Esse foi difícil – arquejou, sentindo o pau soltar esperma espasmodicamente dentro da calça. Virou-se de lado, enquanto a porra jorrava na flanela, e o pau duro pulsava. Tentando se recompor, disse em tom ofegante: – Ah... ah... uma boa extração...

Sarah sentiu-se desconfortável e começou a murmurar algo, mas recebeu ordem de ficar calada. Ormiston trabalhou no segundo dente, que acabou extraindo com mais facilidade do que o primeiro.

Ele teve muito cuidado em limpar e tamponar os ferimentos. Sarah sentiu a boca dormente quando cuspiu no vaso, mas também um enorme alívio.

– Achei melhor extrair os dois ao mesmo tempo, para que você não passasse pela mesma encrenca de novo, em pouco tempo – explicou Ormiston.

– Obrigada – disse Sarah.

– Não, o prazer foi todo meu... Quer dizer, você tem dentes lindos e realmente devia passar fio dental neles. Agora que os sisos foram arrancados, eles não vão ficar tão espremidos uns contra os outros. Não há desculpa agora! Use fio dental!

– Certo, vou fazer isso – concordou ela.

– Dentes maravilhosos. – Ormiston estremeceu. – Não admira que aqueles dois rapazes estejam brigando por você!

Sarah enrubesceu e se sentiu mal por isso. Mas era apenas o jeito do dentista. Ele não estava maldando a coisa, era um profissional; para ele, era mais uma boca.

Como Ormiston *era* um profissional, nunca deixava que considerações estéticas ou sexuais tivessem precedência sobre questões financeiras, e logo se recompôs o suficiente para cobrar de Sarah cento e vinte libras, que ela pagou com um cheque.

– Quero ver você daqui a quinze dias. – Sorriu Ormiston. – Infelizmente, como é uma consulta de emergência, não temos recepcionista de plantão. Mas se você me der seu endereço e telefone, providenciarei para que seja marcada uma nova consulta.

– Obrigada – falou Sarah. Nem mesmo a perda do dinheiro afastava a sensação de alívio. – Desculpe ter tirado você de casa num domingo. Espero não ter estragado seu dia.

– Absolutamente, minha querida, absolutamente. – Sorriu Ormiston. – Ele ficou vendo Sarah sair, e fez uma careta ao contemplar o tédio mentalmente entorpecedor de uma tarde familiar de domingo em Ravelston Dykes. – Foda-se – sibilou baixinho, e depois foi ao toalete se limpar.

Sarah ouviu alguém chamar seu nome. Olhou para o outro lado da rua e viu Victor e Gavin parados diante do bar. Foi até os dois, que olhavam para ela com admiração, mas pareciam estranhamente em paz um com o outro.

– Como foi? – perguntou Gavin. – Você está legal?

– Muito melhor, só um pouco dormente. Ele arrancou meus dois sisos.

– Entre e sente – implorou Victor.

Quando Sarah entrou no bar e se sentou, Gavin deu-lhe um grande abraço. Foi uma sensação um pouco estranha para ela. Para Gavin, foi maravilhoso abraçá-la, cheirar seu cabelo perfumado e sentir seu calor. Depois ele viu Victor com o canto dos olhos e se sentiu mal ao perceber o outro excluído. Puxou Victor na direção deles, e os três deram um abraço geral, com Sarah se sentindo constrangida e envergonhada no meio.

– Sarah... Victor... Sarah... Victor – murmurou Gavin, beijando o rosto dos dois alternadamente.

Do outro lado do bar, ele viu o velho com o canecão de cerveja, e sorriu, num constrangimento afável. O velho desviou o olhar, irritado. Dois sujeitos mais jovens entraram, olharam, deram de ombros e sorriram.

– Sarah... Sarah... Sarah – começou Victor, num mantra triste.
– Gata, sinto muito. Sou um panaca, um panaca da porra.

Sarah achou difícil contestar essa afirmação.

– Eu amo você, Sarah. Estou apaixonado por você – resmungou Gavin no outro ouvido dela.

Por alguns instantes, Sarah teve a impressão de que aquilo era como enfiar um monte de tabletes de After Eight na boca: você ficava extasiada pela súbita doçura da coisa, até se ver tomada por enjoo e autodesprezo.

– Saiam de perto de mim, porra! – fuzilou ela, recuando. Olhou para as mãos erguidas de Victor e os tristes olhos saudosos de Gavin.
– Vocês estão cheios de ecstasy!

– Eu amo você, Sarah, é verdade – insistiu Gavin.

– Eu amo você, mas acho que a coisa não está funcionando. Quero que você seja feliz, e se esse cara aí está fazendo você mais feliz do que eu, bom, então que seja. Mas quero saber... qual é o lance, gata?

O lance é que aquelas coisas estavam invadindo o espaço de Sarah, como plantas imensas e horripilantes, serpenteando em torno enquanto a ressaca se instalava, e seus nervos retorcidos e expostos se rebelavam contra a insinuação dos dois. Eles não percebiam; era como se ela não existisse como pessoa, apenas como uma coisa a ser disputada. Um território. Uma terra. Uma possessão. Victor era assim. Ele era assim. Quando os dois haviam voltado, depois que Sarah namorara aquele sujeito do Yip Yap, ele a fodera com grosseria, desregradamente, em todos os orifícios, como que recuperando território perdido, sem qualquer ternura ou sensualidade. Sarah ficara deitada ali no chão, tentando esconder as lágrimas que sabia que Victor vira, mas não tomara conhecimento. Ela se sentira como se houvesse sido espancada, punida e usada; como se ele houvesse tentado lhe arrancar qualquer coisa que o outro sujeito pudesse ter deixado lá dentro. E aquilo era só sexo. De jeito nenhum Sarah se deixaria colocar outra vez como alvo da política sexual de terra arrasada de Victor. Ele e Gavin juntos. Agora em conluio. A princípio seria um conflito territorial, mas os irmãos fraternais já haviam percebido que a coisa não se resolveria pela força. Vamos nos sentar em torno da mesa e resolver isso. A única coisa que faltava era o ponto de vista dela.

A coisa não era entre (a) larga Victor e se apaixona por Gavin, vivendo feliz para sempre, e (b) fode com Gavin, mas percebe o erro e volta para Victor, vivendo feliz para sempre. Era (c) largou Victor e fodeu com Gavin. Tempo passado em ambos os casos. Está tudo acabado, seus bobinhos, totalmente acabado, porra, seus imbecis tristes, automitologizantes e egoístas.

Ela levantou-se e balançou a cabeça, livrando-se deles. Era demais. Olhou para Victor.

– Você é um panaca, tem toda a razão. Caia fora da porra da minha frente. Quantas vezes preciso dizer isso a você? Acabou! – Virou-se furiosa para Gavin, cujos olhos estavam ainda mais pesarosos. – E você... nós demos a porra de uma trepada, mais nada. Se foi algo mais para você, diga pra *mim*, não pra ele, e faça isso quando não estiver completamente dopado. Agora vão se foder e me deixem sozinha, os dois!

Ela se levantou e seguiu na direção da saída do bar.

– Telefono pra você à noite. – Gavin ouviu sua voz estalar como uma lâmpada, e a palavra "noite" soar incompreensível.

– Vá se foder! – exclamou ela, furiosa, fazendo uma expressão de desprezo e indo embora.

– Bom, é isso – disse Gavin, virando-se para Victor com um ligeiro ar de satisfação. – Você foi descartado de vez, mas eu ainda estou no jogo. Só vou ver Sarah quando estiver lúcido, pra mostrar a ela como são as coisas.

Victor balançou a cabeça.

– Você não conhece Sarah. Não foi assim que eu entendi a coisa.

Eles discutiram um pouco, enfatizando cada ponto de vista com amistosos apertos nos punhos um do outro, para manter aquela comunhão.

A certa altura, entrou no bar um homem que ambos reconheceram. Era o dentista, o doutor Ormiston. Ele comprou uma caneca pequena de cerveja e sentou-se a uma mesa perto deles, lendo o *Scotland on Sunday*. Notou os dois pelo canto do olho. Gavin sorriu e Victor levantou o copo. Ormiston retribuiu com um sorriso desanimado. Eram os dois garanhões. Onde estava a garota?

– Desculpe o barraco, parceiro – disse Victor. – Aposto que você ficou putaço com aquilo, não foi?

– Desculpe, não entendi. – Ormiston pareceu intrigado.

– A gente não queria envolver você naquela bobagem lá no seu consultório. Mas você deu jeito nela, né?

– Ah, sim. Bem difíceis, mas extrações de rotina. Dentes de siso podem ser complicados, mas foi tudo normal.

Victor se aproximou de Ormiston.

– Mas que emprego você tem, hein, parceiro? Eu não conseguiria fazer aquilo. Ficar olhando para as bocas dos putos o dia todo. – Ele virou-se para Gavin. – Eu é que não queria isso!

Gavin olhou pensativo para o dentista.

– Dizem que é preciso tanto treinamento para ser dentista quanto para ser médico. É isso mesmo, parceiro?

– Na verdade, é – começou Ormiston, com ar levemente autojustificativo de um homem que considera sua profissão incrivelmente mal compreendida pelos leigos.

– Merda! – interrompeu Victor. – Vão se foder os dois! Um dentista só tem uma boca para tratar, enquanto os putos dos médicos têm o corpo todo! Não venham me dizer que um dentista precisa da mesma quantidade de treinamento que um médico!

– Não, mas não é a mesma coisa, Vic. Por essa porra de lógica, um veterinário precisaria de mais treinamento do que um médico, porque ele tem que entender não só de humanos, mas de gatos, cachorros, coelhos e vacas... da fisiologia de todos esses animais diferentes.

– Eu nunca falei isso – insistiu Victor, agitando o dedo para Gavin.

– Só estou dizendo que são os mesmos princípios envolvidos aqui, porra, é só isso que estou dizendo. Para cuidar de uma criatura inteira é preciso mais treinamento do que para cuidar de uma parte de uma única criatura. É isso que estou dizendo, certo?

– É, certo – admitiu Victor, enquanto Ormiston tentava voltar a ler o jornal.

– Então, pela mesma lógica, cuidar de criaturas diferentes exigiria mais treinamento do que cuidar de uma única criatura, certo?

– Huum, huum, huum – interrompeu Victor a fala do outro. – Uma coisa não depende da outra. É da sociedade humana que estamos falando aqui, certo?

– E daí?

– Daí que não é a porra de uma sociedade de cães ou uma sociedade de gatos...

– Espere aí. O que você está dizendo é que, na nossa sociedade, a espécie humana é a mais valiosa, de modo que o nível de investimento no treinamento das pessoas que cuidam dos humanos...

— Tem que exceder o nível de investimento no treinamento de pessoas que cuidam de animais. Só pode ser assim, Gav. — Victor se virou para Ormiston. — Não estou certo, parceiro?

— Sim, acho que é uma tese — respondeu o cirurgião-dentista, distraído.

Gavin ficou pensando sobre o assunto. Havia ali algo que o incomodava. O modo como as pessoas tratavam os animais estava errado. E ele também nem mesmo alimentara a porra do gato. Naquele barato de dois dias, esquecera a promessa que fizera à mãe: ir à casa dela e dar comida ao gato. Ela estava visitando a irmã em Inverness. E era maluca pelo gato. Frequentemente chamava o animal de Gavin, por engano, coisa que o magoava mais do que ele deixava transparecer. Sentiu um assomo de culpa.

— Escute, Vic, tenho que ir. Você acabou de me lembrar, falei que ia à casa da minha mãe alimentar o gato. Foi a última coisa que prometi. — Ele se levantou e Victor também. Os dois se abraçaram de novo. — Sem ressentimentos, hein, parceiro?

— Nada, cara... só espero que ela volte pra você — disse Victor, com voz desanimada.

— Bom, amigo, você sabe o que eu sinto sobre isso — assentiu Gavin.

— É... se cuida, Gav. Jogamos em casa no próximo sábado. Aberdeen, a copa.

— É. O que significa que, na verdade, a temporada termina na próxima semana, se descontarmos a batalha do rebaixamento.

— É uma parada dura, amigo, mas algum puto tem que fazer isso. Vejo você lá no Four-in-Hand.

— Certo.

Gavin virou-se, saiu do bar e foi subindo a ladeira da rua Hanover. Os efeitos do ecstasy estavam se esvaindo e um estremecimento percorreu seu corpo, embora não estivesse frio. Ele puxou do bolso um panfleto da boate. Escritos no papel estavam o nome SARAH e um número de telefone com sete algarismos. Ele devia poder simplesmente telefonar para aquele número. Aquilo era amor. Era. Não devia ser preciso ter um lugar e um momento ideais para expressar aquilo. Devia simplesmente acontecer.

 Gavin viu um telefone público, ocupado por uma mulher asiática. Ele queria que ela terminasse logo aquele telefonema. Mais do que qualquer outra coisa. Então, percebeu seu coração disparado no peito. Não podia falar com Sarah daquele jeito; foderia tudo de novo. Desejou que a mulher permanecesse ao telefone para sempre. Então, ela descansou o fone no gancho. Gavin virou-se e desceu a rua. Aquela não era a hora. Era hora de ir à casa da mãe e alimentar Sparky, o gato.

EU SOU MIAMI

Para Dave Beer

1

No jardim luxuriante, os olhos de Albert Black brilhavam enquanto ele, sentado, bebericava o copo de chá gelado. A fauna e a flora daquela zona tropical lhe eram estranhas; um pássaro preto e vermelho chilreou um aviso beligerante de seu ponto dominante num eucalipto, antes de se lançar ao ar. Black pensou rapidamente em presságios, embora a ideia de augúrio fosse romanista demais, pagã demais para seu gosto, antes de voltar a atenção para as palmeiras, que oscilavam na brisa fresca. Isso levou sua linha de visão para fora, para o azul-elétrico da baía de Biscayne e, além, para os arranha-céus do centro de Miami, brilhando fortemente ao sol da manhã. Ele considerava de mau gosto aqueles edifícios altos. Os Estados Unidos pareciam, a despeito do fervor de seus evangelistas matutinos na televisão e da beatice obrigatória dos políticos, ser o mais ímpio dos lugares que ele já visitara. Quando olhou para a nova e emergente zona financeira, relembrou vagamente o brilho de magnésio da primeira nave Apolo, lançada de um local perto dali: a caminho da lua, e todo o tempo afastando-se do paraíso.

Levantando o copo de chá, Black percebeu seu reflexo no vidro. Apesar da idade avançada, seu rosto mantinha a estrutura ossuda, angular, e a aparência pálida. Pequenos tufos de cabelo grisalho, cortado rente, cresciam de cada lado da cabeça, cujo topo brilhava feito couro rosado. Examinou os antigos óculos pretos e grossos, apoiados no nariz aduncо: cobriam olhos pequenos e escuros, que ainda brilhavam combativamente, a despeito do *pathos* neles aparente, que parecia suscitar solidariedade. Mas ele era a única pessoa ali que podia oferecer isso, o que certamente não estava em sua natureza. Black afastou a fraqueza do rosto apertando a boca, e pousou o copo na mesa de jardim branca, de ferro forjado.

Havia o problema de conseguir que William e Christine se aprontassem para a igreja. Todo domingo, sempre o mesmo problema, os pés se arrastando, a protelação. Ninguém, nem mesmo Marion, parecia compreender realmente a questão da pontualidade, e que nós precisávamos dar um bom exemplo. Grosseria com Deus, chegando com atraso à Sua casa, não era algo aceitável. Atraso em geral era uma maldição, um jeito de roubar ou desperdiçar tempo...

Albert percebeu o surgimento de uma familiar força maligna em suas entranhas, e tentou suprimi-la, triturando o vazio com os dentes, já sentindo a ardência terrível lá dentro. Aquilo era sempre mais forte quando ele relutantemente acordava para um novo dia e era sabotado pelo choque cruel da expectativa, aquela esperança de que ela, de algum jeito, voltaria.

Mas Marion se fora.

Quarenta e um anos de casamento terminados, e a melhor parte de si mesmo destruída. Black observara, impotente, como o câncer a emagrecera e esvaziara, devorando-a por dentro. Ele olhou para a baía. Podia ter naufragado, debatendo-se sem destino naquelas águas, pois era assim que se sentia agora sob o ar pesado e quente à sua volta. Nada restara; até mesmo seus princípios básicos e sua fé oscilavam, incertos.

Por que Marion? Por quê? Por que, Santo Pai?

Mas era certo esperar um Deus justo? Fazer isso não era apenas exibir a vaidade de quem procurava se elevar no grande plano das coisas? Era presunção esperar justiça individual, quando éramos abençoados por ser parte de algo maior e imortal!

Mas será que éramos?

Sim! Perdoai minhas dúvidas, ó Pai!

O pássaro voltara, lançando seu olhar agudo e penetrante para Black, antes de chilrear com crescente hostilidade.

– Sim, meu amigo, eu ouço você.

Sim. É difícil sermos justos com membros de outras espécies nesta terra, mas somos muito piedosos quando nossa mortalidade é perturbada por poderes maiores do que nós.

O pássaro pareceu satisfeito com a resposta, e voou para longe.

Mas, Marion... um mundo cheio de pecadores, e Ele tomou você de mim!

Por mais escândalos do Antigo Testamento que Albert Black tentasse lembrar em seu desprezo pelo que via como a fraqueza desesperançada de sua própria espécie, o rosto de Marion sempre aparecia em sua mente. Até mesmo ausente, sua graça tinha o poder de sufocar a fúria dele. Mas, desde a morte dela, Albert fora forçado a reconhecer uma lição dolorosa, embora agridoce: era sempre *ela*, não Deus. Via isso agora. Fora o amor dela, não sua própria fé, que o purificara e salvara. Que o redimira. Que dera sentido a sua vida.

Albert sempre a visualizava ainda jovem; exatamente como a vira quando os dois haviam se conhecido na igreja de Lewis, numa tarde fria e cheia de ventos de um domingo de outubro. E, agora, depois da partida dela, ele sentira a deserção de mais uma companheira da vida inteira. Por mais capítulos e versículos do livro santo que recitasse, por mais salmos que lhe viessem à cabeça, por mais que ele tentasse desviar sua raiva para seus semelhantes, especialmente os incréus, judas e falsos profetas, Albert Black precisava reconhecer que tinha raiva do Criador, por causa da ausência de Marion.

Distante da filha, Christine, que morava na Austrália, Black descobrira que vir para a Flórida e se juntar aos remanescentes de sua família lhe oferecera bem menos consolo do que poderia imaginar. Seu filho, William, era contador: uma profissão tradicional e nobre para um escocês protestante. Mas trabalhava na indústria cinematográfica. Black sempre associara aquele negócio de mau gosto à Califórnia, mas William explicara que alguns dos maiores estúdios agora mantinham operações lá na Flórida, para aproveitar os incentivos fiscais e o clima. Entretanto, para Albert, era claro que o filho se deixara enredar pelas armadilhas decadentes daquela indústria maligna.

Bastava pensar naquela casa e em sua extravagância doentia. A residência era em estilo caribenho, iluminada feericamente, e plantada à beira-mar: as janelas de vidro reforçado erguiam-se desde os assoalhos de madeira de lei ou azulejados até os tetos de três metros de altura; os cinco dormitórios tinham banheiros e closets, que mais pareciam quartos de tão grandes. A cozinha exibia bancadas de pedra e acessórios concebidos por designers: geladeira, freezer, equipamentos de aço inoxidável, lavadora-secadora. (Italiana, dissera William. Albert declarara desconhecer que as cozinhas possuíam nacionalidades.) Havia cinco banheiros luxuosos, todos com bancadas de mármore, banheiras, chuveiros, vasos e bidês. O maior ficava no quarto principal, que William compartilhava com a esposa, Darcy, e ostentava uma grande banheira Whirlpool, instalada num patamar elevado, obviamente planejada para receber mais de uma pessoa, numa decadência romana. Havia uma sala de ginástica, com equipamentos de última geração, um escritório, uma biblioteca e uma adega montada. Nos fundos, ficava um jardim em vários níveis, desenhado por um paisagista, com luxuosos equipamentos de água, acesso direto à baía e um deque, que abrigava um barco de bom tamanho, além de uma garagem para quatro carros, do tamanho de uma velha casa de família em Edimburgo. Quando William conversava ao telefone com parceiros de negócios ou amigos, Albert tinha a impressão que ele falava outra língua.

A mulher de William, Darcy (Black vivia lutando para afastar imagens dela e do filho transando nus naquela banheira), fora uma mocinha tão gentil, tudo o que ele poderia querer como nora. Albert ainda se lembrava da ocasião em que a jovem estudante americana tímida e séria, e, acima de tudo, temente a Deus, lhes fora apresentada pelo filho, na velha casa em Merchiston, cerca de vinte anos antes. Estudante de um programa de intercâmbio, Darcy supostamente era uma cristã fervorosa. Mas quantas vezes, pensou Black, ele a vira desde aquele primeiro encontro? Talvez meia dúzia. Depois, quando ela e William se formaram, ficou entendido que eles se casariam e iriam morar nos Estados Unidos.

Agora Darcy parecia diferente: agitada, furtiva, dominadora e mundana. Albert ouvia a nora tagarelando com amigas que chegavam e tomavam bebidas alcoólicas durante o dia. O riso estridente delas feria seus ouvidos, enquanto elas contavam, de modo nauseante, as compras de bugigangas que pareciam adquiridas puramente pelo prazer da propriedade, e não da utilidade.

Albert Black achava que não lhe cabia comentar esse desconforto. Afinal de contas, ao buscá-lo no aeroporto, William imediatamente lhe informara que eles não frequentavam mais a igreja. Obviamente, o filho andara pensando nessa declaração, que tinha o tom postiço de algo ensaiado. É claro que a pílula fora dourada: ele alegara que, em Miami, a Igreja da Escócia não era adequada, e que as igrejas evangélicas protestantes americanas estavam repletas deególatras e falsos profetas. Mas Albert Black encarara os aguados olhos cinzentos do filho e percebera a traição.

Ele não tinha grande relacionamento com o neto adolescente, Billy. Fizera um esforço durante a infância do garoto, até mesmo tentando entender beisebol, mas como se poderia levar a sério uma nação cujo esporte nacional era aquele? Na Escócia, Albert levara o garoto para assistir ao futebol, e ele gostara. Mas agora Billy já crescera. Tinha uma namorada... do México ou de algum lugar assim. Eles haviam lhe contado de onde ela era, mas Black não conseguia se lembrar. Só registrara os olhos críticos, e aquele sorrisinho maroto preso aos lábios. Bonita, sim; mas de uma maneira muito leviana. Uma garota assim sempre criava encrenca para um rapaz. E aquela música que eles tocavam! Certamente era caricatura chamar de música aquela coisa barulhenta, destituída de arte, e monótona, continuamente estrondeando do quarto dele, no porão. Billy parecia ser o usuário único daquela área, que corria por toda a extensão da casa. Vivia como uma toupeira, quando havia dormitórios perfeitamente bons que ele podia preferir. William e Darcy pareciam não se importar, nem mesmo ouvir o contínuo alarido cacofônico. Mas também eles passavam a maior parte do tempo fora de casa. Albert se recordava de que haviam murmurado alguma tolice sobre a necessidade de privacidade de Billy, quando fora visitar a casa pela primeira vez.

Assim, depois de duas semanas no "Estado do Sol", decididamente faltava contato humano. A rotina de Albert Black consistia em passar o dia inteiro sentado na sombra, nos fundos do jardim que dava para a baía, lendo a Bíblia e esperando que a família chegasse em casa. Darcy preparava uma refeição, e eles oravam à mesa, mas Albert tinha a sensação de que aquilo era apenas por sua causa. Depois ele ia dar uma pequena caminhada, antes de sentar diante do monstruoso telão de plasma. Quando ia para a cama, totalmente exausto, sua cabeça latejava devido aos mil canais de anúncios, com nesgas de programas espremidos entre eles.

Se recolher.

Sua frase-chave: acho que vou me recolher.

Passei a vida inteira me recolhendo.

Albert levantou o olhar e viu um grande navio de cruzeiro, branco, entrando na baía. O barco parecia um bloco do conjunto residencial onde ele ensinara. Por dentro, Albert supunha que as cabines deviam ser bastante luxuosas. Talvez a diferença principal em relação ao conjunto residencial, contudo, fosse a mobilidade. Provavelmente o navio vinha do Caribe. Albert achava difícil pensar em lugares assim; na sua imaginação, eles nunca pareciam vívidos. Era o Canadá que ele sempre considerara exótico. Por muito tempo, pensara em emigrar para lá, quando Marion era moça. Mas sentira obrigação de trabalhar em sua própria terra e entrara para a Guarda Escocesa, servindo no exterior durante três anos, antes de voltar para a capital da Escócia: formara-se em teologia e filosofia na

Universidade de Edimburgo, optando por se dedicar à educação na Faculdade de Treinamento de Professores Moray House.

Albert entrara no sistema educacional com um zelo knoxiano, acreditando ser importante para um escocês protestante continuar a grande tradição democrática de prover a melhor educação possível para as crianças mais pobres. E chegara à então nova escola de curso abrangente do conjunto residencial, construída nos anos sessenta, com grandes esperanças de formar missionários, pastores, engenheiros, cientistas, médicos e educadores como ele próprio, para fazer do lugar um bastião do Iluminismo escocês. Mas, refletia Albert agora, debaixo do sol inclemente, que se filtrava por entre as palmeiras trêmulas, suas aspirações eram lunáticas. Datilógrafos e operários; era isso que eles produziam aos montes. Pedreiros, balconistas e, mais tarde, quando até esse tipo de trabalho minguara, pequenos gângsteres e traficantes. Hoje em dia, a escola nem mesmo conseguia desencavar um jogador de futebol decente. Jamais pudera se vangloriar de um Smith, um Stanton, um Souness ou um Strachan, embora um ou dois ex-alunos tivessem feito do futebol seu meio de vida. Mas agora nem isso.

É claro, Albert conhecia o material com que trabalhava: pobreza, deficiência social, lares desfeitos e baixas expectativas. Lutava para fornecer, dentro dos portões da escola, uma estrutura disciplinar e ética que pudesse compensar a imoralidade ilegal em torno do conjunto residencial. Por causa disso, fora ridicularizado, transformado em alvo de gozação não só por seus alunos, mas também pelos outros membros do corpo docente e pelos marxistas da comissão educacional de cidade. Fora traído até mesmo por seus colegas da Associação de Professores Cristãos: constrangidos pelo zelo de Albert, eles haviam deixado de apoiar seus protestos contra a aposentadoria compulsória precoce que lhe fora imposta.

Precisamos ter educação social e conhecimento religioso!

2

Ela queria ter aceitado o conselho dele e recebido a passagem de primeira classe que ele lhe oferecera. A viagem de Sidney a Los Angeles e Miami estava sendo um pesadelo. A classe econômica teria sido aceitável, se não fosse pelo garotinho que a encarava por sobre o encosto do assento da frente, sem desviar o olhar, a despeito das tentativas dela de permanecer mergulhada no livro. E ao lado havia o irmão caçula, um bebê nos braços da mãe, que berrava e fazia cocô com vontade, enchendo a cabine do avião com gritos lancinantes e odores nauseabundos.

Apesar do alívio por não estar no lugar daquela mãe estressada (uma mulher, observou, não muito mais velha do que ela própria), Helena não se via disposta a ajudar. Não queria saber dos filhos de outras pessoas.

Recostada no assento, ignorando o garotinho e virando-se para a janela do avião, ela copiou a postura do homem que dormia a seu lado, fechando os olhos e deixando que Miami enchesse seus pensamentos. Tudo em que Helena Hulme conseguia pensar era no que aconteceria com seu amante. Ele era um homem generoso, descuidado demais com dinheiro, pensou ela, mas não teria sido justo deixá-lo pagar uma passagem de primeira classe. Não com o que ela tinha para lhe dizer.

3

O sol queimava inclemente sobre a baía, sem uma única nuvem no céu azul. Embora preferisse passear à noitinha, quando estava mais fresco, Albert decidiu dar uma caminhada, e saiu de baixo do guarda-sol. Olhou para o chapéu de panamá na mesa a sua frente. Sentiu-se um pouco idiota usando aquilo, mas tinha que proteger a calva do sol, e a alternativa do boné de beisebol oferecido por Billy estava simplesmente fora de cogitação. Presumindo que o chapéu fosse de William, ele o pegou novamente, e colocou-o na cabeça.

Satisfeito por sair de casa, Black foi, num passo constante, perambulando por Miami Beach, descendo pelo bairro *art déco* na direção de Ocean Drive. Seu problemático joelho direito estava enrijecido; o passeio o curaria ou o mataria. Lembrou-se do susto, numa tarde cinco anos antes, quando o joelho simplesmente cedera e o prostrara em estado de choque numa calçada da rua George apinhada de gente. Ficara perplexo e assustado ao ver que algo em que confiara por tanto tempo podia, numa fração de segundo, simplesmente lhe negar seus serviços até então mal valorizados e, no processo, transformar sua vida.

Mas o joelho estava aguentando. A despeito do intenso calor em suas costas, que fazia a camisa grudar desconfortavelmente na pele, Black conseguiu manter uma boa cadência, percorrendo uma distância razoável. Quando chegou a Ocean Drive, imediatamente cortou por entre a multidão de jovens posudos e turistas. Cruzou os canteiros cobertos de grama Bermuda e aproximou-se do mar. Ficou observando o Atlântico quebrando contra a areia amarelada. O mar estava calmo, com pequenas ondas rolando e lavando a orla banhada pelo sol. Já havia alguns banhistas se bronzeando ali. Mas a incipiente e vaga sensação de idílica felicidade de Black foi abruptamente quebrada. Em seu íntimo, ele foi tomado por um aperto semelhante ao de um torno. Parecia que alguns de seus órgãos estavam sendo esmagados, e ele percebeu o que era aquilo: um pensamento sorrateiro, pulsante e pungente, de que, de alguma forma, Marion estava logo adiante, esperando por ele! Albert lutou para recuperar o fôlego, com palpitações grandes e pesadas, enquanto fitava a vastidão azul-marinho.

O que estou fazendo aqui? Tenho que ir para casa... ela pode voltar... tudo estará revirado... a casa... o jardim...

Duas garotas de biquíni, deitadas em toalhas de praia, perceberam aquela figura perturbada e viraram-se uma para a outra, dando risadinhas. O instinto de professor treinado para detectar fontes de malícia tirou Albert do sério quando ele lhes percebeu o ar de deboche e se percebeu o alvo. Seu rosto incendiou-se de raiva, e ele virou-se para ir embora, tropeçando desajeitadamente na areia e trocando a praia pelo burburinho da Ocean Drive. No News Café, ele foi à loja anexa e pegou um *Daily Mail*, de dois dias antes.

Depois de pagar pelo jornal, Albert voltou para a rua. Logo percebeu um tumulto a sua frente: as pessoas se afastavam apressadamente, enquanto uma figura de olhos esbugalhados rosnava e avançava, empurrando um carrinho. Black não se mexeu, mantendo permanente contato visual com o negro de corpo magricela e olhar lunático. Enquanto isso, os turistas que desfilavam e os comensais ao ar livre viravam o rosto. O sujeito parou o carrinho diante de Black e encarou-o com hostilidade, gritando "seu filho da puta" três vezes no rosto do escocês.

Albert permaneceu parado, mas sentiu aquela terrível raiva novamente consumindo suas entranhas, e imaginou-se pegando o garfo de metal na mesa ali perto e o enfiando no olho do homem. Até o cérebro.

Esta coisa está viva e foi poupada, enquanto Marion partiu...

Albert encarou seu agressor com um olhar de ódio tão focado e completo que a mensagem chegou ao cérebro do homem, atravessando a couraça de narcóticos. Caprichando na pronúncia, Black repetiu o lema latino de seu antigo regimento, os Guardas Escoceses: *Nemo me impune lacessit!* O vagabundo baixou a cabeça, captando o significado pela linguagem corporal e pelo tom de voz do velho soldado. *Ninguém me ataca impunemente.* Com rapidez, desviou o carrinho em torno do empertigado Black, resmungando imprecações inaudíveis ao se afastar.

Aquela criatura nojenta, mergulhada no pecado, trilhando a Terra de Deus em dor mortal; certamente libertá-la de seu tormento seria o ato de um homem justo...

Aterrorizado por seus pensamentos, Albert olhou em torno e girou sobre os calcanhares, dirigindo-se para o News Café, onde jogou-se numa mesa na calçada e lançou o olhar para Ocean Drive. Um rapaz aproximou-se e perguntou:

– O que o senhor vai querer?

– Água. – Black só conseguiu arquejar a palavra, como um homem perdido no deserto.

– *Avec gas, sans gas?*

Essa coisa de tom afetado! Que terra de monstros!

– Sem gás. – Tossiu Black, ainda tremendo com a violência daqueles pensamentos. Enxugando a nuca com um lenço, ele se voltou para o jornal. As notícias do Reino Unido lhe diziam que uma criança fora sequestrada em Sussex, e que a polícia suspeitava de pedofilia. Aquilo enojou Black, mas todas as notícias faziam o mesmo. Parecia haver um comportamento mau, indolente e degenerado por toda parte. Ele se lembrou da eleição decisiva de 1979, quando votara em Thatcher, vendo no livre mercado um meio de impor disciplina a uma classe trabalhadora irresponsável e destrutiva. Mais tarde percebera que ela e seu grupo tinham, com o capitalismo consumista, desencadeado uma onda ímpia, amoral e desastrosa; um gênio satânico que ninguém conseguia devolver à garrafa. Longe de livrar o operariado britânico da pobreza e da ignorância, tal onda o conduzira a níveis mais profundos de desespero e imoralidade. As drogas haviam substituído os empregos: Black vira o conjunto e a escola em que trabalhava lentamente desistirem e morrerem.

Agora, desaparecida a influência controladora e calmante de Marion, sua mente enchia-se daqueles sombrios pensamentos violentos, que lutara a vida toda para suprimir. Albert pensou em sua família, que sempre fora uma impostura.

Seria merecido que nossas almas fossem levadas: a minha própria, a de William, a de Darcy e a do menino, para que pudéssemos nos juntar a Marion, poupados de mais sofrimento mortal e traição.

Não, isso era um pensamento fraco e pecaminoso! O pensamento de um monstro!
Perdoai-me.
Restaurai em mim a alegria de Vossa salvação; e me sustentai com Vosso espírito livre.
Então, ensinarei aos transgressores Vosso caminho; e os pecadores serão convertidos em Vós.

Ali na mesa, ignorando a multidão, os pensamentos de Black recuaram a seus anos de professor, àquela desesperada guerra de atrito com os outros professores, comissões educacionais e, mais do que tudo, com os alunos.

Uma batalha tão vã e ingrata. O desperdício de uma vida. Ninguém daquela escola fora bem-sucedido. Nunca.

Nenhum deles.

Não, isso não era totalmente correto. Houvera um. Black o vira. Na televisão, numa cerimônia de prêmios para músicos pop, que ele desavisadamente sintonizara. Sentado perdido na velha casa da família, com Marion no hospital, olhando vagamente para a televisão. Estava a pique de mudar de canal, mas reconhecera instantaneamente seu ex-aluno, cambaleando pelo palco, obviamente bêbado, para receber o prêmio. Mantinha a brancura característica, quase albina, que guardara na memória. O ex-aluno balbuciara frases tolas para um apresentador nervoso antes de deixar o palco. Poucos dias mais tarde, Black vira de novo a imagem do rapaz, dessa vez na capa de uma revista: uma besteirada idiota de música pop, destinada a imbecis, que ele, não obstante, fora tentado a comprar. O menino, já um homem, olhava para ele com a mesma insolência debochada que ele recordava de tempos idos. Contudo, Albert tinha tanto orgulho da velha escola que ficara extremamente contente. Era bom ver um antigo aluno se saindo bem. O artigo mencionava uma canção de grande sucesso com uma cantora americana bem conhecida, Kathryn Joyner. Albert conhecia o nome, lembrara-se de que Marion gostava dela. O artigo dizia que o ex-aluno agora trabalhava com artistas bem-sucedidas, uma das quais Albert vira citada nos jornais dominicais: uma mulher superficial e manipuladora, que levara uma vida egoísta, decadente e pecaminosa, antes de supostamente "encontrar Deus".

Mentiras e blasfêmias americanas! Nenhum homem que tenha pecado pode nascer de novo nesta vida! O pecado tem que ser carregado, sofrido, ser alvo de preces contrárias. Depois, no Dia do Julgamento, cairemos na abençoada misericórdia do Senhor. Nenhum papa, padre ou profeta, nenhum homem mortal pode nos absolver!

Contudo, Albert Black fora até o hospital naquele início de noite, entusiasmado o bastante com a expectativa de contar a Marion a história de seu ex-aluno. Quando chegou lá, as cortinas estavam cerradas em torno da cama. Uma enfermeira o viu. Ele soube de tudo o que precisava saber por sua expressão. Marion se fora, e ele nem mesmo estava lá. A enfermeira explicou que haviam tentado lhe telefonar. Não havia secretária eletrônica. Ele não tinha um telefone celular? Black ignorou-a. Afastando as cortinas, beijou a cabeça ainda quente de sua falecida esposa e disse uma rápida prece. Depois saiu da enfermaria e foi até o banheiro do hospital, onde se sentou e chorou como um alucinado, numa raiva furiosa, demente, e com infelicidade atroz. Quando um enfermeiro veio ajudá-lo, ele simplesmente se levantou, puxou a descarga, lavou as mãos e destrancou o cubículo, aparecendo diante do rapaz. Depois assinou os documentos necessários e foi para casa organizar o enterro.

Quando chegou em casa, porém, algo o impeliu a ler mais do artigo da revista musical, o que lhe causou um ataque apoplético.

> Posso dizer com sinceridade que não aprendi nada na minha escola, com meus professores. Porra nenhuma. Na verdade, eles frequentemente se esforçavam em me desencorajar. Tudo o que eu queria fazer era música... mas eles obrigam você a fazer aquela merda toda sem sentido... Coisas que você não tem interesse, nem aptidão, para fazer. Na nossa escola, todos nós éramos tratados como

bucha de fábrica. Depois, quando as fábricas fecharam, bucha do seguro-desemprego e do programa de treinamento da juventude. Os únicos professores decentes que tive foram os de inglês e o de arte. Eram as únicas vezes em que eu era tratado como um ser humano. Tirando isso, aquela escola era um campo de concentração, dirigido por punheteiros fracos, imbecis e sem moral. Bundões de merda.

Black nutrira a esperança de ver reconhecimento naquele artigo. Em vez disso, vira desdém e desprezo. Recortara a passagem ofensiva e a mantinha na carteira. Por mais vezes que a relesse, nunca deixava de sentir raiva. Ali, naquele café cheio de gente do sul da Flórida, protegido do calor opressivo, ficou tentado a olhar o artigo de novo. Certamente, Ewart, pois era esse o nome dele, estava brincando; aquela era apenas a assim chamada postura irônica antissistema, tão ao gosto de tais publicações, geralmente pertencentes aos exploradores satânicos das corporações multinacionais de mídia. Albert fez recuar sua mente febril; datas e rostos começaram lentamente a se misturar. A exaltada professora de arte, sem dúvida, era a vagabunda Slaven, com sua minissaia e voz rascante, inconsciente de que a base de sua suposta "popularidade" repousava unicamente nos hormônios dos garotos. Não, era provável que ela tivesse bastante consciência do fato.

Como as garotas podiam fazer qualquer coisa além de ser vítimas da gravidez adolescente, com uma vagabunda devassa como aquela no corpo docente, dando o exemplo?

O professor de inglês muito provavelmente seria Crosby. Sentado na sala dos professores, pontificando e agitando; espalhando a discórdia cínica onde quer que fosse.

Cruzei espadas com aquele trotskista algumas vezes antes... um criador de casos.

Como o tal do Carl Ewart. Não fazia o gênero bandido, era mais um subversivo. Com a pérfida capacidade de conquistar os alunos mais limitados com sua premeditada rebeldia. Vivia em conluio com aquele rapaz, recordou-se Albert, o tal que morrera. Black comparecera ao enterro (uma desorganizada cerimônia civil no crematório), representando a escola. Um ex-aluno entregue à misericórdia do Senhor. A morte teria passado despercebida e sem nenhum representante da escola se a professora Norton não houvesse contado, na sala dos professores, que ouvira dizer que o rapaz que caíra da ponte Jorge VI, depois de uma brincadeira rude e estúpida entre bêbados, frequentara a escola.

Albert pesquisara os detalhes. Mais um zé-ninguém: um jovem vadio, pobre e insignificante. Mas como os alunos poderiam se sentir ligados à escola, acreditar nela, se ninguém nem mesmo reconhecia que aquele menino fizera parte dela? A escola decepcionava gente parecida com aquele Galloway, lembrou-se, e, em troca, eles culpavam a escola. Era isso: complacência, preguiça, falta de crença, ausência de padrões, tudo vinha de cambulhada numa única coisa: secularismo.

E agora, sentado no News Café, na South Beach de Miami, ignorando a multidão que se agitava, a mente fervilhante de Albert Black lembrou-se de onde ele vira o nome de Carl Ewart, ainda mais recentemente. Estava num grande cartaz no quarto de seu neto Billy, no porão! O grande logotipo, adornado com cores brilhantes, chamara a atenção dele na rápida turnê pelo labirinto subterrâneo da casa: N-SIGN.

Era assim que Carl Ewart se intitulava: *N-Sign*. É claro, ele não tinha consciência de que o nome se referia ao *Ensign* Charles Ewart, um escocês gigantesco que fora herói na batalha de Waterloo, capturando sozinho o estandarte francês da Águia. Não, sem dúvida ele pegara o nome ao passar pela porta ou sentar no interior daquela imunda hospedaria de Royal Mile, em Edimburgo, que explorava o nome do bravo soldado.

Carl Ewart. Um milionário, e era disc-jóquei. Isso significava que ele tocava discos, presumivelmente nas estações de rádio. Como alguém podia ficar milionário tocando discos de outras pessoas? Subitamente Black sentiu necessidade de saber. Mas o artigo também dizia que Ewart "remixava" discos para as pessoas, para *artistas*. Era assim que as pessoas que produziam aquele lixo se referiam a si mesmas. Presumivelmente isso significava que aqueles "artistas" gravavam suas ofertas, suas instrumentações banais, e gente como Ewart reorganizava o material, adicionando aqueles efeitos medonhos e sons de bateria horrendos, que se ouve por toda a parte. No artigo da revista, Ewart tinha pomposamente se referido ao seu trabalho como "revolucionário". Aquela toada martelante, monótona, que se tornara onipresente, ainda menos palatável do que a estridente guitarra e os sons vocais que costumavam predominar. Isso, em essência, era a amplitude da revolução de Ewart: pegar alguma coisa ruim e nojenta e depois degradá-la ainda mais. E Albert Black ouvia aquela toada ímpia por toda a parte ali em Miami Beach, nos pátios dos hotéis-boutique locais, nos veículos caros que passavam dirigidos por exibicionistas e até no quarto de seu próprio neto. Quando voltasse, perguntaria a Billy sobre Carl Ewart. Se não por outro motivo, isso poderia ajudar a construir algum tipo de diálogo entre eles.

E Ewart comparecera ao enterro do tal Galloway. Quem mais? Birrell, o pugilista, e aquele idiota... qual era o nome dele? Lawson: aquele imbecil que envergonhara a escola ao ser preso por brigas ligadas ao futebol. Lawson. Fora arrastado para fora do estádio Easter Road com outro pateta, que respondia pelo nome tão pouco apropriado de Martin Gentleman, e depois obrigado pela polícia a desfilar pelo perímetro externo, para gáudio das estações de TV de todo o país. O nome da escola fora ainda mais enxovalhado pela menção nos jornais. Albert Black vira o incidente. Felizmente, Lawson já abandonara a escola na época, mas, quando Black chamara Gentleman para prestar contas na assembleia, o rapaz, grandão e simplório, gritara imprecações desafiadoras com sua boca de esgoto, antes de fugir para sempre da escola e juntar-se a Lawson numa vida de crime e devassidão. Boa viagem.

Lawson e sua boca blasfema. Ele mudara o mote "sempre busque Jesus, ele o acompanhará" para "sempre busque Jesus, ele come e apanha lá", acompanhado de fortes ruídos simulando flatulência. A coisa se espalhara como um fogaréu imbecilizado morro acima, daquela turma até a assembleia, forçando Albert Black, mesmo sendo um purista em relação aos salmos, a retirar seu hino favorito da lista.

Seu joelho de mestre-escola aposentado deu o habitual estalido de aviso quando Albert levantou com o vigor descuidado de um jovem. Voltou à loja do News Café, onde folheou revistas até encontrar uma chamada *Mixmag*. Dentro havia uma foto de Ewart, com o cabelo branco leitoso já rareando um pouco. Ele tinha um ar contemplativo e, sim, uma expressão inteligente. Parecia focado, pensativo, e refletindo sobre a conferência de DJs em Miami, que se aproximava.

Miami?

Certamente que não. Mas havia coincidências estranhas. Billy, seu neto, era *fã* de Carl Ewart. Aquilo parecia ridículo a Black. Seu neto, seu neto *americano*... um acólito daquele palhaço desagregador, nascido em um conjunto residencial na zona oeste de Edimburgo! Era um mundo estranho. Black conferiu as datas da conferência. Ewart estava em Miami naquele momento!

Ewart. Ali.

Black olhou para o céu. Ainda estava claro, e ele sentiu sua velha carne formigar de expectativa. A possibilidade da mão orientadora das forças divinas não podia ser ignorada. Na verdade, parecia não haver outro motivo para uma tão improvável coincidência de circunstâncias. Quase imediatamente, Albert Black resolveu comparecer à conferência, falar com Carl Ewart e perguntar ou *exigir* que ele explicasse aqueles comentários ofensivos. Certamente devia haver *algo* que a escola lhe fornecera para equipar aquela vida de sucesso, por mais degradada que ela indubitavelmente fosse. Black ficou subitamente desesperado para descobrir onde e quando a conferência aconteceria. Supunha que Ewart daria uma palestra, como ele próprio fizera diversas vezes sobre educação religiosa (geralmente para ouvidos moucos e com murmúrios de chacota), na conferência anual do Instituto Educacional da Escócia.

Retornando a seu assento, Albert Black terminou a água e pagou a conta, recusando-se a deixar gorjeta. Quem poderia reivindicar uma gorjeta por fornecer algo que nos era dado pela generosidade do Senhor? – Tenha um bom dia! – exclamou o garçom, desgostoso.

– Obrigado por seus desejos – disse Black com frieza piedosa. – Mas eu ficaria mais impressionado se expressassem sinceridade.

O garçom abanou a cabeça indignado e estava a pique de retrucar, quando Black encarou seus olhos aguados e disse em tom bondoso, quase piedoso:

– A língua bifurcada do comércio americano não me impressiona, meu jovem amigo.

O calor intenso fez Black lembrar seus dias com os Guardas Escoceses, enquanto ele se levantava, virava e descia a rua empertigado. Pensou no tempo que servira, nas patrulhas a pé pelas extenuantes selvas da Malásia, combatendo terroristas comunistas. O mundo do soldado se baseava em disciplina e ordem. A guerra sempre fora a salvação espiritual das classes operárias. A necessidade compulsiva de excitação, que infecta todos os jovens com vidas vazias, podia ser satisfeita nesse teatro, e o resultante *esprit de corps* podia construir nações. Black pensou em seu tempo de serviço nas selvas malaias, que tristemente tivera lugar depois da guerra, e o deixara relativamente sem ser testado em comparação com o pai, que voltara do campo de concentração japonês na Segunda Guerra Mundial um fracasso como soldado e como homem: alquebrado, letárgico, nervoso e um bebedor contumaz. Precisávamos de outra guerra *verdadeira,* uma guerra no solo, em que trabalhadores de diferentes países pudessem enxergar o branco dos olhos uns dos outros, ao se engajarem em combate mortal. Até mesmo isso agora já não fazia sentido, destruído pela fria tecnologia satânica da indústria de armas. Ser queimado ou incinerado por explosivos ou produtos químicos lançados sobre você de uma altura determinada por programas de computador, com a chave da morte acionada por um covarde situado a quilômetros de distância, isso não era jeito de um homem morrer.

Ele seguiu pela rua até o Centro de Informações para Turistas de Miami Beach, um prédio *art déco* do lado da praia da Ocean Drive. Aproximando-se da atendente, uma mulher latina de meia-idade, Black anunciou:

– Desejo assistir à Conferência Musical de Inverno.

As grandes sobrancelhas da mulher subiram mais de um centímetro, enquanto ela olhava para o velho escocês.

– Começa amanhã – confirmou ela.

– Onde vai ser realizada?

A mulher estreitou os olhos para vê-lo melhor. Depois alguma coisa pareceu acalmá-la, e sua voz se suavizou.

– A conferência acontece em muitos lugares diferentes. Acho que o melhor para o senhor é checar os panfletos que estão sendo distribuídos.

– Obrigado pela atenção – agradeceu Albert Black, saindo do prédio singularmente confuso, e cruzando a rua em meio ao tráfego barulhento. Depois de caminhar um pedaço, porém, ele realmente viu um rapaz e uma moça distribuindo panfletos, mas apenas para os transeuntes que, obviamente, eram jovens. Prestes a reunir forças para vencer a resistência e se aproximar dos dois, Albert percebeu, por acaso, que algumas pessoas haviam descuidadamente jogado panfletos no chão. Pegou um onde se lia: N-SIGN. Então, Carl Ewart daria uma palestra na boate Cameo, na avenida Washington. Naquela mesma noite. Das dez até acabar. Albert resolveu comparecer. Estranhamente contente, seguiu para casa, percorrendo

Miami Beach, caminhando por aqueles quarteirões *art déco* erguidos no aterro que separava o oceano Atlântico da baía Biscayne.

4

— Ooo... laaa — disse o garotinho insistente de novo. E novamente. Dessa vez mais alto. A infeliz mãe estava tão preocupada com o bebê que desistira de prestar atenção ao maior.

Crianças daquela idade assustavam Helena. Faziam-na pensar no aborto. Como eles podiam ter sido tão idiotas? Apenas uma vez, quando sua receita estava vencida, e não muito depois da menstruação. Ela pensou que tudo correria bem. Era autotorturante e absurdo, mas era impossível ver uma criança e não pensar na pequena parcela de tecido e líquido que ela expelira de dentro de si. No que aquele momento estúpido e descuidado teria se transformado. E ela teria que contar a ele que tudo fora resolvido, e que ela acabara com o problema. Ele tinha o direito de saber. Ele não era religioso, e eles nunca haviam discutido se teriam filhos. Nunca haviam discutido sobre coisa alguma, além do que fazer para se divertir. E a diversão nunca se mostrara tão limitadora, tão derrotista e vazia como quando ela entrara naquela clínica. Mas ela devia ter contado a ele antes.

Crianças nos tornam, a todos nós, pecadores, refletiu ela; seja quando as abortamos, as criamos ou as ignoramos. Você pegava um jornal e via as provas do lugar fodido que não podia consertar, não podia tornar melhor, o lugar para onde você as trouxera. Ela olhou para o garotinho de novo e sentiu pena do escrotinho.

Num súbito acesso de compaixão cafona, ela sorriu para ele e sussurrou:

— Um dia você vai se emputecer com a tola da sua mãe por ter trazido você ao mundo, parceiro.

Tudo porque ela foi idiota e preguiçosa demais para arranjar a porra de um emprego e cuidar da própria vida.

O garotinho sorriu timidamente, parecendo compreender. Helena decidiu que até gostava um pouco dele e disse em tom mais alto:
— Ei, qual é o seu nome?

Com aqueles olhos de vaca no matadouro, a mãe virou-se e olhou para Helena com uma gratidão fria feito pedra.

5

Albert Black ainda nem chegara perto da casa quando começou a ouvir de novo a batida da música. Aquilo estava por toda parte. Vinha do porão, onde o jovem que o chamava de avô residia, como um morador das cavernas.

Billy.

Albert se lembrava de quando o garoto era mais jovem e fora à Escócia. Ele levara o menino aos estádios de Easter Road e Tynecastle. Albert sempre ia ver os Hibs jogarem numa semana, e os Hearts na semana seguinte. Edimburgo era sua cidade adotiva e ele torcia por ambos os clubes, atitude que sabia ser considerada esquisita por muitos naqueles tempos fanáticos e tribais. Seus alunos riam daquilo; torciam pelas cores rivais marrom e verde, mas se uniam para debochar dele.

Mas como se poderia esperar disciplina nas salas de aula? Eles haviam destruído as oportunidades de emprego e enchido o lugar de drogas. Aquilo já era ruim o suficiente, mas depois haviam banido o chicote!

Black se lembrava da fina tira de couro bifurcada, e do medo que aquilo inspirava em muitos dos vagabundos mais agitados. Os rostos insolentes se calavam e ruborizavam quando chamados à frente, sabendo que logo suas mãos estariam mais vermelhas, sob os golpes cortantes. O equipamento era tão essencial para o bom ensino quanto o giz.

Mas Billy poderia lhe falar sobre a Congresso de Música de Inverno e Carl Ewart. Era algo que os dois poderiam compartilhar. Albert desceu os degraus, mas hesitou diante da porta do quarto do neto. Conhecia o cheiro que vinha dali. Era maconha. A droga começara a se infiltrar na escola, exatamente quando ele estava se aposentando. Eles a fumavam no anexo ao estádio esportivo. Bom, mas não ia começar a se infiltrar ali! Black empurrou e abriu a porta.

– Ei... você não pode entrar aqui, vovô...

Billy estava deitado de costas na cama, com um daqueles cigarros engraçados na mão, e a tal garota mexicana agachada entre suas pernas. Ela balançava a cabeça, mas imediatamente cessou o que estava fazendo e virou-se para Albert, com o rosto ruborizado e uma expressão primeva nos olhos animalescos.

– Que porra...

– Saia daqui! – gritou Black para a garota, apontando o dedo com desprezo.

– Ei, espere um minuto – protestou Billy. – Saia *você*! Este espaço aqui é meu, caceta! Não é a merda da Ilha de Skye!

Black permaneceu firme.

– Cale a boca! – disse. Depois lançou um olhar fulminante para a garota. – Você! Caia fora!

A jovem levantou-se hesitante, enquanto Billy vestia o short de brim verde e fechava o zíper.

– Valda, fique aqui – disse Billy. Depois dirigiu-se para Black. – Você, seu velho escroto doentio! Caia fora do meu quarto, porra!

– Eu... *eu*? Eu... doentio!

Black sentiu a raiva do soldado justo crescendo dentro de si, mas subitamente viu o rosto de Marion em seu único neto, que caíra na armadilha... Satã estava tentando controlá-lo! Ficou sem disposição para a luta. Então, enquanto seus olhos continuavam focados em Billy, uma lembrança mais sombria e vergonhosa passou por ele como um clarão elétrico. Ele se virou e saiu do quarto, resmungando:

– Vou contar a seus pais!

– Foda-se! Tarado da porra!

Com o coração acelerado, Black subiu correndo a escada e saiu da casa, sentindo dor e vergonha ao ver aquele jovem, aquele desconhecido, rindo dele feito um escolar mentecapto. E como ele devia parecer ridículo para eles: um velho de óculos, com a Bíblia sempre à mão, falando uma língua estranha, quase incompreensível. Era um homem fora de lugar, fora de época. Sempre fora; mas antes isso parecera uma virtude. Agora, ele estava mesmo sujeito a ser ridicularizado no ninho de pecadores que era sua própria família!

Eu estava errado... perdoai-me, Senhor!

Ó, vinde a mim, e tende misericórdia de mim; dai Vossa força a Vosso servo, e salvai o filho de Vossa serva.

Mostrai-me um sinal do bem, para que aqueles que me odeiam possam ver e se envergonhar: porque Vós, SENHOR, haveis me ajudado e confortado.

Com o joelho travado em protesto pela rapidez da saída, Albert foi mancando pela alameda da casa até a rua. A temperatura subira, e ele se viu de novo como o único pedestre num raio de quilômetros, enquanto percorria as luxuriantes avenidas, voltando na direção de Miami Beach, contente por estar se misturando à multidão na avenida Lincoln. Foi assaltado por pensamentos sobre sua família. Quem eram eles? William, aqui na Flórida. Sua filha, Christine, lá na Austrália. Ela nunca se casara. Sempre morara em apartamentos com outras mulheres. Que tipo de mulher ela era? Quem eram elas? Que tipo de pai fora ele?

O que sou eu? Um tirano. Um opressor. Fora Marion quem lhes dera todas as coisas boas; a graça, a humildade. Eu só contribuí com minha piedade ressentida. Não era de estranhar que eles quisessem se distanciar ao máximo!

Mas ele também queria. Mal percebeu que refizera seus passos de volta a Ocean Drive. Recompondo-se, encontrou um café, sentou-se e pediu mais água. Enquanto sorvia o frio líquido tranquilizador, ouviu um sotaque, uma voz vinda de casa. Isso fez com que suas entranhas gelassem.

6

– Olha a porra dos peitões daquela ali – digo, cutucando Carl Ewart, porque a porra de uma vaca acabou de passar. – Eu daria uma boa pirocada na porra daquela vadia, pode crer, seu puto!

Sabe quando você está com aquele tesão de ressaca, todos aqueles pensamentos tarados com o álcool da véspera ainda no sistema? Bom, sou eu, à décima potência! Não que eu precise de ressaca para isso! Mas tomamos um porre naquele avião ontem, depois fomos direto para os coquetéis, toda aquela porra, nos bares daquele hotel grã-fino. Não dá pra resistir.

– Onde você estava quando o politicamente correto varreu o mundo, Terry?

– Trepando com as putas sacanas e evitando a porra dos putos caretas, era o que eu fazia.

Ewart revira os olhos e sorri:

– Você precisa acompanhar os novos tempos, Terry. Pare de levantar essas bandeiras do passado.

– Tá certo.

Aqui, as bocetas parecem em brasa, porra; é como se houvesse uma gostosona diante de cada um desses bares elegantes na Ocean Drive, todas olhando pra você e fazendo sinal pra cair na rede do pecado. Mas Ewart está cagando pra isso. Ele tem Helena, sua gata, ou talvez eu devesse dizer sua *noiva*, chegando da Austrália pela manhã. Para mim, essa seria mais uma razão pra tentar comer uma dessas vadias hoje à noite e se livrar da vontade antes das núpcias, porque será a última vez em muito tempo que ele porá os olhos em outra boceta. Mas isso é problema dele! Eu faço mais a linha George Clooney, o playboy jovial, de olhar ardente, com suave ar de sofisticação urbana, que gosta de galinhar por aí. Bom, mas é preciso, não é? É o tempero da vida.

– Vamos dar um tempinho aqui, Carl – digo a ele, olhando para uma gostosinha que dá um belo sorriso e me mostra um cardápio reluzente. – Ela está a fim.

– Terry, ela está trabalhando – fala Ewart. – Labuta emocional. Não quer dizer que gostou de você. Não é bom personalizar essas coisas.

– Sei disso, Carl, mas há alguma coisa no olhar dela que *é* pessoal – explico ao puto. Ninguém me dá lição sobre bocetas; eu conheço o assunto. De modo que digo pra ela: – Já ranguei muito hoje, tipo carne...

Bato na barriga, que está aumentando um pouco, mas ela não quer ouvir falar disso; só quer ouvir o que todas as mulheres querem ouvir, coisas a seu próprio respeito.

– Vocês, ianques, gostam de engordar – continuo. – Mas você não, tem um corpão.

Eu me preparo pra perceber sinais de ofensa, mas a mão dela vai para o cabelo.

– Obrigada... de onde vocês são?

Na porra do meu manual isso significava que ela estava a fim.

– Edimburgo, Escócia. Mas estamos aqui para o festival, sabe – explico. Ela está caindo no papo, e vai dar pra mim. Então, viro para Ewart. – Vamos tomar um trago aí dentro, seu puto.

Ele balança a cabeça com aquele olhar sério no rosto.

– Preciso voltar pro hotel.

Babaca. Não se pode dizer nada ao puto quando ele está nesse clima, e, é justo dizer, ele pagou a viagem, de modo que me viro pra garota com uma expressão triste.

– Escute, princesa, preciso cuidar do meu cliente aqui. Na indústria do entretenimento, empresário é assim. Nós trabalhamos quando o resto de vocês se diverte. – Olhando fundo naqueles olhos negros, acrescento: – Mas vamos nos encontrar. A que horas você termina, hoje à noite? Quero sair pra tomar uma birita com você.

Recebo de volta um olhar de dúvida e avaliação.
– Não sei, eu meio que tenho um namorado...
– Ah! Que mané namorado – retruco. – Você fala aquela língua estrangeira. Só vim passar alguns dias aqui por causa do congresso dos disc-jóqueis.
– Você trabalha mesmo com dance music?
– Claro. Alguns dos maiores nomes do ramo estão na minha lista. E você está na lista VIP da boate Cameo hoje à noite – convido.
– Aposto que você é atriz. Tem toda a pinta.
– Ah, obrigada! Estou tentando ser modelo, mas também quero fazer aulas de teatro.
– Eu sabia! Isso se chama de sexto sentido, que a gente aprende no ramo, mas você dá toda a pinta. Bom, um monte de clientes da indústria do cinema vai estar lá, sei disso porque tenho contatos. Se você ficar ao meu lado, as portas se abrirão. É garantido. A Kathryn Joyner é minha amiga pessoal – falo. Ela fica olhando para mim daquele jeito calculista, e eu me viro para Ewart. – Esse aqui é o Carl Ewart, sabe, o DJ?
– Uau, você é realmente o Carl Ewart?
Nós dois ficamos agradavelmente surpreendidos com o reconhecimento da gata.
– É. – Ewart, todo constrangido, se encolhe como um veado.
Nunca pensei que chegaria o dia em que usaria a reputação de Carl Ewart para conseguir uma transa.
– É! E eu sou o empresário dele! Meu nome é Terry... *Juice* Terry. Ele ele é o Carl Ewart. – Aponto para Ewart. – Vamos colocar essa gata na lista, hein, Carl?
Ewart faz um sinal afirmativo com a cabeça e sorri.
– Legal. Sou a Brandi...
– Belo nome – digo, pensando que, se a mãe dessa gata não for uma ex-dançarina de striptease, vou virar escoteiro, de meia três-quartos, e ficar *beijando* emblemas, putada!

Então, simplesmente vejo a porra de uma sombra enorme sobre mim, e levanto os olhos para um veado enorme, todo modelado por esteroides em anos de negação tediosa na academia. Ele avança como se fosse a porra do Clint Eastwood. – Algum problema, Brandi?

– Não, está tudo bem, Gustave – diz ela ao garotão. Começo a me emputecer, mas Brandi se vira para mim: – É, hoje à noite seria ótimo. Encontro você aqui fora, às dez?

– Dez está ótimo – respondo, olhando pro Gustave ali com um sorrisinho malvado. – Você pode vir junto... querido.

Gustave faz biquinho pra nós como uma menina, mas não avança. Acho que ele sabe que se fizer isso seus colhões levarão um chute da porra de um pé número 44. Se bem que, com todos os esteroides que o puto toma, não haveria muita coisa ali pra servir de alvo, e talvez eu precisasse partir pra cabeça. De modo que fico encarando o puto até seus olhos se encherem de água e ele ir se foder, antes de confirmar o encontro com Brandi e pegar a rua com Carl.

– Essa Brandi vai dar pra mim. Pode crer no que estou dizendo.

Ewart me olha e diz:

– Preciso tirar o chapéu pra você, Terry. Você não tem qualquer senso de constrangimento. Simplesmente vai em frente, e às vezes marca um gol.

– É preciso, cara, vou lhe contar, esse é o tempero da vida.

– Mas essa Brandi, Lawson! Puta que pariu... ela com certeza é de segunda classe. Empresário na indústria de entretenimento, o cacete. Mal posso esperar pra ver a cara dela quando descobrir que você é um agenciador vagabundo que faz uns filmes horríveis com mulheres também horríveis.

– Cala a boca, seu punheteiro idiota, cara de boceta. Estarei recebendo a porra da minha aposentadoria, antes que você se dê bem ali.

– Eu não estou interessado em outras garotas – retruca ele, todo esnobe.

– Só não espere que eu coloque a porra de uma medalha no seu peito – digo pro puto. Alguns babacas da porra esquecem a regra de ouro: um pau ereto não tem consciência.

7

De seu lugar numa mesa adjacente debaixo de uma palmeira, Albert Black fora obrigado a observar a cena e a compartilhar a raiva espantada do leão de chácara. Fora compelido a puxar o chapéu panamá estrategicamente sobre os olhos, quando Carl Ewart esquadrinhara a área em torno, numa reação envergonhada ao comportamento grosseiro de Lawson. *Por que alguém famoso e bem-sucedido como Ewart ainda tinha amigos como aquele idiota?*

Pagando apressadamente a conta, Black acompanhou Lawson e Ewart furtivamente pelo meio da multidão da Ocean Drive até um elegante hotel-butique a poucos quarteirões dali. Quando eles desapareceram saguão adentro, o professor aposentado sentiu uma onda de euforia, com um senso de bizarra determinação. Ainda tentou dizer a si mesmo que estava pateticamente perseguindo dois vagabundos da antiga escola: o rebelde encrenqueiro e o bandido promíscuo. Mas, apesar disso, não conseguiu se livrar daquela carga de excitação.

Lawson não podia mais ser salvo, pois nada tinha a oferecer a alguém, além de encrenca. Mas Ewart... qual fora o papel da escola, do sistema educacional escocês, em seu desenvolvimento?

Albert Black decidiu que precisava se defrontar com Carl Ewart, fazê-lo prestar contas de seus comentários naquelas revistas musicais de terceira classe. *Comentários que os jovens leem e que os influenciam!* Começou a traçar uma linha mental desde a sala de aula na escola inclusiva da zona oeste de Edimburgo, quase trinta anos antes, até a felação de uma jovem latino-americana em seu único neto, em Miami Beach.

Hoje à noite, Ewart estará falando na tal boate Cameo. Bom, Albert Black fará o mesmo.

Mas agora era hora de fazer as pazes com a família. Pensar no pecado cometido tão casualmente por Billy e pela namorada vadia fazia suas entranhas doerem. Bom, ele só podia orar pelos dois.

Odeie o pecado, ame o pecador.

8

Eu conseguiria aguentar a porra desse calor o ano todo. Um monte de putos escoceses iam reclamar pra caralho e dizer: "Pô, tá quente *demais*." Prefeririam congelar a porra dos colhões a aturar isso aqui. Que se fodam.

Então voltamos pro hotel e eu vou falando pro Ewart tudo o que está errado na Escócia. Como ele vive entre Londres, Sydney e Miami, não consegue se manter atualizado com o que acontece no mundo real. É claro, tudo entra em foco quando estamos num lugar assim: no estrangeiro, a gente se lembra de casa.

– A Escócia é conservadora demais, porra – digo pro puto. – Lá a coisa funciona assim... todos os que fazem e acontecem são reprimidos, de modo que acabam indo pra puta que pariu e deixando o terreno livre pros babacas. Eu mesmo já estou de saco cheio daquilo, cara.

– É sério?

– Claro! Um homem com os meus talentos só pode se dar bem no Novo Mundo. Foda-se a Escócia.

– É, isso vai mesmo foder as coisas lá na Escócia, porque a produção de filmes pornôs vai empacar. É surpreendente que o pessoal de lá não tenha sido obrigado a agir.

– Agir? Na Escócia? Só no dia de São Nunca.

– Pare de falar mal da Escócia, Terry. Não quero ouvir isso – retruca ele. – Não tem nada de errado lá.

É, a Escócia sempre parece melhor vista de uma ilha do Caribe, de um hotel-butique em Miami ou de um apartamento com vista para a baía de Sydney.
— Lá tem coisa errada pra caralho!
— Especificamente?
— Bom, veja a nossa indústria nacional, o uísque. Escrevi para alguns dos maiorais, Grouse, Dewar's, Bell's, perguntando: que tal lançarmos soda à base de uísque? Vocês vão continuar sentados aí, deixando os russos dominarem esse mercado com a porra da vodca? Estou falando de uísque com limonada ou uísque com cocacola, sucessos garantidos com a geração soda. Não, só recebo de volta cartas esnobes falando de "tradição" e toda essa merda. Esqueceram que existe escolha, porra? Aqueles caras da Smirnoff não ficam hesitando e gemendo com papo de tradição.
— E daí?
Continuo falando com ele quando chegamos ao hotel, e dou uma piscadela pro porteiro.
— Daí que aqueles putos da indústria do uísque vão se foder dentro de vinte anos. É só esperar até a porra do velho mercado ser enterrado. Eles acham que visão é aquilo que a gente ganha quando usa lente de contato. Visão *não é* o que a gente ganha quando usa lente de contato... — Então, bato em meus olhos, e arremato: — Não adianta ter *isso*, se você não usa... — E bato na cabeça.
Carl queria descansar a cabeça por causa do fuso horário e porque nós fomos direto para a muvuca ontem, mas vejo uns DJs de Chicago no bar... são os putos a quem fomos apresentados à noite passada. Então, sugiro:
— Lá estão seus colegas, aqueles caras negros. Vamos lá dar um alô.
— Terry, preciso puxar um ronco. Ontem foi doideira, e eu trabalho à noite, lembra?
— Foda-se — respondo pro puto, porque a rapaziada parece estar se divertindo. — O que aconteceu com o campeão do birinaite? Bichona. Peso leve da porra. Aquele bando de pretos sépticos está

se divertindo pra cacete. Vamos lá, um drinque só; gentileza gera gentileza!

Sei que chamar Ewart de peso leve é igual a agitar um pano vermelho prum touro, de modo que logo a birita volta a descer, com margaritas e tudo o mais... Putada, eu podia me acostumar a isso... Começo discutindo sobre esporte com um cara alto chamado Lucas.

– Mas você tem que admitir, parceiro, que basquete é jogo pra veado.

– Que porra é essa? – retruca o garoto.

– Aquele Michael Jordan é uma bichona da porra, e todos os putos que jogam basquete também devem ser...

– Besteira, cara, você está falando merda. Esse é o jogo do povo no gueto, todo mundo lança a bola no aro, todo quarteirão em cada bairro tem suas quadras, cara...

– Tá legal – admito pro puto. – Mas isso é nos Estados Unidos, onde ninguém saca nada de esporte.

– De que porra você está falando, cara?

– Tá legal – explico pro puto. – Pegue essa tal de Série Mundial do Beisebol. São dois países, porra, vocês e o Canadá. Agora compare com o jogo do povo, o futebol, jogado em toda a parte, no mundo inteiro... por isso é que se chama *Copa do Mundo*. Não dá pra negar...

Outro cara, um garoto chamado Royce, está se emputecendo e balançando a cabeça.

– Japão, República Dominicana, Cuba...

Então, o puto grandalhão do Lucas diz:

– Mas o basquete é jogado no mundo inteiro, cara, e nós botamos pra quebrar nesse esporte.

– Porque é um jogo de frescos – rebato, virando-me para Carl, mas sem ter o apoio dele, que virou e retomou sua discussão com o DJ chamado Headstone, falando sobre as influências da velha guarda sobre todos aqueles DJs, qual era o melhor dos putos, o pior babaca, o sujeito mais irado e toda aquela besteirada americana. Então, simplesmente digo: – Vou falar pra vocês qual foi o pior puto da escola antiga.

– Você deve estar falando do Frankie Knuckles – diz Headstone, e Lucas concorda com a cabeça.

– Não, cara, isso foi em Chicago. Lá em Edimburgo, o pior puto da escola antiga era o Blackie, não era, Carl?

– É – concorda Carl impassível, mas com um leve sorriso nos lábios. – Aquele cara era irado.

Lucas fica pensativo, depois diz mais uns nomes de DJs. Mas eu volto ao ponto principal.

– Quando a gente estava na escola, quem jogava basquete? Hein, Carl? – Ele ainda não entrou na discussão, mas isso não me aborrece. Eu me volto pro grandalhão do Lucas. – Só a porra das garotas, mas elas chamavam aquilo de "netball". Nós *chutávamos* a porra da bola, e só as garotas pegavam a bola com a mão, corriam com ela, quicavam e lançavam aquilo...

Dobro o punho, fazendo o movimento de lançar, e afino a voz pro garoto.

– Ai, que bom, acertei a bola na rede! – caçoo. – É um jogo para veadinhos, parceiro, não dá pra negar.

Falo tudo sem papas na língua praquela rapaziada de Chicago, mas eles levam a coisa na boa.

Então, Carl, que estava bocejando feito um peso leve, vira-se e informa: – Vou subir pra puxar um ronco. Antes que a Helena chegue.

– Tá legal, eu também – concordo, porque as noitadas e o fuso horário estão pesando, e ainda preciso dar uma trepadinha... Há uma gata nova a ser introduzida no Clube Lawson. – A gente se vê mais tarde, rapaziada...

Eles levantam os cinco dedos espalmados, e faço o mesmo, porque gentileza gera gentileza. De modo que subimos a escada e vou dizendo ao Ewart:

— Caras legais. Dá pra encarnar nesses garotos. Eles sacam que a gente tá de sacanagem, e não se emputecem feito alguns babacas.

— Provavelmente porque não entenderam uma só palavra do que você falou, porra.

— Como você sabe que eles não entenderam uma só palavra? Virou especialista em pretos americanos, Ewart? A porra de um escocês tentando ser cosmopolita, só mesmo rindo pra caralho!

— Talvez não, mas mais do que você. Convivo muito com aqueles garotos. E é preciso dizer, Terry, que eles parecem bem mais dignos do que você.

— Dignidade? Que se foda a dignidade! Dignidade é coisa de veado — respondo pra ele. — Estou a fim é de me divertir, e pra fazer isso você precisa sujar as mãos. Leve suas merdas pra outro lugar, Ewart. Outra trilha, por favor, senhor DJ, porque no Clube Lawson não é assim que a banda toca.

— Bom sono. — Carl boceja e abre a porta da porra da sua suíte, muito maior do que a minha, por falar nisso. Tudo bem, ele está pagando e vai receber a noiva, mas eu tenho grandes planos pra minha trepada, e cabem mais mulheres numa cama king-size do que numa queen-size. — A gente se vê, Terry.

— Está bem, vamos nos juntar de novo depois de quarenta punhetas. Bons sonhos — digo, porque o puto do Ewart foi muito legal pagando pra mim essa viagem a Miami. Sim, será bom cair na cama. Talvez até mesmo ter sonhos bons com a gostosa da Brandi que vou traçar mais tarde! Seu comedor!

9

Aquilo nunca funcionaria; eles estavam se enganando. Ela vivia voando do apartamento deles em Sydney de volta para Wellington, apenas para ficar mais perto da mãe. Desde a doença e morte do pai, a mãe precisava dela, ia precisar da filha até superar o trauma. E será que viria mesmo a superá-lo?

Carl passava em Londres a maior parte do tempo, e sempre ia a Edimburgo ver a mãe; entre uma coisa e outra, viajava o mundo todo com aquela caixa de discos. Ela detestava cada vez mais aquela caixa de metal brilhante: odiava vê-lo encher a caixa, selecionando cuidadosamente as canções de sua discoteca, que ocupava todo um aposento no apartamento.

Fora muito bom estar com ele, mas a coisa não ia durar. Eles não conseguiam fazer os sacrifícios necessários para ficar juntos; não conseguiam o engajamento e o compromisso exigidos, que lhes permitiriam prosseguir além de um relacionamento a longa distância, e que portanto estava predestinado a fracassar. O noivado fora um gesto romântico mas vazio, um triunfo da esperança sobre a expectativa. Alternativas para o *status quo* atual nunca haviam sido discutidas ou negociadas. Ele acabaria conhecendo outra pessoa na estrada.

Ela já devia ter falado com ele, cara a cara, que queria terminar tudo. Exatamente como devia ter falado da gravidez e do aborto que fizera. Mas será que poderia realmente fazer qualquer uma dessas duas coisas? Ela olhou para o anel de noivado, e pensou em colocá-lo na bolsa. Mas descobriu que não conseguia se forçar a tirá-lo do dedo.

10

Enquanto caminhava para casa, Albert Black começou a se consolar com as lembranças de seu passado como evangelizador cristão. Mas tudo azedou quando ele se recordou do amargo conflito com as autoridades do Departamento de Educação. Um escândalo e uma revolta dos funcionários da escola contra seu rigor disciplinar e seus métodos. Debaixo do implacável sol quente, ele pensou em seu crescente respeito pelo Islã. *Eles* não tergiversavam com os satanistas, e nós havíamos perdido o zelo dos cruzados no mundo cristão, além de tolerarmos, até mesmo *perdoarmos*, os blasfemos. Subitamente, pensou em Terry Lawson.

Sua boca pragueja, completamente cheia de fraude e dissimulação; e debaixo da sua língua há traição e vaidade.

Quando chegou em casa, Black se surpreendeu ao encontrar o neto sentado com aquela desavergonhada jezebel, e o pecado dos dois aparentemente sancionado pelos pais! Para todos os fins, aquilo parecia a cena aconchegante de uma família normal!

– Oi, papai – cumprimentou William Black.

Albert meneou a cabeça secamente para o filho, que se levantou e chamou-o à parte, atravessando com ele a estufa de plantas e entrando no jardim.

– Sei que houve algo constrangedor hoje.

– Então, você foi informado do pecado que estava acontecendo debaixo do seu próprio teto. Bom, pelo menos houve algum senso de contrição. Satã estava...

William levantou a mão para silenciar o pai, que percebeu uma expressão indignada no rosto do filho.

– Olhe aqui, papai. O Billy e a Valda são dois jovens sensíveis e maduros. Estão juntos há um ano e meio e mantêm um relacionamento sério. Estão fazendo o que jovens apaixonados sempre fazem, e não cabe a você ou a ninguém mais interferir.

– Percebo.

– O que, exatamente, *você* percebe, papai? – desafiou William. – Realmente fico imaginando o que é.

Albert Black encrespou-se e lançou um olhar intimidador para o filho. Era uma expressão antiga, que sempre provocava deferência em William quando garoto. Mas ele não era mais um garoto, e sustentou o olhar do pai com uma expressão calma. Balançando a cabeça lentamente, com desprezo, reconhecia a tristeza do embate dos dois. Aquilo humilhou Black, que ouviu sua voz subir de tom, num guincho recalcitrante.

— Percebo que há muito tempo você anda querendo fazer esse discurso para mim!

— Sim, ando, e meu erro foi não ter feito isso antes — retrucou o filho. Sua voz elevou-se uma oitava, e havia tanto ódio quanto desprezo em seus olhos. — E antes que você me chame de "molengão" ou "covarde", como fazia quando eu morava com vocês, deixe que eu lhe diga agora que só ficava quieto por causa da mamãe. — Ele balançou de novo a cabeça, e continuou: — Toda aquela sua bobajada era babaquice vitoriana, fascista. Aquilo me oprimia, papai, era constrangedor pra cacete — disse, com sotaque americano.

Black ficou olhando para William, incapaz de responder. E percebeu que o filho não estava mentindo. Há muito que William deixara de temer o pai, e sua deferência se devia apenas ao respeito que mantinha pelos sentimentos de Marion. Agora que ela morrera, não havia necessidade de continuar fingindo. Sua esposa protegera Albert Black do desprezo de William; o garoto aguentara e mantivera junto o que restara da família simplesmente por causa dela.

— Acredite ou não, ainda me considero cristão, e acho que devo realmente ser, já que você fez tudo em seu poder para me afastar da religião.

— Fiz o melhor que pude. — Black viu-se arquejando, a voz suave, aguda e santa. — Pus comida em seu prato, roupas no seu corpo, custeei sua educação...

— É, você fez isso, e eu sou grato. Mas nunca me deu chance de ser eu mesmo e cometer meus próprios erros. Você não queria isso. Queria que eu fosse um clone seu, e Chrissy, um clone de mamãe.

— Qual o problema de ser como sua mãe?

— Nenhum, em absoluto, mas ela não é.

— Se ela encontrasse o cara certo e se estabilizasse...

— Ela é lésbica, papai! Abra os olhos!

William se afastou balançando a cabeça, deixando o pai emudecido a pensar sobre suas palavras, cozinhando ali, enquanto o sol se escondia atrás dos distantes arranha-céus do centro de Miami.

Christine...

Black passou um longo tempo simplesmente ali parado, sentindo o joelho latejar, enquanto examinava a baía. Depois ouviu uma voz conciliatória atrás de si:

– Entre, vamos jantar, vô.

Ele se virou e viu a silhueta de Billy no umbral da porta da estufa. O rapaz usava aquele chapéu de panamá que ele próprio vinha usando. Black percebeu que lhe haviam dado o chapéu do seu neto, e não de seu filho.

– Prefiro não jantar agora – fungou, dolorosamente consciente de uma pouco edificante regressão à infância, mas incapaz de afastar a mortalha de mediocridade que lhe caíra em cima.

– Tenho certeza de que existe um cara bacana em algum lugar aí dentro – disse Billy. – Mas, às vezes, você é um babaca.

A fúria assomou dentro de Black, e ele avançou ameaçadoramente na direção do jovem, mas parou quando William saiu do umbral e se postou entre os dois.

– Você nunca levantará a mão para meu filho, papai. Não vou permitir isso.

Humilhado ignominiosamente por essa declaração, Albert Black deixou para trás aquelas duas gerações de seus descendentes e seguiu para o quarto.

11

Puta que me pariu, eu não consegui acreditar quando vi a porra da Brandi, a tal americana, esperando na Cleveland. Eu tinha batido uma boa punheta antes de sair... bom, precisava disso, porque às vezes fico tão excitado que faço papel de idiota com as gatas, e é ruim assustar as xotas assim, antes que a porra da mercadoria esteja assinada, selada e entregue. Mas, quando vi aquele par de pernas sob a saia plissada, senti o tanque de porra começar a se encher de novo, em grande estilo. Tá certo: melhor a fim do que no fim, é o que sempre digo.

Então, vamos tomar um coquetel e bater papo. A gata fala sem parar, só merda chata sobre trampos de modelagem de última, promovendo todos os tipos de perfumes baratos em shopping center e coisa assim. Mas a vida já me ensinou que é preciso dar um pouco de atenção pras mulheres e fingir interesse nas obsessões delas (elas próprias), se você quiser meter nas bocetas mais tarde. É preciso levar uns socos leves pra acertar o gancho mortífero.

Então, depois de um tempo, sugiro um passeio até a boate, e nós saímos, mas o primeiro puto que vemos na rua é o grandalhão do Lucas.

– Juice T, meu chapa! – grita ele, me dando boas-vindas.

Um puto legal, esse Lucas. Estou cagando pra cor da pele de qualquer puto, o que conta é se eles põem ou não a mão no bolso, e esse puto nem hesita quando chega ao balcão. Dá pra ver que a gata fica bem impressionada. O Lucas deve ter cartaz no mundo do hip-hop, mas pra mim é tudo a mesma merda.

Já desse apelido, Juice T, eu gosto. É com isso que os putos lá no Gauntlet, no Busy e no Silver Wing, precisam se acostumar. Putada, com esse cabelo saca-rolha, grandalhão e ritmo natural, eu pareço mais negro do que qualquer crioulo na porra dessa cidade!

Lucas levanta pra mim a mão aberta com cinco dedos esticados, e dá a Brandi um beijinho gentil no rosto antes de se mandar.

– Uau! Esse é mesmo o Lucas P? – diz ela então.

– Claro que é. Grande cara, um de meus melhores amigos.

Brandi fica olhando pra mim como se eu fosse o cara perfeito para ela. Sou mesmo, mas não como ela pensa. Quando avistamos as luzes da boate Cameo, ela se vira pra mim:

– Quer tomar um ecs? – indaga.

Tento imaginar do que ela está falando, e percebo que provavelmente é ecstasy.

– Não tem pó? – pergunto, porque simplesmente viro uma bichona sentimental quando tomo ecstasy. Mas gosto de ver uma gata no barato.

– Não, mas essas são muito boas. Podemos descolar um pouco de pó mais tarde.

Então, penso, foda-se. Pego e engulo a pílula que ela me dá. Não quero ser estraga-prazeres, principalmente com uma xota disponível a reboque. Além disso, ninguém vai entrar no Busy Bee, no Gauntlet ou no Silver Wing e dizer: "Ei, Lawson, vi você doidão de ecstasy em Miami Beach, bancando o idiota em vez de ficar cheirando pó com a galera!"

Mas... em Roma, como os romanos, não é? Eu sou assim: cosmopolita pra caralho, putada! Em vez de ir direto pro salão de dança, vamos prum lugar bacana chamado Mac's Club Deuce, tomar uma cerveja, só pra deixar as pílulas surtirem efeito. Em meia hora já estou doido pra caralho.

Bom, putada, estou acostumado com pílulas de ecstasy que você pode engolir a noite inteira feito balas, e continuar odiando todos os putos do lugar, com aquela música vagabunda de merda ainda chegando a seus ouvidos. E com cocaína que você pode cheirar dois gramas e ainda encarar uma sopa de peixe a caminho de casa, além de ter a melhor noite de sono da porra da sua vida.

De modo que fico pensando... se as pílulas são boas assim, como será a porra do pó? Puta que pariu!

12

Saindo furtivamente do quarto cerca de duas horas mais tarde, Albert Black foi interceptado por William e Darcy ao tentar se esgueirar pela porta.

– Aonde você vai a essa hora da noite, papai? – perguntou William.

– Vou sair – respondeu Black, sentindo-se um adolescente emburrado. O casal estava parado perto dele, preenchendo com seus corpos o estreito espaço entre a pilastra de mármore e a porta da frente.

– Mas você não comeu nada – disse Darcy, arregalando os olhos em protesto, coisa que parecia rejuvenescê-la uma década.

– Estou bem, vou só dar uma caminhada. – Black sentiu suas feições se condensarem a um ponto de insulto concentrado.

William deu um pequeno passo à frente, com uma sofrida expressão infantil no rosto, fazendo o pai lembrar-se da ocasião em que o jovem filho pisara numa água-viva naquela feia praia pedregosa perto de Thurso. Ele se adiantou para tocar o ombro derreado de Black, e depois retraiu a mão.

– Papai... eu perdi um pouco a cabeça naquela hora, e talvez tenha sido um pouco... bom, sei que as coisas eram diferentes quando você era jovem...

Pior agora!

– E que você só queria o melhor para nós...

Albert Black balançou a cabeça, tenso.

– Por favor, acho que já foi dito o bastante. Vou voltar mais tarde. – Olhou para o filho e para a nora, engolindo um pouco de humildade. – Vocês têm sido muito bons. Não tem sido fácil para mim... sem sua mãe.

– Mas você nos tem aqui, papai – protestou William, com humildade.

Black forçou um sorriso suave e balbuciou alguma coisa em agradecimento antes de sair.

Não tem sido fácil.

Depois pensou: mas por que deveria ser fácil? Ele entrara na fase final da vida e estava sozinho. Ninguém, nem mesmo no Bom Livro, dizia que seria tão difícil ou assustador ver o final de sua existência mortal e tentar dar sentido a tudo. Deus nunca lhe informara que a coisa acabava tão depressa, nem que seus sonhos virariam pó muito antes de seu corpo. O trabalho de uma vida tinha que significar algo!

Ele desceu a rua Alton e rumou para leste na avenida Lincoln, na direção do oceano. Sentia que estava numa ilha, numa ilha deserta, cheia de pessoas para quem ele era invisível. Um anoitecer perfumado se espessava como fumaça a sua volta. Enquanto se apressava na direção da boate, via que as lojas continuavam abertas, e que a avenida Lincoln estava apinhada de gente. Artistas de rua, patinadores e vagabundos, todos os exibicionistas urbanos pavoneavam-se, deslizavam e arengavam para divertimento ou irritação dos demais. Rapazes contavam bravatas, moças davam risadinhas e casais riam, enquanto pessoas entravam e saíam das lojas.

Na avenida Washington, o anúncio vermelho de néon da boate Cameo zumbia, convidando a entrar, e já se formara uma fila de jovens ao longo do quarteirão. O nome fez Black lembrar-se do cinema no bairro de Tolcross, em Edimburgo. Ele considerava todo e qualquer filme um meio ilusório e corruptor, mas ocasionalmente cedia e acompanhava Marion ao cinema, pois sabia o quanto ela apreciava. A esposa sempre se mostrara desmesuradamente impressionada com o emprego de William. Black tentou se lembrar do último filme que realmente apreciara: teria sido *Carruagens de fogo*.

Olhou para a frente e lá estava, em letras negras com um fundo iluminado: N-SIGN. Avançou até a porta, pouco inclinado a esperar na fila dos jovens que olhavam para o velho professor escocês com um fascínio desconfiado.

— Sem ingresso, não posso fazer nada — disse um leão de chácara fortão, em resposta à pergunta de Black sobre a entrada. — Você está na lista de convidados de alguém?

— Não... mas eu conheço o Carl Ewart — informou Black ao homem. — Por favor, peça que ele coloque Albert Black, da antiga escola dele, na lista de convidados.

O leão de chácara olhou intrigado para Black. Talvez fosse a idade, o sotaque estranho, o porte empertigado ou aquele ar de autoridade, mas havia algo naquele velho que fez o porteiro sentir-se compelido a pelo menos tentar ceder. Ele tirou o celular e digitou um número.

13

O táxi que Helena tomara no Aeroporto Internacional de Miami seguia por um longo viaduto de concreto sobre a cidade, passando pelo centro e entrando na McArthur Causeway, na direção de Miami Beach. As janelas estavam fechadas e o ar frio soprava pelo sistema de ar-condicionado.

– Você veio à cidade por causa do Congresso Musical de Inverno? – perguntou o motorista, que usava óculos escuros com lentes refletoras, como um assassino ou policial psicopata.

– Sim, mais ou menos.

– Época de festa. – Ele sorriu pelo espelho, expondo uma fileira de dentes tortos. Do assento traseiro, Helena conseguia ver seu próprio rosto exaurido e cansado naquele reflexo. Então, o motorista acrescentou em tom malicioso: – Se precisar de alguma coisa, é só avisar. Eu dou um cartão a você.

– Obrigado. – Helena se pegou respondendo de modo bastante formal.

– Estou falando de uma corrida, um táxi ou qualquer coisa assim – disse o motorista, em tom mais cauteloso, enquanto os olhos dela esquadrinhavam o letreiro que continha o número dele e a quem chamar para apresentar uma queixa oficial.

Sou careta demais para Carl Ewart, pensou ela. Carl faria o cara cruzar a cidade até o gueto atrás de drogas, ou rumaria para um prado de corridas de cavalo. Ela ficou imaginando qual seria a forte ligação que tinha com ele. Seria simplesmente porque os dois haviam perdido os pais mais ou menos na mesma época? Certamente devia ser mais do que isso? Certamente. Ela não conseguia pensar direito.

Eles pararam diante do hotel e ela deu ao motorista duas notas de vinte, deixando-o com uma gorjeta decente tirada do troco.

– Lembre do meu cartão. – Ele sorriu.

– Claro. *Nem pense nessa porra, parceiro.*

Normalmente ela ficaria contente por não ver surgir um carregador de bagagens intrometido, à cata de gorjeta, como geralmente acontece nos Estados Unidos. Devido à fadiga depois da longa viagem, porém, bem que apreciaria alguma ajuda. Foi içando a mala pela pequena escada da frente e entrou no frio saguão silencioso, onde um atendente no balcão saudou-a antes de lhe entregar a chave do quarto.

14

Carl Ewart papeava com Lester Wood, um jornalista de Miami especializado em dance music, sob luz fraca, numa mesa num canto do saguão VIP. Esquadrinhou a multidão nervosa, formada por "conhecedores" e costumeiros "bicões", procurando Terry, antes de se lembrar que ele fora se encontrar com a garota do restaurante. E viu Max Mortensen, um dos promotores do evento, cruzando o salão em sua direção.

– Oi, Carl. Tem um cara tentando entrar, que falou que conhece você. Um tal de Albert Black, da sua antiga escola.

Um sorriso nefando cruzou os lábios de Carl. *É a porra do Terry aprontando.* Eles frequentemente encarnavam em Blackie, o tirânico professor que ensinava educação religiosa e estudos modernos no antigo colégio. Carl pensou no termo "mestre-escola", que o colégio do conjunto residencial tomara emprestado, num gesto ridículo, do sistema da rede pública da Inglaterra.

— Black é um personagem importante, que teve muita influência sobre mim. — Sorriu. — Eu ficaria agradecido se você fizesse com que ele e seus acompanhantes recebessem o tratamento VIP completo.

— Pode deixar. — Max deu uma piscadela e ligou o celular.

Lester acendeu um charuto Havana e ofereceu outro a Carl, que recusou. Não dava pra ter certeza, mas o sorriso de Lester parecia dizer que ele era um homem de vícios. Nunca se sabe, com esses jornalistas especializados em música. Muitos eram bêbados enrustidos, que tentavam terminar logo o trabalho a fim de ficar só festejando, mas outros eram totalmente caretas e assumiam uma moderna postura distanciada, embora obviamente fossem mais felizes caso trabalhassem como relações-públicas de empresas. Ele decidiu arriscar e jogar verde.

— Tem alguma "química" na parada?

O encanto corruptor do sorriso de Lester conseguiria fazer uma mãe cristã, levando o filho ao futebol, passar os noventa minutos aprontando todas.

— Que pergunta boba. Qual é o seu veneno?

— Umas pílulas e dois gramas de brilho, ou pó – respondeu Carl, agradecido. *Agora tenho certeza.*

— Tudo dominado – disse Lester. Depois perguntou pensativo: — Essa é uma expressão britânica?

— Parece genérica – divagou Carl, repetindo a palavra com sotaque "cockney", com um "parceiro" colado no final, e depois em sotaque de Glasgow, seguido por "campeão", antes de concluir. – Talvez seja.

Lester adiantou-se alguns centímetros na cadeira. – Tenho um presentinho para lhe dar boas-vindas à Flórida.

— Sou todo ouvidos.

— Você já tomou "trombeta de anjo"? *Brugmansia suaveolens*. É uma árvore da família *Datura*, alucinógena *e* narcótica. Cultivada aqui mesmo.

– Ouvi falar, mas não experimentei. Dizem que é venenosa.

– É claro. Você não pode pegar a porra direto da árvore, cozinhar e tomar, sem saber o que está fazendo. É muito provável que caia morto, ou pelo menos vomite. Mas se tomar a dose certa...

– Como se faz isso?

– Um amigo meu colhe a erva, seca, e põe a medida certa em saquinhos de chá.

– Eu quero experimentar. Sempre adorei chás diferentes. Pode contar comigo.

Enquanto os dois acertavam os detalhes da transação clandestina, Albert Black ficou sabendo que fora aprovado. Mesmo a contragosto, ele se derreteu com a confirmação de que receberia uma pulseira identificadora e um passe VIP.

– Há alguém acompanhando o senhor? – perguntou educadamente o porteiro.

Nesse momento Black ouviu uma exclamação esganiçada de descrença vinda da multidão.

– Vô!

Ele se virou e viu Billy, acompanhado da ubíqua namorada vadia. Os dois olhavam para ele boquiabertos. Instantaneamente, Black se sentiu como se houvesse sido flagrado numa boate de striptease. Mas lutou contra aquele sentimento de mortificação, virando-se para o porteiro. Apontando o casal, fez um gesto para que se aproximassem.

Billy Black e Valda Riaz avançaram hesitantes.

– Esse casal – disse Black, sempre bancando o escocês frugal, e obtendo certa satisfação ao pensar que eles economizariam o dinheiro de duas entradas.

– Na lista VIP da boate Cameo? Sinistro! – arquejou Billy. Black não pôde deixar de se sentir emocionado ao ver que ele e o neto estavam usando chapéus panamá idênticos. Por um segundo ou dois, sentiu-se tão próximo do rapaz que teve vontade de chorar.

Virou-se para não ser traído por aquele sentimento, enquanto eles assinavam a lista. Depois ouviu Billy perguntando como ele conseguira tamanha importância.

– Eu conheço N-Sign – gaguejou Black, quase sem perceber o que estava dizendo. *Esse palhaço representa tudo o que eu desprezo, e agora estou aqui citando seu nome.* – Ele vai falar no congresso.

O jovem casal estava agradecido demais, com seus passes e braçadeiras, para perceber os detalhes do comentário de Black.

– Excelente, vô – comentou Billy. Com esforço, acrescentou: – Obrigado. Bom, a gente se vê mais tarde.

Valda sorriu e agradeceu:

– Muito obrigada, mesmo, seu Albert, foi muita bondade sua.

Ela demonstrou tanta elegância que Black, a despeito de si mesmo, sentiu-se espicaçado pela vergonha. Pensou em Alisdair Main, seu velho amigo da universidade, que soubera ter morrido havia alguns anos. Sentiu um profundo desejo de ter comparecido ao enterro, e lá disparado uma breve prece, atestanto a bondade essencial daquele pecador específico, e insistindo para que o Senhor errasse em prol da leniência.

– Obrigado novamente, vovô.

Ouviu o neto dizer isso em tom formal e respeitoso, sem qualquer laivo de zombaria, antes de desaparecer com Valda na multidão. Todos, ele e o casal, sentiram alívio ao se ver livres daquela excruciante proximidade.

15

Não era um quarto: era uma suíte. Tinha uma cozinha com todas as modernas comodidades, uma geladeira e um armário cheios de provisões de luxo. Eureca! Havia um pacote de café cubano, que a ajudaria a aliviar os efeitos da diferença de fuso horário. Ela colocou uma colher do pó no filtro da cafeteira e um espesso líquido cor de alcatrão começou a se acumular no recipiente. A grande cama com quatro postes mostrava indícios de ter sido ocupada recentemente; ela puxou as cobertas para o lado e cheirou o travesseiro. Lá estava o inconfundível cheiro masculino de Carl, que sempre a deixava tonta. Ela sentiu a pulsação acelerar e algo subir dentro do peito. Queria se envolver naquele cheiro, mas se deixasse seu corpo e seu cérebro fatigados sucumbirem à sensação, nunca mais sairia dali, e ela precisava enxergar a realidade. Em vez disso, voltou à cozinha e serviu-se de mais uma xícara de café. A bebida era forte e amarga, com o efeito de uma carreira de cocaína.

Helena tirou um adaptador da mala e colocou o celular para carregar. Demorou um pouco a ligar para a AT&T, o provedor padrão do serviço nos Estados Unidos, mas, quando isso aconteceu, uma série de torpedos de Carl chegou ao aparelho. O último:

Tive de ir à boate. Encontro vc lá. Espero que tenha chegado OK. Amo vc muito.

Um nó de alívio e excitação zumbiu em seu peito. Ele estava vivo. Nenhuma overdose de drogas, nenhum desastre de avião, nada de sair da calçada chapado e ser colhido por um caminhão. Às vezes ela sentia medo por ele. Helena tirou a roupa e entrou no banheiro. Olhou para sua imagem no espelho e gemeu. Depois escovou os dentes para remover o gosto de avião e de café, tomou uma chuveirada quente, vestiu uma roupa de festa limpa, e aplicou um pouco de maquiagem. Voltou-se para o espelho de corpo inteiro, contente com os resultados, até ser assaltada pelos efeitos do fuso horário defasado. Precisava de algo mais, mas seu estado mental era frágil demais para drogas. Um segundo café cubano bateu de frente com aquela sensação de defasagem.

Aquilo lhe fez voltar o foco quando ela deixou o hotel e foi caminhando pela rua até a boate. Seus nervos esticados (e nesse ponto o café e o fuso horário eram aliados) poderiam ter passado sem os assobios de um grupo de rapazes sarados de férias, mas, como seu nome constava da lista de convidados, ela pôde passar rapidamente pela multidão e entrar. Quando atravessou a barreira VIP, já se preparando para ir aos bastidores, viu que a única outra pessoa presente era um velho de chapéu panamá, que olhava em torno como um coelho cercado por raposas, enquanto os clientes iam entrando. Um DJ já estava no local apropriado, selecionando as canções para a sessão de "aquecimento". Carl logo estaria em cena, e ela devia ir vê-lo nos bastidores. Mas aquele velho parecia tão solitário e desamparado, deslocado naquele templo da juventude, que ela sentiu-se inclinada a falar com ele.

– Oi. Você é um DJ?

– Não, sou aposentado – respondeu Black, algo surpreso que aquela linda jovem, de reluzentes olhos castanhos e curto cabelo louro, houvesse simplesmente começado a falar com ele, e já estivesse se acomodando no assento em frente.

Ele se sentiu intimidado diante de suas pernas longas; toda aquela carne desnuda indicava um caráter dissoluto e inconsequente, e ela mostrava o decote feito uma vadia. Contudo, aquilo era compensado por um jeito despreocupado; ela tinha voz suave e um sotaque que ele supunha ser da Austrália. Black pensou na própria filha; tirando o enterro, que os unira de forma breve e desajeitada, quantos anos já fazia que ele não a via?

– Sou aposentado – repetiu ele, gaguejando e sentindo que deslizava para uma brecha em seu passado, que se abria a seus pés. Depois olhou para a crescente multidão de jovens em torno, pressionando a equipe de atendentes do bar em busca de atenção. – Você está... envolvida em... tudo isso?

Helena ficou tocada pelo sotaque do homem. Parecia escocês!

– Não, meu namorado, na verdade meu noivo, é um evento dele.

Ela não pôde deixar de mostrar-lhe o anel de noivado. Black ficou estarrecido. Certamente aquela garota adorável, amável e obviamente inteligente, que se dera ao trabalho de conversar com ele, um velho jogado naquela estranha cidadela movida a modismos de uma outra época, não poderia ser a namorada de Carl Ewart. Não, certamente que não. Haveria outros DJs, promotores de eventos em clubes, esse tipo de coisa.

– Meus parabéns – disse ele, desconfiado. – Quando será o grande dia?

Sim, definitivamente ele era escocês. Como ficavam os escoceses quando envelheciam? Será que Carl ficaria como aquele homem, um velho esquisitão, perdido numa boate de gente jovem? Frequentemente ela brincava dizendo que Carl seria o DJ mais velho do mundo.

– Num sei, não temos muita certeza. – Ela deu de ombros e fez uma expressão sofrida. Depois, com um sorriso amargo, admitiu: – A coisa não anda muito bem ultimamente.

– Sinto muito.

– Pois é. – Helena Hulme olhou para Albert Black e viu nos olhos penetrantes do velho uma bondade que parecia convidar a mais confidências. – Nossas carreiras são muito diferentes, e somos de países diferentes. É uma distância muito grande, e realmente exige muito sacrifício dos dois para fazer a coisa funcionar. Não sei se vou aguentar.

– Ah! – exclamou Black, já achando que a moça tinha um sotaque quase sul-africano, pelo modo como pronunciou as últimas palavras.

– Você é casado?

– Sim... bom, era. – Black se debatia, sem saber como responder. – Quer dizer, minha esposa morreu recentemente.

Helena pensou em seu pai. Passara anos vendendo carros numa revendedora, para que ela e sua irmã Ruthie pudessem frequentar a universidade. Num dia nada notável sob outros aspectos, sem aviso prévio, ele simplesmente caíra morto no estacionamento, vítima de um fortíssimo enfarte.

Ela tocou ligeiramente o braço de Albert Black.

— Sinto muito... — disse.

Black deixou a cabeça pender. Parecia que algo dentro dele se amarrotara. Não resistiu quando Helena estendeu a mão e tomou a sua.

— Sou Helena.

— Sou Albert — sussurrou ele, lançando-lhe um rápido olhar. Sentia-se uma criança. Tentou se socorrer com o conceito desdenhoso de que estava sendo fraco e idiota, mas nada aconteceu: ele estava imobilizado. Teria passado o resto da vida naquele momento, se pudesse. Era a coisa mais próxima de conforto e amabilidade que sentira desde a morte de Marion.

— Por favor... há quanto tempo aconteceu, Albert?

Black contou a ela a história do amor entre ele e Marion, e que isso nunca morreria, mas agora ela se fora, e seu mundo estava vazio. Helena falou do terrível choque e da esmagadora sensação de perda que experimentara desde a morte do pai. A conversa adquiriu um tom metafísico quando Black lhe explicou que tinha pavor de ver questionada a fé que professara a vida inteira. Também temia nunca mais rever a esposa, e que não existisse um mundo dos espíritos onde eles pudessem se reunir.

Helena ouviu pacientemente e depois fez a pergunta que fervilhara em seu cérebro fatigado durante toda a história que o velho contara:

— Você às vezes se arrepende dessa sua entrega? Quer dizer, não deve ser horrível ver a coisa terminar dessa maneira?

— É claro que é horrível — confirmou Black, visualizando mentalmente o rosto de Marion. Por que ela ficara com ele? *Eu posso ser estridente demais. Talvez possessivo demais. Até mesmo tirânico, diriam al-*

guns. A coisa ia além do dever; ela realmente o amava. E fazendo isso, levara-o a um nível muito mais alto do que ele atingiria se houvesse vivido sozinho. Uma profunda serenidade encheu o coração dele.

– Mas não me arrependo nem por um segundo de ter ficado com ela, embora às vezes lamente o meu jeito de ser – confessou, novamente com expressão abatida. – Eu era obcecado pela Igreja, por minha fé cristã, e gostaria de ter feito mais por ela... com ela...

Foi a vez de Helena Hulme ter uma revelação súbita, ao pensar em seu noivo. Carl Ewart. Não era novidade, mas o poderoso ressurgimento de algo que ela temia que pudesse estar sendo enterrado pela avalanche que uma vida de bosta podia despejar sobre você. Era que ela amava Carl. Deus, ela o amava tanto. E ele realmente a amava.

– Mas ela sabia como você era. Sabia que você tinha uma grande paixão por algo, o que não significava que a amava menos por isso. Tenho certeza de que no cotidiano dela havia coisas em que ela realmente não podia envolver você. O que não significa que ela tivesse menos amor por você, não é?

– É... você tem razão. – Black estava sufocado de emoção. – Assim, não tenho nenhum arrependimento, em absoluto. O amor dela foi a minha salvação. Então, se você ama esse homem, e ele é um homem bom, vocês devem se casar.

– Eu amo – confirmou Helena, tremendo. – Amo mesmo. Ele é a melhor pessoa que já conheci. O cara mais bondoso, o mais generoso, terno, amoroso, ponderado e divertido que já encontrei. Você tem toda a razão, Albert, tenho que me casar com Carl. Ele é da Escócia, como você... – Ela apertou a velha mão enrugada dele.

Essa revelação, embora ele já houvesse pressentido o desenlace, foi quase demais para Albert Black. Ele se viu esquadrinhando o recinto com os olhos.

– Sim... hum, se me dá licença... – Ele retirou a mão. – Preciso achar um toalete.

— Claro. Vou pedir uma taça de vinho. — Ela fez um movimento de cabeça para o bar. — Quer uma bebida?

— Gostaria de água. Obrigado. — Black se viu gritando por sobre a algazarra.

— Com ou sem gás?

— Sem, por favor. Obrigado — disse Black, levantando e se dirigindo ao banheiro. Havia uma fila do lado de fora, e ele quase resolveu ir embora, mas se sentia compelido a voltar para aquela garota gentil que estava pedindo um drinque para ele. E ele *realmente* precisava se aliviar. Entrando na fila, sentiu um horror abjeto ao perceber quase imediatamente que a pessoa à sua frente, fazendo algo inominável com aquela garçonete americana, não era outro senão Terence Lawson. E Lawson estava olhando diretamente para ele!

16

Puta merda, nunca me espantei a ponto de parar um sarro com uma gata disponível, mas aqui está aquele Blackie da escola: a porra do *Blackie*! O puto já está bem velho, mas continua como sempre foi, e agora parou aqui perto de nós na porra da fila do banheiro! Inda estou no barato da porra da pílula que Brandi me deu, mas empurro a gata pro lado e fico olhando pra ele, que também fica olhando pra mim, de modo que eu simplesmente digo:

— Albert Black! Não acredito!

— Terence... Lawson — arqueja Blackie. O puto está tão chocado comigo quanto eu com ele. O filho da puta até mesmo lembrou do meu nome! Mas não é de admirar: o escroto me chicoteava toda porra de manhã na escola!

Putada, passei metade da minha vida fantasiando sobre a porra da surra que eu daria no "Blackie Babaca", se nossos caminhos voltassem a se cruzar na vida civil. Mas, agora, com a porra da pílula de ecstasy formigando dentro de mim, desde a parte de trás do crânio até o fundo do saco, só penso em avançar e dar um grande abraço no velho. Então, enlaço os braços em torno desse filho da puta frágil... caralho, o puto é um saco de ossos! Ele sempre foi assim? Claro que não! Fico com vontade de ter cheirado pó, porque daria a porra de uma cabeçada nesse puto velho. Mas, então, começo a pensar que já vi o Blackie uma vez na vida civil... no funeral do coitado do Gally.

17

Albert Black inalou com força, duro feito um soldado em posição de sentido, nos braços de Terence Lawson! *Lawson!* Então, aquele idiota, agora um brutamontes de homem, girou o corpo e com o outro braço enlaçou a bonita garçonete.

– Esse aqui é um antigo professor meu, lá de Edimburgo – anunciou Juice Terry. – Albert Black. Essa é a Brandi. Americana, sacou?

– Oi, Albert – cumprimentou Brandi, dando um passo à frente e beijando Black nos lábios.

Nenhuma mulher, além de Marion, o tocara daquela maneira. A princípio Black sentiu um assomo de raiva diante de tal traição, mas rapidamente esse sentimento tornou-se uma profunda saudade de sua falecida esposa.

Marion... por que Vós *a levastes?*

Terry pareceu perceber a tristeza do antigo professor e esfregou-lhe as costas ossudas. Podia sentir cada uma das vértebras.

– O que está fazendo aqui, professor...

– Eu estou... estou perdido – ainda conseguiu gaguejar Black, eviscerado pelos acontecimentos e, para sua grande surpresa e desconforto, horrivelmente consciente de se sentir contente por estar ali com Lawson.

– Veja esse cara. – Terry sorriu para Brandi e Black. – Eu e ele brigávamos como cão e gato lá na escola. Nunca conseguimos nos entender. Mas, veja, quando meu amigo morreu... lembra do Gally, professor?

– Lembro – disse Black, pensando primeiro no enterro do rapaz, Galloway, e depois no de Marion. – Andrew Galloway.

– Esse homem aqui foi o único da escola... de todos os professores, e tudo o mais... que foi ao enterro do Gally – explicou Terry a Brandi. Depois virou-se para Albert Black. – Não sei o que você está fazendo aqui, mas estou contente, porque nunca tive a chance de falar o quanto aquilo significou para nós... você aparecer no enterro daquele jeito. Pra mim, pros meus amigos, pra mãe dele, pra família e tudo o mais.

Terry sentiu os olhos molhados com a lembrança e arrematou:

– Principalmente porque a gente não se dava bem com você na escola.

Black ficou atônito. Como cristão, ele cumprira seu dever comparecendo ao enterro. Por mais difícil que fosse, o Bom Livro era enfático ao pregar a necessidade imprescindível de se amar o pecador. Ninguém lhe dera qualquer indicação de que aquela desagradável penitência significara algo especial. Mas, então, ele pensou em todo mundo que comparecera ao enterro de Marion, e como ele valorizara aquela simples demonstração de solidariedade humana.

– É engraçado... aquilo me fez pensar que a gente vivia brigando, mas mesmo assim você ainda era meu professor favorito.

Black não conseguia acreditar no que ouvia. Ele chicoteara o moleque do Lawson dia sim, dia não. Mas agora o homem parecia realmente sincero ao fazer aquela afirmação bizarra. Havia em Lawson algo espiritual, quase angelical... aquela bonomia suave, e os grandes olhos expressivos, que pareciam cheios de amor... do amor do próprio Jesus!

– Por que... por que... hum, por que você diz isso?

– Porque você *queria* que a gente aprendesse. Os outros não ligavam pra gente como eu. Só deixavam a gente fazer bagunça. Mas você não. Você nos mantinha na linha e nos forçava a trabalhar. Nunca desistiu de tentar nos ensinar. Vou contar uma coisa, eu queria ter escutado você. – Terry se virou para Brandi, cujos olhos brilhavam que nem pires. – Veja, se eu tivesse escutado o professor...

– Uau! Deve ser bacana encontrar alguém que você realmente admirava quando criança – falou Brandi a Terry. Depois virou-se para Albert Black. – E deve ser fantástico saber que grande influência você teve na vida de alguém.

Pílulas boas pra caralho, pensava Terry. *É tão provável que eu acabe a noite comendo a porra do Blackie quanto a gata da Brandi... Preciso meter um pouco de brilho na mistura...*

– Mas eu não tive... – protestou Black.

– Escute, parceiro, se eu fazia merda, e realmente fazia, então a culpa era toda minha. – O dedo indicador de Terry tamborilou no próprio peito. – Se eu não tivesse conhecido gente igual a você ou ao Ewart... ele vai tocar hoje aqui, por falar nisso... teria sido dez vezes pior. Eu era simplesmente um bostinha, certo...

Black fixou o olhar vago sobre Terry Lawson. *Será que ele realmente espera que eu rebata essa afirmação?*

– Mas veja só... quando a gente conhece caras que sabem distinguir o certo do errado, feito você, caras bacanas, isso fica entranhado na gente, claro que fica.

Quando a fila do banheiro se dividiu por gênero, eles se separaram de Brandi e seguiram direto para os mictórios, antes de interromper a conversa para mijar. A cabeça de Black rodopiava, enquanto ele observava o jato de urina cair no ralo. Parecia quase simbólico que seu líquido se misturasse ao de Lawson, que estava ao lado, martelando o metal com um jato poderoso lançado por Black, que não pôde deixar de notar algo semelhante a uma mangueira dos bombeiros.

Lawson parecia arrependido. Genuinamente arrependido!

Quando terminaram, Terry só lavou as mãos depois que viu Black lavando cuidadosamente as dele. Os dois esperaram Brandi do lado de fora, e voltaram juntos para o salão de dança, onde Helena os recebeu.

– Minha querida! – gritou Terry, abraçando-a. – Então, você conheceu o Blackie... hein, professor Black...

– Sim, mas eu não sabia que vocês eram amigos do Albert...

– Certo, nós nos conhecemos há muito tempo, e o Carl também.

– Você conhece o Carl, Albert?

– Conheço – respondeu Black, constrangido. – Mas realmente só percebi sua ligação com ele quando vi o Terry na fila do toalete. Eu fui professor dos dois...

– Legal! Meu Deus, como este mundo é pequeno!

– Vamos entrar e ver o Carl – disse Terry.

Ele apresentou Brandi, e depois informou a Helena que Black fora um de seus professores mais memoráveis.

– O Carl vai ficar tão entusiasmado – comentou Helena, enquanto Albert Black se deixava conduzir, quase em transe, para a porta dos bastidores.

– É, ele vai ter uma surpresa, isso é certo. – Riu Terry.

Quando entraram, não havia sinal de Carl, que fora preparar seu show na coxia lateral, mas Terry apresentou Black a um negro alto, que baixou o olhar para ele.

– Esse é o Lucas... Lucas, esse aqui é aquele meu antigo professor de quem lhe falei.

Lucas puxou Black para o lado e disse com certa reverência na voz:

– Então... ouvi dizer que você é da escola antiga.

– É verdade – replicou Black, olhando nervosamente para Terry, que estava beijando Brandi, com um braço em torno de Helena.

– Ouvi falar que vocês armaram merda pra cacete na época.

Incapaz de compreender do que o sujeito estava falando, Black se limitou a concordar.

– É.
– Vou lhe dizer uma coisa, e você pode anotar, cara – disse Lucas. – Devemos muita coisa à escola antiga dos bons tempos.

Albert Black ficou olhando para aquele negro alto. Na sua escola não havia crianças negras, pois ele se lembraria.

– Você... você não era da escola antiga.

– De jeito nenhum, cara, mas ouvi falar de toda aquela merda boa que vocês armaram. A influência que tinham sobre as crianças lá na Inglaterra, como também tivemos aqui. Sem caras como você, não estaríamos aqui hoje. Na Zona Sul de Chicago, temos irmãos que não dariam em nada sem gente como vocês, caras, servindo de inspiração e chutando a bunda deles. Nós também tivemos isso, cara. Gente que nos punha na linha, porque senão seria só tiro e porrada. Pode crer, irmão.

Quer dizer que havia professores como ele nos Estados Unidos: cristãos verdadeiros, inspirados pelo evangelho de Jesus a salvar e educar os pobres que merecessem. Haviam sido a salvação daquele negro alto num gueto sem lei de Chicago. Sim, havia homens e mulheres virtuosos que tinham recuperado aquela alma desgarrada: exatamente como ele fizera com Ewart e até mesmo com Lawson, lá naquele feio conjunto habitacional de Edimburgo.

– O Ewart... Carl Ewart e.. bom, o Terence falaram isso?

– Claro que sim, irmão. Como eles chamam você?

– Professor Black. – Albert pensou na realidade da situação. – Blackie, acho eu.

– Black E. Tá certo. – Lucas coçou o queixo, e disse em tom caridoso: – Tenho certeza de que já ouvi falar de você... Era um filho da puta feroz! Certo?

– É...

Black fez um ar culpado e constrangido, quando a imagem da chibata surgiu de repente em sua mente. Mas... de que outra maneira ele poderia manter a disciplina? Fazer com que calassem a boca, cessassem as arruaças, e começassem a estudar? Entretanto, subitamente Terry Lawson voltou e conduziu todos a uma área isolada, com uma grande mesa de som presidida por um técnico. A mesa dava da área VIP para a pista de dança perigosamente apinhada de gente. Helena e Brandi ficaram ali conversando. Black olhou para o pequeno reservado quando Carl Ewart avançou sob aplausos, cumprimentando com a mão espalmada o DJ, que se retirava. Estava vestido de maneira informal; parecia magro feito um palito, com aquele cabelo branco quase totalmente raspado. O professor ainda reconhecia os olhos inteligentes, ligeiramente esquivos e sagazes, de seu antigo nêmesis, que arrancou uma reação espantosa da multidão simplesmente por colocar um disco que, aos seus ouvidos, soava *exatamente* como o último.

Albert virou-se para Terry, que percebeu sua expressão intrigada.

– Ele só pôs um disco para tocar. Por que as pessoas estão tão empolgadas? – quis saber.

– É, isso não é uma porra científica – debochou Terry. – Essas merdas de rave e house são lixo, eu só fico aqui por causa das xotas. Elas se animam com essas coisas. É o tempero da vida.

Ele piscou para seu velho professor, enquanto Black experimentava a sensação de que havia descido a Sodoma. Comportamentos lascivos e obscenos eram vistos por todo lado. Algumas garotas estavam seminuas. Contudo, não parecia haver ares de ameaça, como ele algumas vezes sentira nas multidões que assistiam a jogos de futebol na Escócia. Black parou ao lado da mesa de mixagem, enquanto Carl Ewart tocava disco após disco, e notou que algo acontecia. O ritmo foi ficando cada vez mais forte, enquanto a multidão se tornava crescentemente frenética e histérica. As pessoas agitavam as mãos no ar, algumas saudando Ewart como se ele fosse o messias! Talvez esse fosse realmente o objetivo: assumir o controle das mentes e assim tornar as pessoas vulneráveis às mensagens de satanismo! Ao mesmo tempo, ele percebeu que nem Ewart nem ninguém mais fazia discursos. Aquele suposto "congresso" era realmente um bando de gente girando ao som daquilo, em transe como zumbis.

Outrora nós viajávamos a terras estranhas para propagar o evangelho, e agora a juventude ocidental adotou essas primitivas danças tribais, esses ritmos de gente que era pouco mais do que selvagem!

Uma nação pecadora, um povo carregado de iniquidade, uma semente de malfeitores, crianças que são corruptoras: eles abandonaram o SENHOR, provocaram a ira do Santo de Israel e estão caminhando para trás!

Black sentiu novamente vontade de ir embora, mas Helena voltara com mais água. Não, ele já viera até aquele ponto; precisava confrontar Ewart. Num dos palcos, viu Billy e Valda, numa dança lasciva e exibicionista. *Em público, como cães no cio!* Ele recuou para as sombras, fora do raio de visão dos dois jovens. Como poderia a feia promiscuidade dos dois ser chocante, quando eles estavam presos à frenética lavagem cerebral daquela música demoníaca?

O tormento de Black continuou até que Ewart saiu do palco, banhado de suor, e foi cair nos braços de Helena. Ele continuou observando os dois devorarem o rosto um do outro, até Ewart se separar da noiva e perguntar:

– O voo foi bom?

– Um pesadelo, meu bem, mas agora estou aqui. E temos uma surpresa para você! Seu amigo de Edimburgo, o professor Black, da sua antiga escola, está aqui.

Carl riu. Uma daquelas maluquices da porra do Terry, pensou, antes de se virar e defrontar-se com o professor Albert Black, que o olhava por baixo de um chapéu panamá, com aqueles olhinhos de roedor, escuros e intensos como nunca.

– Que porra é essa? – Carl olhou com descrença para Juice Terry, que sorria. – Que diabo a porra do Blackie está fazendo aqui!

– Ele estava na cidade, de modo que veio ver o show, não é, professor? – explicou Terry, surpreso com aquele sentimento protetor por seu antigo opressor.

– Quem foi o puto que trouxe esse cara aqui pra trás? – Carl lançou um olhar fulminante para Terry.

– Gentileza gera gentileza, hein – respondeu Terry.

– Fui eu – atalhou Helena para Carl. – E você se comporte!

– Me comportar! A porra desse sociopata já me chicoteou porque eu não disse "senhor" quando falei com ele! – sibilou Carl, baixinho.

Helena se manteve firme.

– Ele teve maus momentos, Carl. Deixe pra lá!

Carl olhou sua noiva neozelandesa. Era tão bom vê-la de novo. Helena Hulme. A sua frase favorita: *Não seja tão cética, senhorita Hulme.* Ele mantinha uma ideia romântica de Helena como uma filha perdida da Caledônia, exilada do outro lado do mundo, só para que os dois se reunissem debaixo de uma bola espelhada, com uma pulsante batida 4x4 ao fundo. Então, sorriu para ela e depois para Albert Black, fazendo força para estender a mão. Seu antigo professor ficou olhando para ele durante alguns segundos; depois olhou para Helena e apertou a mão que lhe era estendida.

O aperto do velho era forte como uma garra, contrastando com sua compleição franzina.

– Então, o que traz você a Miami Beach? – indagou Carl.

Albert Black hesitou na resposta. Ele não sabia.

Helena interveio:

– A família dele mora aqui. Acabamos de nos conhecer e batemos um bom papo.

– Ah, é? Sobre mim? – disse Carl em tom desafiador, antes de conseguir se conter.

– Nem sempre as coisas são sobre *você*, Carl – sibilou Helena. – *Existem* outros assuntos de conversa, acredite ou não.

Você e essa porra de música acid-house, isso tudo está morrendo por toda parte em torno de você. É só mais uma moda passageira, não uma grande revolução. Cresça, pelo amor de Deus.

– Eu não quis dizer isso, só que eu e ele...

Descontente, em sua harmoniosa viagem de ecstasy, com a discórdia entre Helena e Carl, Terry interveio, esfregando as costas de Brandi para se tranquilizar.

– Ele estava conversando comigo e tudo o mais, hein, professor?

Black se mexeu um pouco, constrangido.

– É... bom, eu realmente preciso ir.

– Não, Albert, por favor, fique mais um pouco – implorou Helena. Depois virou-se para Carl com veemência. – Peça a ele para ficar!

Carl Ewart esforçou-se para manter certa amabilidade no tom de voz.

– Vou dar outro show, lá no Everglades. Por favor, venha conosco.

– Mas eu não posso – protestou Black brandamente. – Já é muito tarde e eu...

– Pode sim. – Helena lançou-lhe um sorriso cativante e tomou-o pelo braço. Brandi ficou de seu outro lado, e Black deixou que as duas o levassem para fora. Parecia que seu ser se derretera e que nada o mantinha de pé, que não havia mais faculdades que lhe permitissem tomar até mesmo a mais simples decisão.

Observando-os partir, Carl agarrou Terry pela manga da camisa.

– Desde quando o puto sádico do Blackie virou "professor"? – Ele olhou para as pupilas dilatadas de Terry. – Está bem, saquei. Bom, mas pra mim vai ser preciso mais do que uma pílula forte de ecstasy pra transformar aquele filho da puta malvado em qualquer outra coisa!

O sorriso de Terry se expandiu alegremente.

– Você precisa esquecer o passado, Carl, parar de lutar essas velhas batalhas. Não é isso o que sempre me diz?

Carl Ewart entregou a Terry Lawson uma caixa de discos.

– Dê uma mão com isso aqui.

– Quer que eu limpe a porra dos toaletes também, antes de irmos? – Terry fechou a cara, mas cumpriu a ordem, e eles saíram atrás de Albert Black e das garotas.

18

Quando os frequentadores saíram da boate, o ar na avenida Washington parecia denso e escuro, dissolvendo-se na pesada noite do sul da Flórida. Junto com Valda Riaz, Billy Black mal conseguiu acreditar ao ver duas gostosas fazerem seu avô entrar num utilitário, seguidos pelo DJ Carl Ewart e algumas outras pessoas da comitiva! Billy e Valda entreolharam-se boquiabertos.

São piranhas levando vovô? Pra onde estão indo com ele?

Sentado no assento do motorista, Lester Wood cumprimentou Albert, Helena, Brandi e Carl. Depois pegou a caixa das mãos de Terry e meteu-a no banco dianteiro.

– Aonde vamos? – perguntou Albert Black.

– Uma festa em Everglades. Tem um sistema de som pequeno montado lá, e o Carl quer manter tudo real, voltando às origens.

– Eu realmente devo ir para casa – disse Black, ao mesmo tempo em que se acomodava no veículo, de certa forma não querendo ir embora, e agora verdadeiramente desesperado para ter a companhia de outras pessoas.

– Não, você não deve. Agora faz parte do grupo, virou o chefe da gangue. – Sorriu Helena.

– Se não estou importunando...

– De jeito nenhum. Carl, diga a ele.

Black olhou para a frente, onde Carl Ewart estava sentado. Helena massageava-lhe o pescoço e os ombros. O DJ lançou um olhar para seu antigo nêmesis lá atrás, deixando claro que não queria Black ali.

– O professor pode fazer o que quiser. Não faz diferença para mim.

Helena levantou as sobrancelhas, enquanto Lester ligava o veículo e Terry soltava um gemido.

– Que tal se animar, Ewart? Até parece que ele lhe deu a porra do corretivo ontem. Supere logo essa merda! Fui chicoteado mais vezes do que você, e não vivo de cara amarrada por causa disso – argumentou Terry. – Depois virou-se para Black. – Você realmente pegava pesado.

Black ficou desconcertado ao se sentir elogiado por aquela ratificação.

– É, quando baixava o sarrafo, você *baixava* o sarrafo, se é que me entende – enfatizou Terry.

– Você estava entre os três primeiros – concordou Carl, com um sorriso triste. – Talvez no nível do Masterton, mas ainda assim bem atrás do Bruce.

– É, o Bruce! – Terry fez uma careta com a lembrança. – Aquele escroto!

Black se sentiu diminuído. *Bruce. Aquela porcaria de camponês bêbado: sem capacidade de unir duas frases*. Era um escárnio um homem assim ensinar numa escola secundária. Bruce castigava os meninos por puro prazer. Mas também... será que ele, Albert Black, não aliviava seu estresse ao praticar o mesmo exercício violento?

Não... claro que não... era o pecado que eu odiava, não o pecador. Sempre segui o caminho virtuoso e amei o pecador... mas... mas... esmagar o inimigo, com a mácula vingativa da fúria na boca, observá-los desabar diante de seu poder, certamente isso era algo instalado em nós pelo Criador, a fim de que os homens bons pudessem executar a retribuição justa...

Ou seria Satã, com seus ardis astuciosos, insinuando-se dentro de nós sob o manto da retidão? Mesmo quando o soldado cristão brandia a espada na cruzada pelo bem, seria possível que ele fosse, na hora da vitória, seduzido e subvertido pelo próprio demônio?

– Pare aqui! – exclamou Carl de repente. – Volto em um minuto.

Black notou que haviam parado na porta do hotel em que ele os vira entrar na véspera. Ewart saltou do veículo e rapidamente desapareceu porta adentro.

Helena conversava com o tal do Lester e Black não pôde deixar de ouvir Lawson fazendo para a tal americana as mesmas propostas lascivas e desavergonhadas que fazia na escola para garotas vazias e risonhas quase trinta anos antes.

– Então, vamos ser amantes?
– Talvez.
– Isso é um talvez, um definitivamente talvez ou um talvez definitivamente, meu bem?
– Você nunca para, não é?
– Nunca.

Black viu o tal motorista mal-ajambrado passar um embrulho com pó branco a Lawson e sua companheira ali atrás. Era, obviamente, algum tipo de droga. Notou que Helena teve a sensatez de recusar o veneno. Ela era realmente uma jovem adorável. Seria esperar demais que Lawson e a vadia americana mostrassem o mesmo autocontrole, e logo os dois estavam inalando montículos daquele pó branco pelo nariz, com a ajuda do que parecia uma chave doméstica. Albert Black virou o rosto para a janela.

Terry ia oferecer um pouco da droga a seu antigo professor, mas depois pensou melhor e devolveu o embrulho a Lester, dizendo:

– Muito boa, amigo, vamos nessa.

Também pareceu ficar excitado quando Carl retornou, carregando uma chaleira elétrica, um bule de chá, um vidro de mel e alguns copos grandes de plástico.

– Mete um pouco desse brilho pra dentro, Ewart! – berrou.
– De jeito nenhum, meu negócio é chá – sorriu Ewart.

Isso fez Black eximir Carl Ewart do péssimo conceito que tinha dele e o deixou eufórico com o bálsamo enriquecedor de sua própria magnanimidade, enquanto o veículo arrancava e ganhava velocidade na via expressa, em direção ao centro de Miami. Subestimara

Ewart ou, mais provavelmente, o efeito da influência daquela garota, Helena. *Talvez ele mereça um amor assim, e talvez eu mereça o amor de Marion.*

Com um rock pesado martelando no som estéreo, o utilitário esportivo parecia fazer parte de um comboio noturno serpenteando por Miami. Black olhou para fora e viu as luzes da cidade subitamente se dissolvendo. Percebeu que Lawson, claramente drogado, soltava obscenidades no seu ouvido.

Para sua surpresa, não ficou aborrecido; estava apenas muito cansado e confuso. Havia um reconforto estranho e triste no ritmo, se não no conteúdo, da fala daquele habitante de um conjunto residencial em Edimburgo.

– Tive uma ideia pra um novo produto, de modo que escrevi pra fábrica da Guinness, em Dublin. Os caras nem me responderam... não têm visão, porra. A ideia era fazer uma Guinness efervescente, pra satisfazer a nova geração de refrigerantes com álcool, sacou, porque eles adoram borbulhas. Afinal de contas, é veludo negro: cerveja Guinness e champanhe. Cerveja é uma bebida tão antiga que precisa receber um trato novo. É, você ouviu isso aqui primeiro. – Lawson balançou a cabeça com ar conspiratório e baixou a voz. – Dar um trato novo é importante. Dei um trato novo em mim mesmo. Para ser sincero, eu tinha relaxado. Engordei e me conformei em ficar comendo só aquelas bundonas lá do conjunto.

Black lembrou-se de seu casamento, com Marion de vestido branco. Seu pai, bêbado, perguntando onde estava seu amigo Allister Main. O vício vivia à nossa volta. Por toda parte. Mas Lawson era incansável em sua depravação. Black lembrou-se subitamente do Bardo: como seus versos sempre eram reconfortantes em momentos de estresse.

Feia é a noite em que se pega a estrada,
Pobre do pecador que tenta tal empreitada.

— Então, tive um pensamento que parecia aqueles momentos na estrada-para-Damasco – continuou delirando Lawson. – Se perdesse peso, começasse a suar e a me exercitar, poderia voltar a ganhar umas xotas melhores. É claro, porra. Um cara de meia-idade tem vantagens que um puto jovem nunca tem. Existe um montão de gatas a fim de um cara mais velho, que saque as manhas do corpo delas. Algumas gatas não aguentam a mentalidade de vamos-dar-uma-rapidinha dos putos jovens. Preciso agradecer ao Carl por essa consciência esclarecida, quer dizer, pra falar a verdade sempre fui um cara afobado, sempre tive o apetite dos putos jovens pra trepar. Pegava uma gata e logo dominava a situação com as marteladas do velho cacete aqui.

Ele coçou a virilha e passou a língua pelos lábios, erguendo uma sobrancelha em direção ao céu. Black rilhou os dentes.

Por que te vanglorias de tua maldade, ó homem poderoso? A bondade de Deus permanece continuamente.

A língua imagina maldades, como uma navalha afiada, trabalhando insidiosamente.

Tu amas o mal mais do que o bem; e a mentira mais do que falar a verdade.

— É, quando eu meto o pau, elas se entregam direto! Não tem chance de uma gata divagar e pensar na lista de compras do shopping center, com o velho cacete aqui prendendo a bunda dela no colchão! Mas uma vez o Carl me falou: tenho como regra de ouro que uma garota precisa ter pelo menos dois orgasmos clitoriais e dois vaginais antes que eu derrame o leite, como se diz. Aceitei esse conselho imediatamente, e Terry Tesão renasceu: nada de petiscos fritos e canecões de cerveja, essa merda é coisa do passado. Fui perdendo o barrigão. Então, comecei a ser paquerado pelas coisinhas jovens e, cá estou eu, cercado por essas garotas que como hoje, exatamente como comia lá atrás nos anos 1980! E ainda enfio algumas delas nos meus velhos filmes pornô. Não tem como errar. É isso que *realmente* faz a gente vigiar os pneus na cintura. Saca aquilo que os atores falam, que a câmera engorda? Não é brincadeira. Quando a gente bota a fuça na tela, ganha certo incentivo pra emagrecer. Não tem como errar: é o tempero da vida.

Durante toda essa arenga, a tal garçonete americana continuou sendo olhada e apalpada por Lawson, numa obscenidade lasciva. Provavelmente ela não entendia uma palavra do que ele dizia. Ou, mais provavelmente ainda, era tão depravada quanto ele. O filete de suor que escorria da macia pele do seu pescoço esguio para o decote: pecado. Aquilo estava por toda parte. *Não posso ceder. Nunca ceda. Não deixe Satã bestializar você!*

Saíram da via expressa e pegaram uma estrada secundária cercada de escuridão por todos os lados. Depois de algum tempo, pararam num estacionamento ao lado da estrada, onde havia veículos alinhados em torno de um caminhão, cuja traseira abrigava um sistema de som com lugar para o DJ. Black deduziu que o sistema devia ter um gerador, pois, quando eles saltaram do carro, luzes estroboscópicas instaladas nas bordas do caminhão começaram a pulsar. Depois alto-falantes roncaram como os canos de um velho sistema de água e uma sinistra música trance inundou a noite. Parecia que o som sacudia as palmeiras e os eucaliptos em volta, mas isso provavelmente era devido ao vento que aumentava, enquanto num trecho de terreno desmatado alguns rapazes lutavam para armar duas barracas verdes mofadas em suportes de alumínio. A vegetação em torno teimava em crescer no local, que obviamente fora usado em outras ocasiões para aquela finalidade. Black podia ver as luzes da via expressa tremeluzindo a distância. A festa logo se animou. Rapazes exibicionistas, com reptilianos sorrisos femininos, dançavam com moças uniformemente belas.

– Festejamos até o nascer do sol – gritou para Black uma moça desvairada com o rosto contorcido, sem dúvida devido à mesma satânica droga corruptora que Lawson estivera tão ansioso por ingerir.

Black olhou para a escuridão pantanosa em torno. Everglades parecia um lugar selvagem e perigoso. Uma cadência avultava no ar, como se a noite estivesse à espreita, cercando aquele grupo de adoradores do diabo, que dançavam e giravam. A atmosfera era quente e corruptora.

Seu país está desolado, suas cidades estão queimadas pelo fogo: sua terra é devorada por desconhecidos na sua presença...

Black viu que Carl Ewart fazia algo com a chaleira elétrica no utilitário: parecia estar preparando chá ou café. Os olhares dos dois se cruzaram e eles trocaram um breve cumprimento tenso de cabeça. Black olhou em volta e viu Helena encostada sozinha no capô de um carro. Então, aproximou-se dela.

– Você está legal? – perguntou ela.

– Estou. Mas não é o tipo de coisa que já tenha vivenciado.

– Não se preocupe com isso... converse comigo. Não entrei no ritmo da festa ainda... continuo sentindo o efeito do fuso horário. – Ela bocejou.

Black viu-se de novo contando como sentia falta da esposa. Isso fez Helena pensar no tipo de vida que ela e Carl esperavam compartilhar, junto com a terrível tristeza de que tudo terminaria em dor e profundo sofrimento. Mas então uma epifania a assaltou; não era certo sentir-se daquela maneira. Ela percebeu que não estava apenas desanimada e cansada; sofria de depressão. Desde a morte do pai, vinha nutrindo perspectivas por demais negativas, sem deixar a vida avançar. O negócio era viver e não morrer mergulhada em pensamentos banais, mórbidos ou derrotistas. Ela resolveu que consultaria um médico. Talvez fizesse terapia.

Ao mesmo tempo que sua emoção crescia, Black sentia-se autoindulgente e fraco. Devia estar aborrecendo aquela garota, embora ela fosse suficientemente amável para não demonstrar. Pedindo desculpas, foi explorar as redondezas.

Passando pelo utilitário, notou que Ewart, que saíra do carro, preparava chá na chaleira que insistira em buscar no hotel. Talvez ele o houvesse julgado mal. Enquanto todo mundo parecia estar ingerindo todos os tipos de terríveis substâncias químicas, Carl fazia algo respeitável. Algo que lhe pareceu um pouco com chá de camomila, quando Black encheu um dos copos grandes de plástico. Não havia leite, mas havia açúcar e mel, que ele misturou ao chá. Para seu gosto, porém, o líquido parecia com todos os chás de ervas, excessivamente ruins, embora Marion jurasse que eram bons. Black voltou para a borda da multidão, que dançava, sorvendo a infusão.

Ficou observando Ewart e Lawson, que dançavam com as garotas: Helena, que parecia cansada, mas fazia os movimentos, e a americana cujo nome ele vivia esquecendo. Mas eles também dançavam e se divertiam um com o outro, tanto quanto com suas namoradas. (Embora certamente fosse inapropriado usar esse termo para o encontro casual de Lawson com aquela garçonete!) Uma coisa que impressionou muito Black, um individualista solitário, foi perceber que ele nunca tivera uma amizade como a que unia aqueles dois homens.

Allister. Na universidade.

Aquilo lhe trazia uma lembrança desagradável, mas a náusea resultante ia além disso. Black percebeu que estava se sentindo enjoado e que sua cabeça rodopiava. Sentiu uma pressão urgente na bexiga. Então, foi se afastando dos participantes da festa, que pareciam se contorcer e assumir estranhas formas silhuetadas. Caminhou com passo hesitante por entre a folhagem densa, a fim de encontrar um lugar reservado onde urinar. Avançando pelo meio de arbustos de eucaliptos até uma clareira, sentiu a umidade da grama sob os pés penetrar nos sapatos.

Estava tão escuro; ele olhou para trás e não viu mais as luzes estroboscópicas, embora o som ainda o seguisse. Não tinha mais certeza se era a música da dança; o som parecia estar vindo de algum lugar dentro de sua cabeça. Ele sentiu a garganta seca, enquanto o joelho reclamava e o coração acelerava. Afastando as pernas para se estabilizar, manteve a maior parte do peso sobre o joelho mais forte. Abriu o zíper para começar a urinar; nunca urinara tanto; não conseguia parar. Sentiu uma convulsão borbulhar em seu peito e foi sacudido por engulhos; mas era uma ânsia seca, pois ele não comera coisa alguma. Podia sentir aquele chá indigesto em suas entranhas, mas não conseguia vomitar. Tentou regularizar a respiração. Suas narinas ardiam. Não tinha nem mesmo certeza de que já terminara de urinar, mas recolheu o pênis e sentiu uma rajada de vento, que parecia vir de lugar nenhum, mas atravessava seu corpo como um raio X.

O vento soprava como se fosse durar;
A chuva ruidosa açoitava sem parar;
Os clarões eram engolidos pela escuridão;
Alto, profundo e longo soava o trovão;
Naquela noite, até uma criança podia saber,
Que o Demônio tinha negócios para resolver.

Ele costumava assustar William e Christine, quando crianças, com uma dramática recitação desse poema. Aquilo parecia ter sido há tanto tempo, e agora eles mal participavam de sua vida. Como tantos outros, também haviam se tornado estranhos. Por que Allister Main o seguia por toda parte, como um cão estúpido, na universidade? Era de admirar que ele houvesse sido levado ao pecado pelas incessantes atenções daquele idiota doentio? Fora o uísque, naquela primeira vez que ele se embebedara. A princípio, umas piadas (riso frívolo, o Cavalo de Troia do demônio), depois alguns tolos puxões e empurrões de brincadeira, depois o rosto de Allister o defrontando, já com as roupas deles afrouxadas e espalhadas de alguma forma, e então... fazendo boquete nele com sua boca de moça! Albert Black, o jovem estudante cristão, ao mesmo tempo que gritava de dor e raiva, continuava agarrando firme a cabeça do outro menino, apertando-a contra sua virilha necessitada, enquanto o esperma explodia na agradecida caverna da garganta de seu colega de estudos religiosos.

E eu nunca pedira a Marion para fazer o mesmo, para oferecer-me aquele terrível prazer.

Desde aquela noite horrível no apartamento estudantil em Marchmont, Albert Black raramente bebia. Um copo de uísque na Noite de Burns era o suficiente, a mesma quantidade no Hogmanay, e, muito ocasionalmente, em seu próprio aniversário. Mas mesmo esses pensamentos desagradáveis e sempre reprimidos não conseguiram melhorá-lo, porque ele estava preso a uma náusea crescente, espessa e implacável, que percorria seu corpo como um veneno escuro. Teve um engulho seco de novo, levando a mão trêmula até a testa suada e latejante. Já não conseguia ouvir a música, nem se virar para voltar ao grupo. Eles certamente estavam a poucos metros dali, do outro lado dos arbustos de eucaliptos, mas suas pernas pareciam grudadas ao solo.

O que está acontecendo comigo?

Por que deves ser mais atingido? Só te revoltarás mais e mais; toda a cabeça está doente, e todo o coração enfraquecido.

Black não sabia onde se encontrava. Os arbustos, as árvores, os cipós coleantes e o capim alto assumiam formas estranhas, como se o pântano fosse adquirindo vida em torno dele. Mas havia algo mais naquela terrível solidão ali com ele.

A princípio ele viu apenas os olhos fulgurantes, de um ardente amarelo sulfuroso, observando-o em meio à confusa escuridão oleosa à frente. Depois o rosnado grave da fera satânica irrompeu, inumano e monstruoso. Seguiu-se o estrondo do que podia ser um trovão, mas talvez viesse do sistema de som.

Ali ficava sentado o velho Nick, em forma de fera;
De cabelo revolto, era negro, grande e sombrio,
Dar-lhes música era o que fazia com brio;
Ele tocava a gaita escocesa com furor,
Fazendo teto e vigas tremerem de pavor.

Depois a fera deixou escapar um silvo baixo. Black sentiu a pele ser arrancada, mas encarou aqueles olhos hediondos. Pensando em Marion, começou a recitar com voz calma e firme, enquanto um relâmpago cruzava o céu, iluminando rapidamente a macabra figura agachada adiante.

— Foi dito que, quando a voz fresca da verdade cai no vórtex ardente da falsidade, sempre haverá sibilos! O amor perfeito afasta todo o medo! A inocência corre para a luz do sol e pede para ser testada — declarou ele, quase cantando, enquanto lágrimas lhe brotavam dos olhos. Depois, como um velho soldado, o mestre-escola aposentado arrancou do solo as pernas pesadas e avançou com os punhos cerrados, rugindo noite adentro: — A INOCÊNCIA NÃO SE ESQUIVA NEM SE ESCONDE!

A criatura recuou, como que sentando nos calcanhares, e rosnou. Depois virou-se e foi embora. Olhou para trás uma vez, sibilando de novo, e desapareceu no meio da vegetação.

— DESAPAREÇA! — urrou Black para a escuridão, enquanto jorrava do sistema de som uma batida firme. Então, ele se sentiu afundar, e caiu para a frente quando seu joelho cedeu, mergulhando no que parecia um abismo escuro e úmido. O silêncio ainda perdurou por algum tempo, antes que ele abrisse os olhos. Trovões rugiam e raios estalavam no céu mosqueado acima. A chuva caía em seu rosto. Ele lutou para se libertar do solo pantanoso, que parecia prendê-lo por sucção. O terreno exigia seu corpo; era como se ele estivesse sangrando para dentro do solo. Com grande esforço, estendeu as mãos e puxou os ramos de um arbusto, lutando até se erguer e ficar de pé.

Podia ver luzes à sua frente, mas não conseguia mover o corpo naquela direção. Preso ao arbusto, ficou ali. Era hora de sucumbir na escuridão. Para se unir a Marion. Ele gritou o nome dela, ou pensou talvez em tom alto.

Devia estar gritando há bastante tempo, ou não gritara nenhuma vez, ele jamais saberia, quando Terry, Carl, Brandi e Helena o encontraram, alucinado, ensopado e agarrado a um arbusto de eucalipto como se aquilo fosse sua triste salvação.

– Albert! – gritou Helena.

– Puta que pariu... ele está todo encharcado. – Terry Lawson tentou agarrar seu antigo professor, tirá-lo da vegetação e da água que lhe batia nas canelas. – Vamos sair já dessa porra, cara. Tem jacarés, pumas, ursos negros e tudo o mais por aqui!

Black afastou a mão dele e gritou noite adentro, enquanto a chuva os chicoteava.

– Inspirador e corajoso *John Barleycorn*! Que perigos não consegues nos fazer desprezar! Com dois vinténs, não temos o mal, com uísque enfrentamos o demônio!

De jeito maneira ele sairia dali. Firmou-se com desespero mortal, os loucos olhos esbugalhados.

– Ele está doido pra caralho... tomou aquele chá, professor? – indagou Carl. Depois arrastou-se até ficar ao lado de Black, sentindo a água subir pelas pernas.

Black viu o rosto de Ewart se distorcer e assumir o sorriso zombeteiro que conhecia havia tanto tempo. Ele precisava de uma arma, algo para golpear aquele monstro. Mas não havia coisa alguma à mão e Ewart não era mais um menino. Não era mais um menino malvado. Havia bondade e preocupação nos olhos daquele homem de cabelo branco, um brilho em torno dele, como se fosse uma auréola de santidade, e uma voz suave que insistia com ele...

– Vamos, Albert, dê cá sua mão. Vamos secar você, parceiro.

Então Black viu um menino amedrontado, encolhido diante dele no escritório enquanto ele lhe mostrava a chibata. Seu próprio filho, ainda menino, fugindo em lágrimas pela porta. Marion se levantando e parando à sua frente para não deixar que ele o perseguisse. Seus olhos ardiam. Sofridamente, ele estendeu a mão e Carl Ewart segurou-o por baixo do braço.

– Eu nunca quis machucar você... nunca quis machucar ninguém – gemeu Black.

– Isso não tem importância... você bebeu aquele chá? – perguntou Ewart, enquanto Terry os ajudava a sair da vala.

– O chá – bufou Black, já sentindo os pés pegajosos e molhados pisarem em solo mais firme.

– Aquilo não é um chá propriamente dito, Albert. Vai deixar você enjoado. Você bebeu muito – disse Carl, pondo o braço em torno dos frágeis ombros do velho e conduzindo-o por entre os arbustos, de volta aos carros, e até o utilitário, enquanto a chuva torrencial ensopava todos. Consolado no banco traseiro por Helena, Black caiu numa espécie de sono febril. Acordou rapidamente quando chegaram aos arredores de Miami, com a aurora dançando lentamente no céu a leste. Depois foi novamente engolfado pelo sono.

19

Um narcótico, a outra narcoléptica, os dois amantes haviam conversado, tentado dormir e depois discutido, apesar da exaustão. Helena Hulme bebericava a xícara de café cubano, reclinada na espreguiçadeira, olhando para os pés e para Carl Ewart, que estava sentado na cama, abalado por sua revelação, com a cabeça nas mãos.

– Eu me sinto péssimo – gemeu ele.

– Eu devia ter contado a você – concordou Helena. – Mas simplesmente não sabia como você se sentiria a respeito. Eu não queria ficar grávida, Carl. Achei que você podia tentar me convencer a ficar com o filho.

– De jeito nenhum... você não entendeu – arquejou Carl. Depois caiu de joelhos e desabou diante de Helena, colocando a cabeça em seu colo e levantando o olhar com um sorriso triste. – Não me sinto péssimo por causa *disso*... Você fez o que era certo. Só me sinto péssimo por você ter ido até aquele lugar sozinha e passado por tudo sozinha.

– Eu devia ter lhe contado.

– Como podia? Eu não estava lá. Por e-mail ou por torpedo? – indagou ele com tristeza. Depois, subitamente animado, sentou-se ao lado dela. – Andei pensando sobre nós dois. Não quero encarar outro verão em Ibiza, outra rodada tocando discos para uma garotada que ouve qualquer coisa, se estiver bem doidaça. Não curto mais essa merda, Helena.

Helena acariciou o cabelo de Carl. Era fino e suave. Preguiçosamente, ela começou a fazer desenhos no couro cabeludo dele.

– Jake me pediu para musicar o filme dele. Falei que topava. O dinheiro inicial não é muito, mas, se a coisa correr bem, acabo ganhando direitos autorais. De modo que vou transferir meu estúdio para Sydney. Se a coisa funcionar, gostaria de trabalhar mais nesse ramo. Isso quer dizer que você ficará perto o suficiente da sua mãe para poderem se ver com regularidade, e ela poderá visitar você.

– Mas e a sua mãe? Ela é mais velha, e a nossa Ruthie mora perto da minha...

– Nós precisamos aceitar que, seja qual for a razão, sua mãe necessita de você agora, mais do que a minha necessita de mim. Vamos tentar esse esquema durante alguns anos. Se sua mãe se acomodar e ajeitar, mais tarde podemos pensar em Londres ou até mesmo em Los Angeles, se eu fizer sucesso. – Ele sorriu.

Helena enlaçou com os braços seu tórax magro.

– Eu amo você, Carl.

– Eu amo você... e quero ficar com você. Não quero passar longe todo o tempo, e simplesmente ficar fodido porque você não está por perto. Estou velho demais pra isso; ficou entediante. Já tenho quarenta anos; a música dance é coisa de gente jovem. Já é hora de mudar de ramo.

– Tá legal – disse ela agradecida, enquanto os dois sentiam que a tensão entre eles se esvaía como água. – Vamos conversar sobre isso mais tarde. Devemos ir pra cama.

– Não vou conseguir dormir.

Helena sentiu o efeito do café. A diferença de fuso horário a enganara. Exausta poucos minutos antes, ela agora estava acesa novamente.

– Nem eu. Vamos sair e deitar ao sol, talvez fazer força para tomar um café da manhã.

– Está bem. Eu vou levar protetor fator vinte, caso a gente caia no sono lá embaixo.

20

Albert Black acordou em um quarto de hotel estranho. Estava completamente vestido e deitado na cama. Sentia o fundilho da calça molhado. O quarto ainda reverberava luz, mas a pulsação já estava mais suave. Sentiu que a coisa acabara. Satã saíra de seu corpo, embora ele continuasse em choque por causa da infiltração demoníaca. O chá. *Por que o jardim de Deus sempre fora emporcalhado pelos frutos amargos de Satã?*

Ele tirou os óculos e esfregou os olhos. Recolocou-os. Ficou de pé ainda trêmulo, atentando para o joelho ruim, e desceu. Passando pelos fundos do hotel, olhou para fora, vendo Carl e Helena deitados junto à piscina; ele de short e ela num biquíni azul. Estava a pique de se esgueirar sem ser visto, mas eles o avistaram e fizeram sinal para que se aproximasse.

– Você está bem? – perguntou Carl, sentando-se ereto no colchão de ar, enquanto Helena sorria e acenava como se nada de extraordinário houvesse acontecido.

– Fiquei intoxicado... aquele chá... acho que fiz papel de idiota.

Carl levantou-se e tomou lugar a uma mesa, convidando Black a fazer o mesmo.

– Todos nós fizemos, mas quem liga pra isso? Há coisas mais importantes pra nos preocuparmos do que se alguém fica doidão por aí, Albert.

Black deixou-se cair com ar triste na cadeira, e balançou a cabeça com uma expressão de arrependimento.

– Não sei o que fazer...

Carl fez sinal com a cabeça para um garçom que se aproximava carregando uma bandeja de prata.

– Fique aqui e tome café conosco.

– Não posso abusar da hospitalidade de outras pessoas... alguém me cedeu o quarto esta noite.

– Foi o Terry.

– O Law... o Terry. Muita bondade da parte dele. Eu me sinto péssimo por ter tirado o quarto dele. Onde ele...? – Black hesitou quando viu o sorriso de Ewart se alargar.

– Acho que ele ficou bem. Na verdade, você provavelmente ajudou o Terry.

– Não sei. – Black balançou a cabeça, mas Carl já lhe servira um pouco de suco de laranja e pedira ao garçom que trouxesse algo para comer.

Lá em cima, o céu pálido e sem nuvens parecia convidar à serenidade. Black se dispôs a sucumbir à crescente lassidão de seus ossos.

– Você precisa ir ver sua família daqui a pouco – disse Helena, juntando-se aos dois à mesa, com um sarongue amarrado nos ombros. – Eles devem estar preocupados com você.

– É. Tem sido muito difícil. Eu e meu filho realmente não nos damos bem.

– Você deve tentar resolver isso – disse Carl, subitamente pensando no próprio pai, falecido. – Ou então vai deixar de falar coisas que sempre quis dizer pra ele. Ele também.

– É mesmo – admitiu Black. Não havia muito tempo.

– Então, fale tudo. Vocês viveram uma vida juntos. Quer você acredite em vida depois da morte ou não, a vida que vocês compartilharam tem algum significado – falou Carl, sentindo o olhar de Helena.

— Um brinde a isso. — Ela levantou o copo de suco de laranja. Black lançou um olhar para seu antigo aluno.

— Vocês todos têm sido tão bons para mim, Carl. Quer dizer, na escola... desculpe se eu...

Ewart levantou a mão para silenciar seu antigo professor.

— Albert, eu poderia ter ido para Eton ou Rugby, e provavelmente teria acontecido a mesma coisa. Alguns de nós só somos felizes quando encontramos uma caretice para enfrentar. Agradeço por você ter sido essa força, essa influência, e estou falando sério. Mas você podia tentar ser um pouco mais bondoso consigo mesmo e com as pessoas ao seu redor.

Black sorriu com reconhecimento contido. Era verdade. Marion ia querer que ele se relacionasse bem com William. E também com Christine. Ele sabia que ela vivia com uma outra mulher, e jamais poderia endossar aquele desnaturado ato pecaminoso, mas era preciso amar o pecador. Quanto ao pecado propriamente dito, cabia ao Senhor julgar. Iria a Sydney e a visitaria. Que mais poderia fazer com suas economias? *Havia* um propósito na vida. Aquelas cercas precisavam ser consertadas.

Comeram sem muita vontade. As fatias de bacon com ovos sobre pão, as frutas e os croissants com geleia e manteiga, tudo parecia vasto demais para estômagos contraídos. O suco de laranja e a água eram muito mais bem-vindos. Black olhou para aquele casal feliz: o agora homem de meia-idade, com sua namorada bem mais moça.

— Você tirou o nome de N-Sign daquele bar junto ao castelo? – perguntou.

— Não. — Carl Ewart olhou para Black como se ele estivesse maluco. — *Você* me contou tudo na escola. Na chamada do primeiro dia, eu falei meu nome, e você me contou a história de Charles Ewart.

— É... você se lembrou daquilo?

— Claro. Que em Waterloo ele arrebatou dos franceses o estandarte da Águia. Era uma história ótima, e você contou de modo muito interessante. Saí da sala me sentindo com três metros de altura, porque eu tinha o mesmo nome daquele guerreiro escocês, grande e heroico. Mais tarde fui pesquisar na biblioteca. Ele se tornou meu herói. Nasceu em Kilmarnock, que foi a cidade de origem da minha família.

– Então, você talvez seja seu descendente direto – falou Black, incapaz de esconder o entusiasmo na voz.

– Seria bom pensar assim, mas esse é um nome muito comum por lá. Mas seja esse o caso ou não, foi uma história inspiradora e me fez sentir muito especial. Ganhei um bom nome artístico, com uma história por trás. Então agradeço por isso.

Black assentiu pensativo, deu um sorriso de apreciação e mordiscou um croissant.

Ficaram papeando ao sol da manhã, fazendo força para comer, e todos conseguiram enfiar algo no estômago. Quando terminaram, Albert levantou-se.

– Agora preciso voltar para minha família. Mas eu queria realmente convidar vocês dois para jantar, ou almoçar, na casa deles. Meu neto é fã da sua música e vai adorar conhecer você.

Carl olhou para Helena.

– Nós também vamos adorar.

– Com certeza.

– Amanhã às sete? – sugeriu Black.

– Está bom para nós – respondeu Helena. – Carl?

– É, ótimo. Não tenho nenhum compromisso a essa hora.

– Ótimo. E, mais uma vez, obrigado por terem tomado conta de mim.

– Não se preocupe. Somos da antiga escola. – Sorriu Carl Ewart.

Ele ainda viu seu antigo professor sorrir, num agradecimento tímido, antes de se virar e sair caminhando, um pouco trêmulo nos primeiros passos, mas, depois, como o velho soldado que era, marchando firme pelo jardim tropical, dando a volta na piscina. Quando chegou à porta dos fundos do hotel, Black se voltou e exclamou gravemente, apontando com o dedo:

– Lembre-se, Ewart, sete horas quer dizer precisamente isso! Você sabe que gosto de pontualidade!

Pela primeira vez em muito tempo, algo semelhante a um sorriso surgiu no rosto do velho.

– Ouvido em alto e bom som. – Sorriu Carl Ewart, fazendo uma continência para o antigo professor. Não conseguiu falar "senhor", mas dessa vez o velho não pareceu se importar.

Impressão e Acabamento:
GRÁFICA STAMPPA LTDA.
Rua João Santana, 44 - Ramos - RJ